m

阅读之前 没有真相

午夜文库

鼠之夜

[日] 连城三纪彦 著

吴曦 译

新星出版社　NEW STAR PRESS

目录

1	两张面孔
41	来自往昔的声音
71	化石钥匙
99	奇妙的委托
137	鼠之夜
181	二重生活
215	替身
253	魂断湾岸城
285	敞开幽闭之门

两张面孔

电话铃似乎响了。

我拧紧水龙头，让水声停下，仔细确认声响。尽管浴室门紧闭，声音很轻，但的确是电话铃声。

现在应该已经过了半夜两点——这时候会是谁打来的呢……

在鸦雀无声的深夜一隅，那金属铃声听着就像一种未知生物的痛苦喘息。

我用毛巾擦擦沾湿的手，走出浴室。隔着客厅门传来的铃声在昏暗的走廊回荡。这栋屋子的二楼卧室与一楼客厅都装了电话，卧室的电话只有弟弟和十分亲密的朋友才知道号码，是完全私人用的。想不出谁会打到客厅的电话上去。

电话不依不饶地继续响着。我犹豫了一小会儿，还是提起了听筒。铃声戛然而止，取代它的是一个男人低沉的嗓音。

"是真木老师家吗？画家……真木祐介老师家吗？"

是个陌生的嗓音。

"我是新宿S署的人。您是真木老师吗？"

"是的……"

"深夜突然来电很抱歉，是有关您太太的事情……太太的名字是不是念'qi'子呢？是'契约'的'契'字吗？"

"是的。有什么问题吗？"

警察居然在深更半夜打电话来问契子的事。更惊人的是，我显得格外冷静。身处夜间的凉气之中，连心态也变得冷淡了。

"您太太现在是否外出了呢？"

我不知该如何回答，于是用近似反问的含糊语气回应他：

"唔嗯……"

"您知道她去哪里了吗?"

"嗯,我没问她具体要去哪儿。"

刑警的声音在听筒深处消失了片刻,之后再度响起。

"是这样的,新宿三丁目一家旅馆发生了杀人案,我是从案发现场打电话给您,被杀死的女子似乎是您的太太。"

"契子她?这不可能!"

我不由得怒吼般地大喝一声。

"因为被杀害的女子手上有一封要寄给您的信件……读过内容之后,看上去是您妻子写的……您太太出门时是不是穿着深蓝色结城绸①的和服呢?腰带是灰色的,上面有黑色四叶草的图案,只有一片叶子是粉红色的……"

"我记得不是很清楚。她确实是有一条那种图案的腰带……可是……"

听筒深处传来男人的沉吟声:"看来是您太太没有错了。很抱歉,能请您火速赶到这里来吗?"

我已经不记得是何时挂了电话。回过神来,才发现自己用震颤的双手按着听筒,像是惧怕那男人留下的余音。也许是因为过于惊愕,意识融入黑暗中,变得稀薄,思绪也变成原地打转。那个自称警察的男人最后匆忙说出的话语中,我只记得"从新宿御苑大门前数起的第三条路"这句,还有"帕德"这个闻所未闻的旅馆名。"帕德"的发音怎么都听不清楚,我还反复问了好几次。

我本想这也许是个骚扰电话,但他的说话声背后的确传来了警笛与匆忙的脚步声,似乎飘荡着命案现场的气息。

---

①结城绸是一种高级丝绸。

但这是不可能的——契子在新宿的旅馆里被人杀害,肯定是哪里搞错了。总之还是去现场看看为妙,这么一来就能轻松化开这个无聊的误解。

然而,身体却不肯随我的想法而行动。我瘫在沙发中,任身体下陷,只是迷茫地望着墙上的画。是一个女人的肖像画。妻子契子——刑警方才宣称死亡的女人,她的脸在一片幽暗中如幻象般浮现。说是脸,其实看上去更像是渗入墙壁的一摊污渍。我全身发颤。为了让手上的痉挛停止,我用全力握紧一只花瓶,朝肖像画扔了过去。花瓶重重砸在画中女子的脸上,又掉落到地板摔碎了。

听到响声,我才回过神来。玻璃花瓶摔得粉碎,而画中女人的脸庞却毫无变化,只有被水打湿的头发像活人似的扭曲起来。但那张脸依旧纹丝不动。

不会有错,这个女人是绝对不会死的——

在突如其来的刺激之下,所有记忆都回到了空荡荡的脑海中,我就像个初愈的失忆患者一样恢复了神志。我将视线从画中女人的脸上移开,来到走廊。

走廊尽头的浴室还亮着灯。我为该去浴室还是去二楼犹豫了一瞬间,双腿擅自选择了上楼梯。

这是今晚我第四次爬上这段楼梯。爬上楼梯的第一扇门就是卧室,我也是第四次打开这扇门。

卧室里很暗。门旁的开关一周前坏了,还没修好。我从裤兜里掏出火柴点上。指尖的光芒让暗夜微微泛白,微弱的火苗照出乱糟糟的床铺和塞进壁橱的地毯上那熟悉的几何图样。明明早已再熟悉不过,这奇妙的形状却让我辨别不出是几边形。

"不可能……"

我用不似自己的声音低声念叨。

契子在新宿一家我都没听说过名字的旅馆里被杀，这种事是绝对不可能发生的——因为契子刚才还躺在这块地毯上呢。是我杀的。是我在这间卧室里亲手杀死了她。而电话铃声响起时，我才刚刚将尸骸埋在后院，正在浴室清洗沾满泥巴的双手。

拿着火柴、融化在黑暗中的这只手上，还残留着掐住脖子时，妻子——契子身上最后的体温。

1

四小时后——

隆冬的黎明，我驾车疾驰在冻出一层白霜的高速公路上。我正从新宿的案发现场赶往另一个现场，也就是位于国立市的家中。晨光渐渐给周遭的景物描上一层轮廓，脑海中的混乱思绪反而愈加纠缠，成了一团暗影。

或许是同名同姓，又或许是持有妻子要寄给我的那封信的女人偶然被杀了——四小时前，我怀着这种乐观的心态从家里出发。

到达新宿时已经过了凌晨三点。红色的霓虹灯管组成了英文店名"帕德"，那过分鲜亮的色彩反倒让旅馆整体显得昏暗。这也是门口唯一的色彩，一眼就明白是那种旅馆。

一旁停着警车，大门口被媒体记者挤得水泄不通。被誉为给战后绘画史涂上一抹独特色彩的知名画家之妻，在这种偏僻又淫靡的地方被杀，的确称得上是大丑闻。闪光灯朝着我连连闪烁，麦克风蜂拥而至。

似乎是打来电话的那名刑警将我从漩涡中救出，领我去了现场。

现场位于旅馆四楼的四〇二室。

从踏入那房间的第一步起,我就陷入了一种诡异的混乱。房间的整体印象与我自家的卧室——也就是我真正杀死妻子的现场堪称酷似。尽管没有壁橱,但从床的位置、房间面积、窗户大小,到窗帘与地毯的颜色,全都一样。就算细节处有所差异,但当它映入我的眼帘时,真就仿佛是把我杀妻的卧室直接搬到了新宿后巷的旅馆中。

产生这种错觉可能是因为看到横陈在床上的雪白裸体的女子尸骸。她的脖子上缠绕着束带绳①,床脚边丢着一把沾有新鲜血迹的扳手。刑警解释说,凶手是用束带绳勒死女子之后,再用那把扳手将其面部砸烂了。

当白布从尸体脸上掀开时,我不禁想吐,用手捂住了嘴巴。并非是形如碎土的那张脸令人作呕,而是异乎寻常的相似感让我感到晕眩。一切的一切,都昭示着我在当晚的所作所为。我在一小时前才刚刚用后院的泥土隐藏起来的罪行,居然在眼前得以重现。我也是用束带绳勒死契子后,用扳手砸烂了她的脸。

"脸已经成了这样子……请问,能通过其他部分来判断吗?"

我只能回答她是我妻子。身体的整体印象与头发的长度都与契子一致,脱在床脚边的和服与漆面手提包我也确实记得。

"这枚戒指是?"

尸体的左手无名指上戴着一枚翡翠戒指,底座是少见的十字形状,吸引了刑警的目光。

"是四年前结婚时我买给她的。是我亲自设计,特地请人定做的。"

---

①指束紧和服腰带用的细绳。

刑警想把它摘下来，可戒指牢牢嵌在肉里，只是稍稍移动了一点。指根处留下了鲜明的痕迹，说明死去的女子戴这枚戒指已经有些年头了。

于是乎，这个女人毋庸置疑就是契子。

完全搞不明白。我走出家门，在深夜的高速公路上驱车疾驰，可不知不觉又回到了自己作案的犯罪现场。几小时前那场令脑海中充斥着腥臭味的犯罪，像是被一面不可思议的镜子映照，我又站在了另一边的杀人现场。

"您看看这封信。"

刑警用戴着白手套的手递来一个信封。正面写有国立市的住址和我的名字，而背面只写了"契子"两个字。透过笔迹也仿佛能看到契子的面容。

——我越来越不懂你这个人了。假如真的不爱我了，为什么半年前在新宿偶然重逢时，你却没有视而不见呢？是因为同情吗？恐怕我们再也没机会见面了。两年前当你把"分居"这个词说出口时，就全结束了。我本该早点认命的。我会在两三天里给你寄离婚申请书。

信封上还贴着邮票。看来她把信装在手提包中，是打算寄出去。

"从字面上来看，太太好像是打算和您分手吧……"刑警问道。

于是我把和契子之间的夫妻关系简单地说了一遍。

我和契子是在四年前结婚的。契子比我小六岁，当时二十七岁。本是经历过一场热烈的恋爱后促成的婚姻，却在第二年产生了第一道裂痕，结果是分居两地。我只是想留一段冷却时间，并不打算离婚。一年半后，我们偶然在新宿的闹市区重逢，聊了和解的事。表面上看，我们俩似乎都在这段空白期中找回了对彼此的信赖，可再度开始同居后，相处得并不融洽。一个月前，我们俩的嘴中都开始抛出"离婚"这个字眼。住在同一间屋子里，却互相不理不睬。

昨天也一样，我白天出发去伊豆旅行，刚到伊豆的旅馆就发现忘记了重要的东西，又回了趟家。

"到家时已经晚上八点了，当时我妻子不在家。"

我撒了个谎。其实妻子晚上八点还在家，接着我杀了她。亲手杀了她——

"关于太太与异性的关系，您是否知道些什么？"

"不，我什么都不知道。跟我分居一年半的时候，契子在酒吧工作，也许结交了别的男性吧……说不定我弟弟新司会知道。"

"您弟弟？"

"他在证券公司上班，性格挺不错的，有时候比起我来，契子更信任弟弟，和我闹了别扭也经常找他谈心。"

刑警问了我弟弟的住址，记了下来。

据说嫌犯男子来到这家旅馆时刚巧是午夜零点。他用鸭舌帽遮住眉眼，戴着墨镜，下巴藏在大衣领子里，让人看不清相貌。他说"女人之后会来，先让我进去"，接着进了四〇二室，可半小时左右又单独出来了。"女人不会来了，先走了。"他留下这句话，付了房费便离开了。

觉得可疑的前台员工爬上四楼，进房间一看，就发现了女子的尸体。

女子没有经过前台。四楼的走廊尽头有一条紧急通道，警方推测女子是从逃生梯进入房间的。时间只有短短的半小时。男子一定是在女子进入房间并脱下衣物的同时，实施了他的犯罪行为。

"住宿登记卡上的地址和姓名都是编造的。保险起见，我还要多问一句，零点左右时真木老师您在哪里呢？"

"在家里睡觉。八点回到家里之后，我想着再折返去伊豆太折腾了，决定第二天早晨重新出发——我也算嫌疑人之一吗？"

"不，只是例行公事而已。要是您有在家的证据就更好了。"

"出版社给我来了个电话。那家出版社主办的个展原定下周开幕，可因为一些差错有可能要换个会场，所以来电通知我。刚巧就在零点前后。找出版社的人确认一下就行。"

出版社的职员还说"这么晚来电实在抱歉"，所以电话打来的时刻我记得清清楚楚。也就是说，在新宿这桩杀妻案中，我有着明确的不在场证明。

从得出结论的瞬间起，我就决定将这具女尸认作契子了。这场犯罪或许可以掩盖我真正所犯之罪——更何况，假如否定说这具尸骸不是我妻子，警察大概会去追查妻子的行踪。这么一来，我埋在后院泥土下的真正的妻子尸体恐怕会被发现。

"我想再确认一下，这位女性确实是您太太，没错吧？"

"确实是我妻子。虽然脸已经成了这样子，但是……毕竟是夫妻，凭身体就能感觉出来。"我回答道。

其实，半年前复合后，我一次都没碰过妻子的身体。最后一次跟契子发生关系已经是两年前。经过了两年的时间，我对契子身体的记忆早已淡薄。

仅仅承认她是契子应该算不上做伪证。这个女人的确是契子。戒指、和服、书信上的笔迹，甚至连体态给人的大致印象都一样……可是契子只可能埋在家中的后院啊。面部跟她一样被砸烂了，但尸骸理应被我埋入了土中。

"话说回来，凶手为什么要做出把脸砸烂这么残忍的事呢？"刑警自言自语似的嘟囔了一句。

他的话刺进我的胸膛，仿佛我自己在被质问。

现在什么都别想，回家再慢慢思考吧，否则一定会闹出愚蠢的误解——我如此想着，一摆脱刑警就赶忙逃离诡异的凶案现场，猛踩油门，在黎明的高速公路上飞驰，赶回了家中。

打开客厅大门的瞬间，我就被壁炉台上那幅契子的肖像画吸引了。我伫立着，视线久久无法从画中的面孔上移开。

"契子……"我面对画作呼唤道。

只有这幅画才是契子。火焰的光照不到她，鲜红的夕阳为她染上了色彩。她的脸微微转向一侧，躲避我的视线。只有这个女人才是唯一确凿的、真正的契子。现实中和我一起生活了四年的契子并不是真正的契子——所以我杀了她。

我瘫倒在沙发上。想喝口威士忌，往杯中倒酒时手却滑了一下，浑浊的液体从坠落地板的酒瓶中淌出。出门前向画扔去的花瓶碎片，在朝阳的照射下泛着细微的光泽。茶褐色的液体像要把这些光泽都吞噬掉一样，漫延开去。

就在此时，我忽然想到了什么。在新宿陌生旅馆被杀害的女人会那么像契子，只有一个原因。

因为那个女人就是契子。在廉价旅馆的房间里为一个男人宽衣解带、赤身裸体、沾满鲜血躺在床上的那个女人就是契子。这么一想，尸体的特征与契子别无二致也解释得通了。

可是——可是这样的话，我究竟杀了谁呢？

2

"你心里总是有其他女人的影子,我就是因为这个才被你抛弃的。"

两年前,当我突然抛出分居的提议时,契子就像当初邂逅时那样,眼睛略微转向一侧,如此说道。性格刚强的契子会将我说的"想单独工作一阵子"曲解成爱情日趋冷淡,或许也是情理之中的事。她的手颤抖着,将我递出的那沓钞票使劲儿一摔,默不作声地离开了房间。

从新婚时起,契子就怀疑我的心中还住着别的女人。她认为我无止境地追求着并非契子的另一个女子的身影——从某种意义上说,这倒也是事实。在我心中的确盘踞着另一名女子,因此我无法去爱契子。只不过契子并未意识到,我追求的是她自身的影子。

刚结识时,契子在一家小画廊里当事务员。她那大得有些过分的乌黑眼眸,搭配厚厚的上唇,容貌非常不协调,甚至可以说与美相去甚远。但当我在黯淡的夕阳下走进旧货店似的穷酸画廊,初次见到那张脸时,我发现那暗沉沉的脸庞正是自己长年追求的一种美。以类似透纳《奴隶船》中如熊熊燃烧的红黑火焰般的大海为背景,一个女人的面孔也仿佛被烈焰灼烧——这便是我无意识中不断追寻的心像世界。我感到一阵迷茫,没有任何想法,只觉得这就是所谓的感动。想要把这张脸画下来的冲动化作一种义务感,束缚住我,让我甚至无法发出感动的赞叹声。

简而言之,我并不是和一个女人,而是和绘画素材结了婚。短短一个月后,我就意识到这桩婚姻是个失败。

住在一起后我才发现契子是个与想象中截然不同的女人。作为一个妻子,她其实非常接近理想状态。她有开朗坚韧的一面,料理起家事来也滴水不漏——但是,她并不是我所追求的契子。我所爱的契子,是必须被狂暴的火海所吞噬,是晦暗、神情涣散、只存在于阴影中的女人。

面对着画布,我什么都画不出来。我想画,但那份冲动在现实中的面孔前消失得无影无踪。看惯了现实中的那张面孔,曾经让我产生莫大感动、在一瞬间狠狠击中我心的那张脸庞变得日渐模糊。

假如没有契子的脸总在面前晃悠,记忆中黄昏的画廊里那个女人的阴暗眼神或许就能鲜明地重现。我想与她分开也正是因为如此。更何况,我身为一个画家,对契子容颜的欲火早在最初的一瞬间就已燃烧殆尽。

分居这个决定很明智。与妻子分开半年后,我就完成了她的肖像画。众人纷纷将其评价为我的最高杰作,买家纷至沓来,可我暂无将投入一切创作出的这幅画出手的意思,决定将它先在客厅里挂上一阵子。

刚完成肖像画那阵子,我本打算把契子叫回来。可实际上,完成画作后,我对契子更是没有任何兴趣。画完成之后,素材便毫无意义。

留法时期,我曾在巴黎的旧货市场见到过据称是战前著名画家罗杰·加尔拉斯用作静物画素材的盘子。那个盘子让我感到背脊发凉。加尔拉斯的灵魂仿佛夺走了盘子的存在感,只留下一件龟裂、陈旧、毫无意义的劣质物品。盘子标价高达二百六十五法郎,像是在亵渎加尔拉斯的画,我甚至感到了几分愤怒。契子的存在也如同那个盘子,从肖像画完成的那一刻起,就没有任何意义了。

而半年前,我们在喧闹的大街上偶然重逢了。她伫立在人潮中,那一瞬间的冲击令我至今都难以忘怀。让我吃惊的并非预期之外的重逢,而是一年未见的妻子,容貌上有了太多变化。越过摩肩接踵的人群,我看到了她的脸。正与女伴嬉笑的契子一认出我,惊讶的表情就凝固了,眨眼之前那粗俗的笑容像污渍一样残留在脸上。

分居的一年半里,契子辗转于两三家酒吧,她容貌上的剧变或许是因为全身沾染了夜场的浊色。她打扮入时,身穿和服,化着卖弄风情的妆容,若是他人看来,或许还能感受到不同于往日的华美。然而,我那幅肖像画中的气质已经荡然无存。即便站在闹市之中,契子的脸也让我体会到目睹加尔拉斯的素材盘子时的心寒与愤怒。我能感到自己的画已经吸走了契子脸上的全部生命力,剩下的甚至不配称作脸,只是几根线条的低贱几何图案。

即便如此,我仍旧向丝毫不念旧情的契子提出"重归于好",纯粹是因为面对一个因画作而成为牺牲品的女人时,我输给了寻常的同情心。那真是大错特错。正如同在新宿被杀的那个女人——极有可能是契子的女人——信中所写的那样,我在人潮之中应该立刻转过脸去的。

重逢一周以后,再度回到我生活中的契子,第一眼看到客厅中的肖像画的瞬间,似乎就想通了一切。我的爱只奉献给了画中的女子,我心目中唯一的契子就是肖像画中的女子。两个月之后,契子会时不时端坐在客厅的沙发上,瘆人地一言不发,只是淡然地注视着画中的女子。明明是我提议复合的,却比过去对她更冷漠,这或许让契子的精神都发生了病变。我也一样,看到契子凝视画作的眼神,就会产生一种病态的恐惧感。她那笔直投向画作的炽烈视线,仿佛在将自己的生命力从画中再吸回来。在我看来,契子正从画上将我的艺术一点一滴地剥夺走。

今晚，在我实施谋杀的同一时刻，契子化作另一个女人，出现在了陌生的凶案现场。然而，其实从很早以前，契子就早已是两个女人了。肖像画中的契子与现实中的契子——我从那时起就将两个女人混淆了起来，契子也开始将画中女子当作现实来看待。她显然对夺走爱情的女子投去了嫉妒的视线。

我与契子，再加上画中的女子，三人的诡异同居生活持续了四个月。表面上风平浪静，脸上各自都保持着若无其事的安然神情。

骤变始于前天。因为一些鸡毛蒜皮的小事，我们俩在客厅拌起嘴来，吵着吵着，契子忽地抓过身旁的水果刀站了起来。我本以为她想要向我挥刀，不由得后退了一步，可契子死死盯着的是画中的女子。

"你跟我结婚，全都是为了这幅画吧？我只不过是个模特儿而已。我只是你用来完成作品的工具。"

契子挥刀向画而去，我从背后扑向她。

"住手！这画的不就是你吗？"

"不对，这不是我。你爱的是这个女人。我总是被丢在这个女人的阴影里，你甚至连我还活着都忘了。"

契子拼命反抗我的阻挠，奋力挥舞小刀，我能清楚地感受到她的力道异常之大。我扭过契子的手腕，将刀从她手中打落。契子"哇"地放声大哭，瘫倒在地板上。

昨天下午，我出发前往伊豆，一是因为妻子的亢奋之情已经平息下来，二是因为这是一趟已计划多时的旅程，便照常出行了。可我一离开东京，就为妻子在前夜的行为担忧起来。契子会不会趁我出门将画毁掉呢？不，也许此刻她已经像昨晚一样紧握小刀，正要对画中的女子痛下黑手——想到这里，我就感到如芒刺在背。结果,刚到达伊豆,又立即折返回东京。

到达家中的时间是八点。一进玄关,我就听到契子在二楼卧室中打电话的声音。

"已经彻底完了。还是抓紧时间分手吧。"

我记得她是这么说的,可我没心思去管电话另一边的人是谁。

我把手提包丢在玄关,连鞋子都没全脱就冲向客厅。

画暂且安然无恙。我长呼一口气,坐上沙发。就在这时,我注意到掉在地板上的小刀。就是契子在前一晚挥舞过的那把刀。契子应该早就把刀收起来放回了厨房,可它再次出现在客厅的地板上。契子在我离开之后,又再度握刀与画中的女子对峙过。刀刃上泛出的锐利光泽让我清晰地感受到契子对一个女人存有杀意,不由得松开了捡起刀的手。我缓步上楼,去往卧室。

那一刻,卧室里一片昏暗。只有窗外透进的些微光亮勉强勾勒出站在电话机旁的女子的轮廓。电灯开关一周前就坏了,还没修好。是我故意弄坏的,因为在卧室里贴身看着契子的脸让我痛苦欲绝。契子的心情想必也与我相同。我们俩这几天都是在黑暗中背对背睡觉的。

"在给谁打电话呢?"

我提了个无意义的问题。面孔几乎完全藏在黑暗中的女人什么都没回答,恐怕是因为我突然回家让她很惊讶吧。只看得到轮廓、颤动,听得到喘息,我们俩面面相觑了好几秒。我的手漫无目的地在床上摸索了几下,偶然间碰到了一条绳子。这是什么绳子呢?我边想边用力抓起它。突然间,一股莫名的怒火涌上我的心头,我像是被某种力量所推动,扑向黑暗中的女人,浑然忘我地将手握的绳子缠绕在她的脖子上。

整个过程只是短短的一瞬间。过了一会儿我才发现响彻黑夜的尖叫声并非来自女人，而是从我自己的喉咙中挤出来的，这才松开了双手。女人的身体倒在了夜色深处。

然后我立刻下了楼，从后门前往车库拿到扳手，又再次进入卧室。这段过程的记忆已经十分混乱，连我自己都无法解释，只能说是被一股奇异的力量驱使着展开了行动。好似在梦中，或是在他人的意识中。

高举扳手朝着融化在黑暗中的女人的脸砸去时，我想到的是那个盘子——在巴黎旧货市场偶遇的、加尔拉斯用于作画的龟裂盘子。这一回是真的不得不砸个粉碎了。仅此而已。

回过神来，我发现自己握着扳手，瘫倒在女人的身体上。仿佛有一连串粗野的心跳声从本应彻底毙命的女人胸口传来，我没有立即离开她，而是抱紧那身体，久久不愿松手。黑暗之中又传来"嘟——嘟——"的单调声响。在勒住她脖子的时候，不知是她的身体还是我的身体，将电话听筒撞了下来。

我心中只有惊诧。在触摸到床上的那根绳子前，我从未知晓自己是那么强烈地憎恨着契子、憎恨着她那张脸。我承认与契子结婚以来就觉得她的脸很碍眼，但未曾想这四年里，我的身体中潜藏着如此剧烈的怒火、厌恶与杀意，甚至连自己都难以置信。疯了的或许是我才对。

我划亮一根火柴。小小的火焰在一瞬间照亮她，又消失了。那已经无法称之为脸，就像破碎的陶器一样，在地板上隆起一小堆。就在这个瞬间，我察觉到缠绕在她脖子上的是束带绳。当一切再度被黑暗笼罩之后，那张脸上红与黑微妙混合起来的色彩，仍残留在我的脑海。我暗下决心，有朝一日要将那种颜色画出来。

* * *

3

接下来我再次从车库取来旧车的罩布和绳索,在黑暗中将女人的尸体包裹起来,拖下楼,搬运至后院。

正当我拖着尸体经过客厅的时候,微微敞开的门缝中突然传来电话铃声。我缓缓叹了口气,将尸体留在走廊,进入客厅接了电话。

"大哥?"

是弟弟新司打来的。

"嫂子呢?"

"契子出门了——有什么事吗?"

"那就不打扰了。"

弟弟挂了电话。这时是九点左右,过了三小时后,出版社打来了电话。再两小时后,警察打来了电话。

也就是说,昨晚有三通电话打来。出版社来电时我正忙着挖坑,模糊的铃声从敞开的后门传出。而警察来电时,我已经将尸体掩埋,完成了所有善后工作,正在浴室里清洗沾满泥土的身体。

弟弟的这通来电将我稍微拖回到了现实,之后的细节我都记得很清楚,关键问题在于那之前的情况。

卧室中一片漆黑,我一次都没看清她的面孔。不,只有一次看清了,是我点亮火柴时,可那时她的脸已经被砸烂了。我将黑暗中的女人认作契子,依据仅仅是从伊豆返回、冲进玄关时,听到从二楼传来的电话交谈声。我记得对话的语句,却无法肯定那是否真是契子的声音——因为当时满心惦记着肖像画,立刻就冲进了客厅。

我是不是纯粹因为"家中有女人在",就无意识地将她误认成契子了呢？

只是有个女人在家，其实无法断定她就是契子。与契子分居的这一年半里，我和许多女人交往过。我对契子并无爱，没有女人陪伴的空窗期也确实挺寂寞的。我交往的大多是模特儿或是酒吧女招待，也曾把好几个带回过家里。其中甚至有我考虑过再婚的对象，还把家中的钥匙给了两三个人。有的女人会擅自进来，边冲澡边等我回家。再次和契子同居之后，我就和那些女人撇清了关系，但这些女人里难保不会有一个喝醉了，把我与契子复合的事抛在脑后，擅自跑进我家里来——听上去很异想天开，但本应被我杀死掩埋的契子却在同一个晚上成了另一处凶案现场的尸体，这件事才更加异想天开呢。

我杀死的会不会是另一个女人呢？而契子在我从伊豆回家时会不会已经外出，与某个人碰头，接着去了那家名称怪异的旅馆呢——

但是这么想的话仍然存有疑问。为什么在新宿旅馆杀死契子的凶手会砸烂了她的脸呢？他是跟我一样用束带绳勒杀之后，又跟我一样用扳手去——扳手？

我走出客厅，上楼进入卧室，晨光照亮了我昨夜残杀一名女子的房间。追溯记忆源头，还记得女人的尸体应该是横躺在靠近房门的地毯上，就在那怪异的几何图案之上。可此时这里丝毫没有昨晚作案的痕迹。昨晚，警察打来电话之后，我害怕刑警找上门来，就打着手电筒，将地毯上残留的血迹仔细地擦除了。只要查得仔细一点，还是能查出血迹，但乍看一眼肯定是分辨不出的。昨晚发生的事仿佛是一场梦。房间里寂静无声。

扳手也不在。印象中，我心想留下带有血迹的扳手会很危险，便在用汽车罩布包裹尸体的时候一起打包进去了。可这些细节不管我多么努力回想，都无法下定论。

束带绳也一样。看到缠绕在新宿女尸身上的束带绳时，我觉得跟自己用于勒杀的绳子是一样的，但其实我只是在卧室划亮火柴时见过一瞬而已。我总觉得颜色也是相同的，可或许只是因为新宿凶案现场与卧室的情况过于相似，令我产生了错觉。

依然什么都没搞清楚。越思考越搞不清楚。只不过，在这一片混乱之中，我的头脑还是倾向于认为在新宿被杀的女人才是契子。那么我就是在卧室中杀死了一个身份不明的女人——

电话响了。警方应该不知道卧室电话的号码，大概是弟弟打来的吧。

"大哥？"

果然如我所想，是弟弟的声音。

"为什么不告诉我一声啊。刚才警察打电话来，说让我去确认一下尸体。我这会儿先去警察局，接着到你那边去一趟。"

新司匆忙地抛下几句话，就挂了电话。

弟弟要来——不，警察当然也会来的。

有必要再确认一次是否有犯罪痕迹残留。警方应该不会在这里采集犯罪线索，他们尚未察觉这间屋子是另一处凶案现场，还有一个女人被杀。不过，万一留下了什么蛛丝马迹，让警方产生疑心就不好了。还是得加倍警觉。

我仔细地环顾卧室，又一处不漏地检查楼梯与走廊是否有血迹残留，一路来到了后院。

说是后院，其实不过是车库再加红砖墙围起来的一小片空间。阳光洒在车库附近的地面上。

那刚好是我昨晚埋下尸体的位置。填埋完之后，我又把泥土推平了好几回，所以即便在此刻冬日清晨透彻的阳光中，不刻意去分辨，是根本看不出翻过土的痕迹的。

一点痕迹都没留，我总算放心了。但与此同时，我又因为一点痕迹都没留而感到几分不安。

晨光与昨晚的黑夜共同将暗中发生的犯罪消除了。一切都像是一个谎言。不论是这片土地下埋着一具女尸，还是我昨晚杀死了那个女人，都显得很不真实。不，杀人应该是真的吧。只不过，那是否真的发生在这间屋子里呢……在这间屋子里发生的事情会不会全都是我的妄想呢……我杀死契子的场所会不会是新宿的那家旅馆呢……将契子带去名称古怪的旅馆、勒死她、砸烂她面孔的墨镜男子，会不会就是我呢……

4

十点弟弟过来的时候我正坐在客厅的沙发上，脸埋进双手间，做出一副哭泣的模样。

居住在涩谷的公寓中的弟弟在新宿警署接受了将近一小时的讯问，然后驱车赶来。

"那就是嫂子……不会有错的。"

弟弟嗓音低沉，说道。并像是有样学样，也把脸埋在双手间，垂头坐在沙发上。

突发的凶案让弟弟惊惶失措，但他的装束如常，丝毫不见凌乱。他大学一毕业就在现在所在的证券公司工作，十年来兢兢业业地夯实人生地基。而我是个画家，整天面对画布，过着自由奔放的生活。我们在各种意义上都称得上截然相反。

弟弟三十二岁，依然单身。我只要见到有点顺眼的女人就会立即发生关系，弟弟对异性之事则非常谨慎。当然，他也曾交往过两三个女人，但当他发觉对方并不是合适的结婚对象时就会马上终止关系。他绝不会像我那样，仅凭冲动就去跟女人上床。

做一个宏大的梦，因为其过于宏大而败退，于是再做一个更大的梦，这便是我自我毁灭般的生活方式。有时候，脚踏实地生活的弟弟甚至让我感到羡慕。相比我而言，契子也更信任弟弟。分居的一年半里，契子一次都没联系过我，有烦恼的时候反倒会去找弟弟商量。半年前的复合她也是在听取了弟弟的意见后才最终决定的。

"尸体右腿上有块瘀斑，那是四天前我来这里时，嫂子撞到茶几的边角撞出来的。"

"四天前你来过这儿？"

"是啊。嫂子突然把我叫来……就是你回家很晚的那天。因为太晚了，我只留下来吃了顿晚饭，没等到你就回去了。"

"契子当时告诉你的事你跟警察提过没？"

契子在四天前把弟弟叫来，肯定是打算谈谈跟我之间的问题。那么契子当时一定会提及肖像画的事。我们俩关系不和的情况警方已经知道了，倒也无所谓，但我不想让警方知道肖像画的事。

然而弟弟露出讶异的神情说："嫂子什么都没说啊。那天晚上她只是说做了两人份的饭菜，可大哥你回家会很晚，问我要不要来吃晚饭。看嫂子的心情和脸色都挺好的，我还心想你们俩处得不错，可以放心了呢。结果，昨天她突然又打来电话……"

"昨天？契子给你打电话了吗？"

"是啊。"

"大约几点？"

"我记得是八点吧，晚上八点……突然间哭哭啼啼地说要跟大哥你分手。"

"契子是从哪里打来电话的？"

"我以为是从这边打来的，但似乎不是。电话中途突然断了，于是我就重新拨了你家卧室的电话，但电话听筒好像没挂好，怎么都接不通……然后我就打了这个客厅的电话嘛。接着大哥你说她出门了。那嫂子一定是从外面打的吧。"

"那通电话里——新司，契子在电话里有没有说这句话呢？'已经彻底完了，还是抓紧时间分手吧'……"

弟弟诧异地望向我。

"是啊，的确说了这句话……但大哥你是怎么知道的？"

"哎呀，这一阵子，契子就像口头禅似的，翻来覆去说这句话……"我胡乱编造了一个理由，蒙混过关。

这一刻占据我脑海的只有一个想法——如此看来，她果然是契子。身处漆黑卧室的女人……我所杀死的女人，果然就是契子。可这样的话……

我的脸色骤变，但新司一定理解成了另一层含义。

"昨天那通电话我没跟警察说过。实际上，直到警察给我看嫂子包里的那封信之前，我对你们俩的真实情况一无所知。可是，你为什么这么怕我对警察说些什么呢？"

弟弟直勾勾地盯着我，灰色的眼珠一动不动。

"唉，警方好像在怀疑我呢……事实上，说是我杀了契子也一点都不奇怪。"

"可警察说过你是有不在场证明的。昨晚十二点左右，也就是嫂子在新宿遭人杀害的时刻，据说出版社的人给你家打过电话。警察去出版社确认过，应该是确有其事。"

23

"可是我不想继续承受那怀疑的眼神了……警方有没有问过你契子的异性关系？"

"问了……我回答说她没找我聊过这方面的事。"

新司微微低头。我觉得弟弟知道些什么，但故意瞒着我。然而他面无表情，我无法看透真意。跟喜怒形于色的我不同，弟弟不论何时都能保持冷静的神情。

"不过凶手为什么要做出那么残忍的事来呢？"

弟弟含糊地嘀咕着，视线忽地转向契子的肖像画。他所谓"残忍的事"，应该是指凶手将尸体的面部砸烂吧。他大概是想到了那场面，才看了肖像画一眼。面对弟弟那如同透过显微镜观察似的冰冷眼神，我感到一种已全部被他看穿的惶恐。

"我有点困了。要是警察过来，再把我叫醒吧。"

和弟弟聊天实在太难熬，我留下这句话就回了卧室。

一关上房门我就蹲下来查看地板。在警察来之前，我必须再检查一次地毯上有没有留下血迹。

凑近地毯的双眼却捕捉到了另一件东西，并非血迹。我方才压根没注意到，它就像要把自己藏起来一样，掉落在西式壁橱与日式壁橱之间窄小的缝隙中。

我把它捡了起来。一瞬间，我的背后冒起一阵恶寒，又把它丢了出去。掉落地面的它仿佛隐身于地毯的图案之中。我后退一步，依然凝视着它。

是戒指。

翡翠镶嵌在十字形状的白金底座上，与深深嵌入新宿女尸手指的戒指一模一样。

5

我倒在床上，堕入睡眠。梦中有一扇白色的大门，我手上有两把钥匙。我试着分别插进锁孔，可都打不开门。我的大脑在梦中也是一片混乱。我窥探锁孔——是空无一物的黑暗。那黑暗就好像我用火柴照亮女人最后的容颜时看到的一样，显出红与黑融合的怪异色泽。

我被弟弟晃醒，睁开了眼睛。大概睡了一小时，过短的睡眠时间让双眼红肿。我惺忪地走下楼，在新宿见过一面的刑警与几名警员来了。

一瞬间我还以为要被逮捕了，不禁后退一步。

"以防万一，我们想取一些您太太留在屋子里的指纹，看看跟尸体的指纹是否吻合。"

我在心中大吼一声，还有指纹！的确，只要调查指纹，就能明确判定在新宿被杀的女人是否为契子。

我想搞清楚状况，可万一指纹结果说明新宿的死者并非契子，我该怎么向警方解释契子的去向呢？又一阵不安向我袭来。弟弟也在新宿警署指认尸体就是契子，假如真是这样，我入睡前在卧室里找到的翡翠戒指又该作何解释？那一定是我与女人在黑暗中推搡时从她手指上滑落下来的。还有契子给弟弟新司打去的那通电话——

在我尚且沉默无言的时候，警员们已经开始在家中各处扑打白粉了。

刑警靠近肖像画的时候我闭上了眼睛。不过刑警戴着白手套的双手却伸向了摆在壁炉台上的大青瓷壶。就在这时，新司似乎想起了什么，说道："嫂子碰过那个青瓷壶，就在四天前我来这里时。因为光线的问题，壶看上去像是裂了一条缝，她很担心地翻来覆去检查过一通。"

刑警的眼神像是要把那个瓷壶表面来回舔舐一遍，接着他又叫来了一名警员。

他们似乎从壶身上采集到了相当清晰的指纹。不光是指纹，为了调查契子的异性关系，他们还把家中属于契子的物品都查了一遍，待了两小时左右才离开。

走出客厅时，刑警盯着我给他的那张契子新婚时的照片。他忽地抬头，视线从照片移向墙上的肖像画。

"那幅画上的人也是您太太吧——那是哪年的相貌啊？"他问道。

"和您手上的照片差不多时候。"

"是嘛。我觉得跟照片上长得不太一样啊……"

刑警漫不经心的一句话仿佛尖针一样刺穿了我的胸膛，血色逐渐从脸上消散，我目送着刑警的背影远去。

把警员们送出家门的弟弟不知何时又在大门口应付成群的记者。

"大哥身体状况不佳，无法回答问题！"他说着把玄关大门牢牢锁住。即便如此，门铃声还是不绝于耳，在家中回荡。

我按住双耳，抱头坐下。

"大哥——"

弟弟的喊声传到了耳畔。我吃了一惊，回过头去，只见弟弟那张脸凑近到都快碰到我脸上了。

"我实话实说了，这件事我还没告诉警方，刚才想跟你说的，却没说出口。"他依然面无表情，只是把嗓音压低了几分，"嫂子其实有男人了。"

"契子吗？什么时候的事？"

"和大哥你结婚前就有了。因为跟你结婚，嫂子一度跟他分手，可才过了半年左右就又回那男人身边去了。听说那男人被来路不明的女人钓上钩，很缺钱。为了谋财，他又强行和嫂子发生了关系……我还听说那女人在勒索他。"

"契子身旁原来还有这么一个男人啊。"

真是令人意外的事实，但也在情理之中。结婚之后我就一直把契子放在视野之外，契子在我的视线死角中做了什么，我一次都没关注过。

"嫂子经常找我商量事情，聊的也并不是大哥你，而是那个男人的事。但我对详情也是一无所知，甚至连名字也……嫂子是主动找我商量的，关键信息却一点都不肯透露。我曾提出见那人一面，做个了结，可嫂子却说不方便让我们见面，轻描淡写地一带而过了。"

"她和那男人的关系一直持续到最近吗？"

新司摇摇头。

"这我不清楚。半年前，你们刚恢复同居时，她说过和那个男人已经彻底一刀两断了……可是这次的凶案发生之后，总让人觉得还藕断丝连啊……"

"为什么没告诉警方呢？"

"考虑到你的立场，我觉得还是不说比较好。毕竟嫂子一直在背叛你。我建议今后也不要跟警察提那个男人。假如他真的是凶手，警方查案的过程中他自然会浮出水面……万一怀疑到大哥你头上来，我当然会说的，可你现在有明确的不在场证明，就……"

我默不作声。那个男人很有可能是凶手。如果契子跟那种男人交往，那么在新宿猥琐旅馆中被杀的女人就越发像是契子了。

但是，假如这样的话……

同样的疑问在我的脑海中形成一个圆环，一个劲儿地空打转。我什么都不愿去想，也想不下去了。于是我选择回卧室再睡一觉。

警方是在两小时后打来电话的。

接电话的是新司。新司像在模仿刑警似的，用一本正经的口吻向躺在床上的我转达：在我家中采集的几组指纹，跟新宿的受害人指纹完全一致。

6

新司七点过后没多久就回家了。他很担心，本打算住下来陪我，但我强行把他支走了。我实在是想一个人静静。

"你明天早晨再来吧。我今晚只想多睡会儿。"我说。

新司直到关上玄关大门的那一刻都在担心着我。

"什么都别担心，好好睡一觉。大哥你有不在场证明，不会有事的。肯定是安全的。"

我道完谢关上门，又回到卧室，躺倒在黑暗中。怎么可能睡得着呢？家中仅我一人，寂静化作重压，我眼睛一闭上又立即睁开。

尽管明白再多想也是白费功夫，我仍然试图让脑袋转起来。弟弟说得没错，既然新宿那具尸体的指纹与契子的吻合，我就是安全的，我有不在场证明——然而，既然如此，我昨晚在这间卧室中杀死的女人又是谁呢？我痛下杀手的对象也很明确，就是契子。在我行凶之前，契子确实曾在这间卧室给弟弟打过电话。况且，倒在房间中的女人手上还戴着翡翠戒指……

也就是说，在死亡的瞬间，契子变成了两个人。我亲手杀死并埋入土中的契子将在家中断送的生命再度凝结成一道暗影，旋即出现在旅馆的四〇二室中。

昏暗的房间几乎与昨晚别无二致。恐怕时刻也相同。从背后的窗口射入微弱的亮光，眼前仿佛站着一个与昨晚相同的女子的身影。我站起身，靠近浮现在窗边的女子的幻影，摆出要偷袭的姿势。

就没有别的线索了吗？她的气味、身高、发丝的软硬程度、透过和服触到的肌肤触感，什么都回想不起来。当时将绳索缠在她脖子上并用尽全身之力来拉扯的自己，此刻感觉恍若另一个人。我甚至连契子露出了怎样的表情都想不起来。她的发型、她的肌肤也一样，记忆一片模糊——飘浮在黑暗中的就只有肖像画中女子的面孔。她不是契子，而是在黄昏中的那间画廊里，美神向我展现了短短一瞬间的、不存在于人世的一道倩影。

我怎么都想不通，可我仍然无数次扑向黑暗中的幻影。我多想抓住那幻影，把她的脸拉到亮光下照个清楚。

楼下响起了电话铃声。我刚下楼推开客厅的门，铃声就断了。

一走进客厅，视线就不由得被墙上的画所吸引。画中女子的面容今晚看来依旧完美。只有走廊的灯亮着，昏暗让女子的眼神越发空洞，迷离地注视着我。

我是契子——她如此向我诉说。

你杀死的人与在新宿被杀的人都不是契子。只有我才是契子。

她的声音穿透耳膜，在我的大脑中回响。我不由自主地站到沙发上，双手抓住画框用力摇晃，像是要把无端的怒火都倾泻出来……

画框从墙壁上脱落，在空中转了两圈，伴随着巨大的声响摔在地板上。玻璃裂开，裂痕也让女子的脸碎了。二百六十五法郎的盘子——我亲手砸碎了那个盘子，事到如今却后悔了。我拼命捡起粉碎的破片，想让它恢复原样。

我曾经那样厌恶契子的面孔——不是画中女子，此时却多想再次见见真正的契子长着一张怎样的脸。如果能再见一次她的面孔，让我将肖像画剪得粉碎也在所不惜。画中女子对此刻的我来说已毫无意义。她的确拥有完美的线条与色彩，可终究也只是线条与色彩。她既无法拯救现在的我，也无法给予我有关悬案谜团的丝毫线索。倒不如说这幅画才是一切的开端。

我是契子。

即便坠落到地板上，画中女子仍然用傲慢的嗓音呐喊着。我的手不受控制地拾起一片玻璃碎片，狠狠地向画上的那张脸刺去，自己都不明白为什么会这么做。就如同我昨夜朝着黑暗中的女人的脸挥下扳手的瞬间一样，所剩的唯有空虚。

画中女子的面孔被割得粉碎，不一会儿，从切口处还淌出了血液。那当然不是画布在流血，而是从我手上滴落的。意识到这一点后我才将沾满鲜血的玻璃碎片扔开。这一定是契子在对我复仇。因为区区一幅画而被残杀且脸孔被砸烂的契子，为了让我亲手将画割碎，死后将自己的分身送到了那家旅馆的四〇二室。我撕下一片桌布缠在手上。一点都不疼。我已逐渐疯狂。

就在此时，电话又响了。我用左手提起听筒。

"是老师吧……"

电话那边的声音粗哑、低沉又轻微，只能听出是个男声。

"我是昨晚和您在新宿见面的出版社的人。按照您当时所拜托的，今天早晨刑警来的时候我回答说零点往老师您家里打过一通电话。这样说应该没问题吧？"

我沉默不语。

"是老师吧？"

"你是谁？"

"都说了嘛，是昨天晚上八点，和您在新宿见过一面的出版社的人……是老师您拜托我们制造不在场证明，才——"

"你在说什么呢？你当时是真的打来电话了……"

是这样吗——真的是这样吗？我放下了电话听筒。

这很有可能是某种陷阱——这样的想法隐约从我的脑海中掠过，可我还是死心地摇摇头。陷阱？有谁会给我下如此荒唐的陷阱？再说了，根本没人能布下如此匪夷所思的陷阱。假如这真是某人布下的陷阱，也必须是对我昨晚的行动知晓得一清二楚，甚至比我还熟知的人。不存在这号人物。

不，确实有这样一个人，对我昨晚的行动无所不知的，只有一个——那就是我自己。这是我给自己布下的陷阱。这么一想，一切都能解释清楚了。刚才电话里所说之事是事实。昨晚我根本没有接到出版社的电话，证据就是我想不起是谁打来电话的。零点根本没有电话打来，那不过是我在事后捏造出来的如梦似幻的空想。要问为什么？因为我午夜零点正身处新宿，并杀害了契子……八点时我不在这间屋子里，当然也没在这间屋子里杀过人。那一刻我恐怕身处新宿，在淫靡的红灯区委托刚通过电话的那个人制造不在场证明。接着我就去了那家旅馆。我把帽子压低，领口竖起，还戴上了墨镜……墨镜？

瘫在沙发上的我伸出手捂住嘴，止住了几乎要从喉咙蹦出来的叫喊声。就在我面前的地毯上，破碎的肖像画画框旁边，躺着那副墨镜。

不光有墨镜，还有鸭舌帽、大衣、沾满血的衬衣……我这才明白，那些东西原本都藏在墙上的画框背后。随着画框坠地，它们也跟着掉落在地板上。毫无疑问，我是在新宿杀死了契子，此刻我正沉默地俯视着满地的证据。一股寂寥之感不经意间涌上心头，让我有点想笑。从零点在新宿杀害契子那一刻开始，今天整整一日，我都在现实与空想之间彷徨。

我所经历的最后一段现实，就是凌晨两点警方打来的那通电话。在新宿杀害了契子之后，我回到家中，恐怕是为了清洗手上的血迹而进入了浴室。然后感觉到电话响了。我关上水龙头，让水声静止——接着，我的空想闹剧就开演了。

恐怕是因为不愿意承认自己在新宿杀害了契子，还将她的脸砸得稀烂吧。在新宿被杀的人毋庸置疑就是契子，而我恐怕想自我欺骗，想藏起这段记忆。我在脑海中捏造出一个在家中杀死契子的虚构故事，编排出一幕空想的闹剧，并对此深信不疑。我在家中杀死了契子，所以没有在新宿行凶——这只是我的一厢情愿。我将自己的空想打造成了现实中所犯之罪的不在场证明。我在玄关处听到契子打电话的声音——这也不过是今天听弟弟提到之后又追加了一层空想。今天早晨在卧室一角发现的翡翠戒指也一样……

我精疲力竭，心神混乱，真的快疯了。

昨晚我在这间屋子里杀死了一个女人这件事究竟是现实还是空想？确有一条途径可辨明。

尸体。证据就是我一心认为埋在后院的尸体。假如一切真的只是空想，那么后院应该根本没埋尸体。

我像被鬼附身似的穿过走廊，打开后门，来到了后院。

灯光透过浴室的窗户照在那片空地上。也不知是空想抑或现实，总之我还记得是从光照处的右侧开始挖土的。我从车库取来铲子，沿着光与暗的交界处，用力插下一铲。

我从疲劳的身体中挤出最后几分气力，不停地挖，几乎不敢相信那是我体内的力量。我不明白自己为什么要如此投入地挥铲挖掘。

不知过了多久……

坑已经足够深了。我的身体被泥土和黑暗所遮蔽。我抛开铲子，双手在泥土中摸索。没摸到任何东西，泥土空洞地从指间滑落。我已经不觉得惊讶了。

没有尸体——这是从开始挖坑时就已预料到的事。

一切都是空想。我没在这间屋子里杀死过任何人，也没将谁的尸体埋在后院的泥土下……

奇怪的是，我反倒松了一口气。从昨晚踏入新宿案发现场第一步起就折磨着我的混乱感一扫而空，我的身体就如同这个坑一样，化作空无一物的黑洞。我感觉到强烈的疲倦，闭上了眼睛。

就在这时我听到了脚步声。脚步声缓缓接近坑洞，在坑边站定。

有个人影。我从坑底抬头仰视，人影显得格外高大。似乎是个男人。我已经什么都搞不明白了，我想，这或许也是我空想的产物。

人影的手微微一动，发出了细小的声响。是擦了根火柴，火光只照亮了他的手，那男人看来是想凭借火光确认坑中的人究竟是谁。男人没把火熄灭就将火柴梗丢进了坑里。

他又重复同样的动作好几次，星星点点的火光洒在夜幕下泥土遍身的我身上。

抛出最后一道火光后，男人原地蹲下，冷不防地向我伸出手，像是要将我从坑洞中营救出来。

"大哥……"

熟悉的嗓音在黑暗中回响。

7

嫂子第一次给我打电话说"想单独谈谈"的时候哭得很厉害，嘴上说着"我现在就去找你"，却怎么都不肯挂电话，她似乎是哪怕一瞬间都不愿意独自一人。听筒那边传来像是列车从铁桥上驶过的轰鸣声，我说"我去找你吧"，嫂子却说不知自己身在何处，还是她自己打车来找我。

半小时后，嫂子坐车来到了我的公寓。虽然已经不哭了，但是双眼红肿，双颊耷拉着，丧气得让人吃惊。身披白纱、面露幸福微笑的那个新娘已经不知所踪，那时她和你结婚还不满三个月啊。嫂子说，结婚刚半个月的时候就开始搞不懂大哥你这个人了，她说完这句话后又说有点累了，想睡会儿，接着没摊开被褥就躺下了。

"要是能和新司你这样的人结婚就好了。"她说着闭上了眼睛，闭着眼睛还自言自语地低语"好冷啊"。于是我……把手伸向了她那棱角分明的脸庞。

那之后，我们还背着大哥你见过好几次。第二年时她又突然打电话来，说想和大哥分居。嫂子是想和你彻底一刀两断，然后和我一起过日子，可我却不能答应。刚巧也是那阵子，我因为自身不检点，被一个莫名其妙的女人缠上，正处于比嫂子还艰难的状况。再往前大概一个月的时候，我擅自挪用客户的钱投资了某化妆品牌的股票，以为是绝对安全的，没想到股票突然暴跌，我损失了近三百万。这笔钱必须立即填补上去，我走投无路，便把一个一直对我有点意思的女会计骗到了酒店里，求她在公司的账本上动动手脚。她放开我的身体后，用有点低沉的嗓音回答说"也不是不行"。她长得很丑，在公司里没一个男人愿意搭理她，但身材还不赖。腰部到腿的曲线跟嫂子倒有几分相似。

钱的问题就此解决，可因为这件事，我被这个丝毫没产生过感情的女人抓住了把柄。那女人觉得既然有把柄在她手上，就要将我的身心全都纳入囊中。"现在还不能让公司的人知道我们俩的关系，结婚再等个两三年吧。"她接受了我的说法，却要求我每晚都去她的公寓。我嘴上假装说爱她，心里却恨得想当即把她弄死。

嫂子打电话来说要聊聊跟大哥你分居的事情也刚巧是在那阵子，当时更想找人求助的或许是我才对。我把所有情况都告诉了嫂子，嫂子说："暂时还是假装继续爱着她比较好。先等一阵子吧……"接着从左手无名指上取下结婚戒指，说，"这玩意儿反正没用了，送给那个女人吧。"她的无名指上残留着浅浅的戒指痕迹——两年来婚姻生活的痕迹，她自己也倍感荒唐，于是露出了凄冷的微笑。

我把戒指当作礼物送给那个女人时她也露出了微笑，而她的微笑与嫂子的微笑截然不同。她以为就此完全掌控了我的心。她凑近戒指端详，想看看翡翠的色泽中藏着几分我的真心。翡翠的光泽略带青蓝，映照在她的瞳孔中，就是那一刻，我下定决心，必须趁早把她杀了。

即便如此，一年半还是平静地度过了。在那一年半里，我也曾避开那女人的耳目，跟嫂子见过好几回。大约半年的时候，嫂子说有信心一个人过下去了，但我总觉得她在强掩寂寞。一年半过后的某一天，我跟嫂子见面时，发现她的无名指上戴着和那女人一样的翡翠戒指。我惊讶地询问，她说四天前在街上偶遇大哥，又决定在一起生活，所以急忙用假翡翠打了一枚仿品。嫂子露出了心结彻底打开的那种幸福神情。大哥，嫂子是真的爱着你啊。

我嘴上说着希望这回她能和大哥和睦相处，内心却担忧你们重归于好也不一定能过得顺。

果然不出我所料，嫂子和大哥你再度同居才三星期，就又打电话给我了。这回嫂子并没有哭，反而是死了心似的叹着气说："实在搞不懂他。"

大哥……

这就是我与嫂子，还有那个女人在这四年里的关系。大哥你总把自己封闭在画布上的小小世界中，对外面的世界充耳不闻，可你周围其实已经发生了这么多的事情。不——大哥你并不是毫不关心，你只是一个懦夫。只有在能自由放飞的小小画布上才能心安，一直害怕去看看外面的世界。

今天下午，我把这件事当作另一个男人的故事讲给你听，你居然丝毫没有怀疑那个男人就是面前的我。别人说的话你都会轻易相信，外界发生的事，你看到什么就照单全收。大哥，你跟孩子没两样，坦率、单纯，压根儿不知怀疑为何物。反过来说，你不懂人情世故，是个根本看不透别人背地里在打什么主意的愚钝之人。你或许是太过沉迷于给画布上色，却忘记给自己的人生涂上一点色彩了吧。想要骗大哥你，比对付小孩子还要简单。

昨天晚上也一样。昨晚九点，我往客厅打了个电话对吧？"大哥，嫂子呢？"就说了这么一句话，大哥就以为我是从屋子外面打来电话的,丝毫没有怀疑我其实就在你正上方的卧室,用另一部电话跟你通话。大哥你真是跟孩子一样,单纯至极,相信一切。

听到嫂子的说话声也一样。大哥你从伊豆回来,冲进玄关的时候,不是听到了嫂子的声音吗?大哥你也真是的,怎么会那么轻易地认定留在家里的妻子会是一个人呢?而且,只是听见了嫂子的说话声,你就坚信嫂子是在打电话。明明稍微动动脑子就能想通的,这屋子的客厅里也有一部电话,谁会特地跑到黑漆漆的卧室里去打电话呢?

还有,大哥你为什么会那么单纯地认为嫂子说的话是指你们之间的事呢?其实嫂子当时想说的是这个意思:

新司,你和她已经彻底完了,还是抓紧时间跟那种人分手吧……

就在大哥的脚步踏上楼梯的前一刻,我跟嫂子正躺在床上讨论该怎么跟那女人分手呢。半个月前,我终于忍耐到了极限,跟那女人提了分手,她却皮笑肉不笑地说:"我知道你跟你嫂子的事情。你敢跟我分手,不光你挪用公款的事情,我还要把你们俩的事告诉你哥。"四天前,我、那个女人,还有嫂子,三个人趁大哥出门时在这栋屋子里见了面,想要做个了断。可她根本不肯好好商量,反倒像是想从嫂子那里敲诈钱财似的,抚摸着青瓷壶说:"这壶看着挺贵的嘛。"

嫂子那句话的意思是希望我尽早和那种女人分手。大哥你踏进卧室时,我正屏息躲在门后面的幽暗处。若是当时电灯没坏,我实在不知该如何为自己那一丝不挂的模样辩解。还好嫂子当时刚穿好衣服,我身上还留着新鲜的口红印呢。我屏住呼吸,专注地思考着怎样才能不被大哥发现。接下来,我面前的黑暗中传出些动静，大哥突然间主导了那场惨剧。

短短的一瞬间，我来不及去阻止，况且我也无法准确把握黑暗中究竟发生了什么。我甚至没注意到大哥下了楼，又带着什么东西回了卧室，我只听见在黑暗中回响着的重物撕裂空气的声音和大哥的叫喊声。然后大哥划了根火柴。看到火光照亮的东西时，我不禁用手捂住了嘴巴，好不容易才把惊叫声和冲到喉头的呕吐欲堵在嘴中。我虽不明就里，但总算辨别出大哥杀死了嫂子，又砸烂了她的面孔，而这一切又与嫂子在这个月里三番五次提到的肖像画有着某种联系，仅此而已。

可是，大哥——我和大哥你不一样，不论处于多么混乱的场面中，我都能在最后保持冷静。尽管我爱着嫂子，但既然发生了这样的事，就必须先认识到一切都无可挽回了。我赤身裸体站在黑暗中，忽地想起嫂子和那女人的身材很相似。于是我想，或许可以利用这场突如其来的惨剧，来杀死那个女人。

就在大哥站在尸体旁发呆，又从楼下取来汽车罩布将尸体裹起来的大约四十分钟内，我已经将计划的细节都拟定了。大哥将尸体拖下楼去后，我就着火柴的光，用卧室的电话往客厅打了个电话。接着，我等待大哥去后院挖坑，又从客厅给那女人打了个电话。我说有家有趣的旅馆，要不要去玩玩，女人便乐呵呵地答应了。然后我离开这栋房子，驾驶着停在附近的汽车前往新宿。在新宿街头碰面时我还捧着个纸袋，里面装着从你家卧室衣橱里带来的嫂子的和服，以及我车里的扳手。那女人没发觉有蹊跷。我戴上同样从你家卧室带来的大哥的大衣与帽子，胸口的兜里还藏着大哥的墨镜。

来到旅馆附近时，我编了个借口说："介绍我来这家旅馆的公司同事今晚可能也会来，要是撞上就不妙了。"骗那女人从紧急逃生梯上楼进房间。她一进入房间，我就立即开始行动。我用了与大哥用的那根束带绳颜色相仿的绳子。把她脱光、用扳手敲打她的脸时，我心里想着：大哥大概也是这样脑袋彻底放空了才能动手的吧。我选择旅馆作为作案地，纯粹只是因为找不到更适当的借口让那女人穿上嫂子的和服。我仅仅是为了创造出她赤身裸体，和服丢在一旁的效果。

离开旅馆后我又立刻回到了这里，那时大哥仍旧在后院里拼命挖着呢。直到大哥接到警方的电话并离开家为止，我一直蹲在那边的窗口下，忍耐着深冬半夜里的刺骨寒气，观察着家中的状况。大哥抄起花瓶砸向肖像画上女人的脸时，我的脑海中也出现了一张破碎的女人的脸，淌满鲜血。

大哥一出发去新宿，我就进入家中，将我穿过的衣物藏到肖像画后面，并挖出后院的尸体，装上车，运到距离这里一小时左右车程、人迹罕至的密林中，埋了起来。完成了以上这一切，我总算在天亮之前回到了涩谷的公寓。我早已筋疲力尽，便稍微睡了会儿。我的心中没有一丝后悔或忧虑，就连我也不敢相信，原来自己拥有如此胆大包天的罪犯品性。

大哥……

说了这么多，大哥你应该能理解我为什么做这些事了吧？我利用了你的冲动犯罪，是为了将我杀死那个女人的罪行永久地埋葬在黑暗中。我的目的是让警方将那个女人的尸体认作嫂子，将那个女人的存在彻底抹杀。就算事后发现她消失了，且公司账本被查出动过手脚，大家也会认为她是畏罪潜逃了。只要新宿旅馆的尸体依然被认定为是嫂子，我就是彻底安全的。

今天早晨警察打电话给我，果然如我所料，大哥将新宿旅馆的尸体认成了嫂子。我得知消息时松了口气。但同时我又听说大哥有不在场证明，才发现我的计策里有一处疏漏，顿时倍感沮丧。我将后院的尸体换了个地点掩埋，并将沾有血迹的衣物藏在肖像画背后，就是为了在新宿的尸体被确定为嫂子之后，让大哥作为凶手被警方逮捕。那样的话，大哥就不得不承认杀害嫂子的事实，不过大哥会坚称并非在新宿作案，而是在家中作案。不过只要家中不存在尸体，警方就会认定是大哥疯了。可是，当我得知大哥拥有新宿一案中确切的不在场证明时，我又改了主意，决定与大哥联手。

大哥……

故事说到这儿就结束了，今后我和大哥你就是共犯了。你与我的利害关系完全一致。只要大哥你的不在场证明还有效，最好的选择就是承认新宿旅馆里的死者是嫂子，这样一来，我所犯之罪就不会被察觉。只要两具尸体的身份互换，我们就都能处于安全圈内。

刚才大哥你接了一个男人的电话，那人说你让他伪造不在场证明，对吧？那只是我的小小恶作剧。也许做得有点过火了……但真的不用担心，大哥，你的不在场证明是很确凿的。大哥你很安全。跟我一样安全……大哥你太累了……稍微睡一会儿吧……什么都别想了……好好睡一觉……

来自往昔的声音

1

阿岩……

那之后过去整整一年了，你应该还在署里忙着吧？我们这儿的报纸上也经常会刊登东京的案件，前阵子在 M 镇上发生的银行抢劫案还占了挺大版面的。上面当然会有阿岩你的名字，课长的名字、阿吉的名字，还有阿繁的名字都印在报上。可是，报纸上的名字不会记下大家齐心协力、出谋划策、揉着惺忪的红眼睛为破案而多方奔走的一幕幕。但这些场面我仍然历历在目，因此不忍放开手上的报纸。

阿岩，你应该还是像当初那样，愁眉苦脸又眉头紧锁地嘀咕着"就不该当刑警的"，但一听到案发的消息就第一个踹开椅子蹦起来吧。

阿岩……

光是在信中如此称呼你，就让我回想起深夜警署里的灯光、与你常去痛饮的小巷酒摊、两人一同埋伏在街角的夜幕寒气……那两年中的一切都仿佛发生在昨天，恍若触手可及。

不仅是有所感怀，我更觉得有些后悔。

我终究不是个适合当刑警的人。

阿岩，你常常这么说："刑警这一行，就是花一辈子去爬一座山。爬一阵子，休息片刻，又沿着新路往上爬。就算花了一辈子，也不一定能走上登顶的山路，只是面前有路就继续走而已。最后剩下的也许只有一把年纪和千疮百孔的身体罢了……"

你喝得烂醉，嘴里大发牢骚，可眼神却不在酒上，而是死死盯着必须攀登的那条山路。看着那样的你，我在众人发觉之前，就早早地意识到自己当不成一个称职的刑警。

阿岩——岩本道夫，这个比我大十五岁的男人，是我一直无比景仰的对象。穿着皱巴巴的西装，没有野心，为了警署、为了居民、为了家人，不，更为了自己，阿岩走在形如山路的刑警之道上，是我最为热爱、最为信赖的人。然而，阿岩越是出类拔萃，我就越发感到无法企及，做不到阿岩那样的程度，并被这种内疚所折磨。

没错，我成不了阿岩那样的人——这也是去年春天，我因无法忍受短短两年的刑警生涯而辞职的原因之一。

提交辞呈的时候，课长冲我翻了个白眼。阿吉还怒斥道："你到底只是个小少爷。回老家还有值一亿的山林和农田等着你接手，哪里是干得了刑警这行的人？"

他说得没错。

当初下定决心当刑警，就相当于将家族与故乡彻底抛弃，没想到短短两年就意气受挫，看来我终究是在用养尊处优的纨绔子弟之眼看待社会。面对社会、众人和现实时，我实在太过于无知。当我恍然大悟时，才发觉阿岩——我距离你真的很遥远，你是我无法触及的人。

说实话，我也曾想过，如果放弃当刑警，第一个发火的恐怕会是阿岩。因为你总把初来乍到的我当作亲弟弟或是亲儿子一样疼爱。

可阿岩你到最后都没发火。

我回老家时，到东京站的站台来送行的也唯独阿岩你一个人，我至今都记忆犹新。

"逃跑未尝不是个好主意。"

你只说了这么一句话,露出略显孤单的笑容,又在我的肩膀上拍了两下来鼓劲。

我什么都说不出,只好默不作声。这时发车的铃声打破了我们俩之间的沉默,那铃声至今都会在我的梦中响起。

阿岩,你接着说:"那我就先回去了。"

然后你背过身去,甚至没目送我登上列车。

"阿岩——"

我情不自禁的叫喊声你听到了吗?是铃声太响你没听到,还是听到了却故意不肯回头呢?

阿岩,我那一声呼唤,是想在站台上,在最后的紧要关头,把真相告诉你啊。

我从警署辞职的真正原因,署里无人知晓的真正原因,我只想告诉阿岩你一个人。正是那股冲动令我呼唤。

与其说是冲动,不如说是义务感。尽管只做了两年刑警,我也深感责任之重。我心想,必须把那件事告诉阿岩你才行……

但是,当我望着你一如往常左肩稍稍倾斜的背影逐渐远去,不由得猜测:也许阿岩你早已经知晓一切。也许你明知道一切,却沉默地转身背对我。

既然如此,我也只好闭上嘴巴,将那真相带回家乡。

当你的背影彻底消失,只留下空荡荡的站台时,我推开车窗,看到东京的夜色中仅剩一道残阳之色。恐怕再也不会来东京了,就当这是这座城市留给我的最后一瞥吧。正当我耽于感伤之时,又忽地变了主意。

等一年吧……

只等上一年,然后把那件事告诉阿岩吧。哪怕阿岩你已经知晓一切，哪怕你留下"逃跑未尝不是个好主意"这句话就默默转身离去，我也要亲口将事实讲述给阿岩你一个人听。我也一直坚信，阿岩肯定等待着我亲口坦白那件事的日子到来。

而今天……

阿岩……

终于过去了整整一年。

2

乍看那只是一桩司空见惯的绑架案。

受害人家属是全日本无人不知无人不晓的大型航空公司，全日航空的副社长山藤武彦。被绑架的是山藤夫妇的独生子，刚满三周岁的一彦。山藤武彦是全日航空的社长山藤昭一郎的长子，年仅三十五岁就坐上了副社长的位置，下任社长的宝座也在向他招手，是个含着金钥匙出生、人生之路一帆风顺的人。

他与小六岁的妻子桂子的婚姻也堪称幸福美满，家庭生活中没有一丝不足之处。

阿岩……

阿岩你自然对那起案子的细节无所不知。因为那是我辞职前不久经手的案子，也就是我与你一同侦办的最后案件。

可是，我要再一次回顾亲眼所见的案件始末。请先耐心听我讲述。

案发时间为四月十日，刚好是东京全城樱花盛放、春意盎然的一个晴天。我记得是星期四。

当天下午，山藤的妻子桂子与儿子一彦一同在后院草地上玩耍，忽然有个自称宝石电话销售员的男人打来电话。

接电话的是住在山藤家中的年轻保姆木原住代，她立即去院子里呼唤桂子，桂子将一彦单独留在院中，进了客厅。

电话里的男声桂子是头一次听到，但他声称是经熟人牧村夫人介绍打来的。由于丈夫答应过下个月的结婚纪念日给她买钻石，桂子便听他说了几句。男人讲述了一分钟左右，然后说："我去拿一些资料过来，请稍等片刻。"

接着他就消失了。桂子照他的话等了三分钟左右，对面依然没动静。她感到可疑，挂掉电话回到院子，已经不见一彦的踪影。孩子前一刻还在摆弄的鸭子玩具被胡乱地丢在草地上。

此时为两点十五分。

桂子直觉认为是绑架，与住代两人冲到屋外，在大路上搜寻了一番。可午后悠静的高级住宅区内并未发现疑似人影。

不过，保姆住代发现距离屋子十米左右的电话亭中听筒没挂上，并向桂子报告。住代还交代说，接电话时确实听到了公用电话接通时的音效。

桂子旋即打电话联系在公司的丈夫，并等待丈夫归来。半小时后，丈夫武彦脸色大变地回到家中。夫妻俩开始讨论是否要报警的时候，绑匪打来了第一通电话。

"我绑架了你的儿子。请准备五百万日元。假如我收到五百万，并且你未报警，可以保证令郎的性命。"

对方用冷酷简洁的口吻说出了绑架犯的老套台词。桂子请求对方让她听听孩子的声音，可对方说："给孩子打了麻药，还在熟睡。请不要联系警方，只要按照我的指示行动就不会伤害他，一定会原样归还，不必担心。"丢下几句安慰的话之后，绑匪就挂了电话。

丈夫武彦认为区区五百万，还是顺着绑匪的意思，不要报警为好。但是妻子桂子认为绑匪的话不可信，还是报警更安全。最终，在三点零五分绑匪打来第一通电话的二十分钟后，警方接到了报警电话。

M署立即与警视厅协同，设立特搜本部，讨论此后的策略。

从案情来看，绑匪似乎是对山藤家的情况有一定程度了解的人，但是山藤夫妇的证言否定了这个推断。上个月，某妇女杂志的访问名人家庭专栏刊登了一篇文章，揭露了山藤家生活状况的详情。作为运输业界的贵公子，山藤武彦一直是媒体追逐的焦点，他那面积超过五百坪①的近代建筑风格宅邸，作为杂志里的插图是再合适不过了。

这篇报道还提到桂子经常下午陪孩子在后院玩耍，并且实业界中的美丽贤妻典范牧村夫人作为桂子的好友，也出现在了杂志上。

从这点上分析，绑匪并不需要认识山藤夫妇，很有可能仅仅是看过杂志专栏就转而作案。

两点多，绑匪从附近的电话亭往山藤家打去电话，谎称宝石销售员。然后扔下听筒，翻过山藤家的低矮围栏，掳走了一彦。接着恐怕是利用停在附近的汽车逃离的。

刑警们当即对周边居民展开了讯问，不过没从讯问中获得一丁点收获。虽然获得了几条信息，但最终没对破案起到任何作用。

更何况，如果被绑匪知道警方已介入，一彦就有性命之忧，讯问便是在极为隐蔽的条件下进行的。

处理这桩案子时，警方可谓慎之又慎。因为两个月前，仍是

---

① "坪"是日本传统面积计量单位，约为三点三平方米，五百坪约一千六百五十平方米。

深冬的札幌也发生了一起以牟利为目的的绑架案。札幌的案子中，绑匪最终勒死了孩子，那鲜明的惨况仍刻在全体警员的脑海中。绑匪被捕后声称"如果他们不报警，我是没打算杀孩子的"，受害人的双亲也向媒体哭诉说，假如不是警方强行介入，本可以靠三百万现金救下孩子的命。警察机构在保护市民安全与追查违法犯罪行为这两大目标间碰撞出的矛盾，一时在全日本闹得沸沸扬扬。山藤武彦在警方介入后的整个调查过程中都表现出了抵触态度，持续主张警方应该适时收手，或许也是因为那场骚动在他的心中占据了一席之地。

可是警方不可能任由事态自行发展。先做好了万全的准备，等待绑匪的下一次联系。

3

绑匪的第二次联系是在当晚凌晨两点稍过一些。然而并非直接致电山藤家，而是打给了山藤的部下，一位姓K的职员。

"刚才有个男的打来电话说他绑架了副社长的儿子。"职员慌忙通报了此事。

绑匪恐怕是担心警方介入并追查电话信号，便指示K给副社长家中打电话，并传达自己要说的话。

"只要不报警，孩子的性命绝对有保障。准备好五百万，等我明天联系。"

绑匪让K转达的就是这段话。

而这时，K问了绑匪一句话。

"你说的明天，是指今天、星期五吗？"

因为是凌晨两点打来的电话，"明天"这个说法有些含糊不清。

绑匪像是被问住了,沉默了片刻,回答说:"没错。"

又说:"你告诉副社长,现在孩子睡着了,不能接电话,但肯定还活着,不必担心。"说完这句,对方挂断了电话。

绑匪所谓"没错"的星期五却压根没有联络。第三次联系是一天后的星期六下午两点五十五分。

这一回,绑匪依然没有直接打到山藤家,而是给全日航空本部秘书室打去电话,再次运用迂回手段,让秘书向副社长转达指示。

"请山藤夫人现在立即前往新宿站,坐在三号站台的长椅上。把钱装在黄色的小背包里,抱在胸前便于识别。从三点等到三点半,如果没有人上前搭话,今天的交易就宣告中止,把钱带回家,等待下一次联系。"

以上就是绑匪的指示。这通电话里,绑匪第一次让孩子出了声。

"爸——爸,爸——爸!"

据说孩子重复喊了四声。秘书不熟悉一彦的声音,但山藤夫妇说"爸"字拖长音很明显是一彦的习惯。

得知孩子还活着,山藤武彦恳求警方立即收手。当时已无暇争辩,众人赶忙准备好黄色小背包,装入五百万,让山藤桂子前往指定地点。

桂子到达新宿站三号站台的时候已经是三点二十分了。她在那儿等到绑匪指定的三点半之后又等了半小时,一直在长椅上等到四点,结果还是没人前来搭话。四点半,一无所获的她回家等待下一次联系。

新宿站三号站台周围安插了将近十名便衣警员,其中一人肩上背的包里还藏着八毫米摄影机,拍下了三号站台和隔壁站台的人流动向。绑匪指定的时间是三点到三点半,却在差几分钟三点才打来电话联系,可以认为对方从一开始就没打算在当日交易,只是为了试探动静才将山藤夫人叫到了站台上。那么绑匪本人也来到站台上的可能性就非常大。

拍摄即是为了这个目的。不过,八毫米镜头拍到的近三百个行人和上下车乘客中,难以辨别哪个是绑匪,也没有山藤夫妇熟识的面孔。

绑匪随后的一通电话是在那天晚上的十一点。这一回也一样,迂回联系了山藤家的邻居——某商务公司的董事夫人接到了电话。

绑匪通过邻居夫人又指定了全新的赎金交付方式。

"把五百万日元放在跟今天相同的黄色小背包里,明天中午十二点,把包放在A街道临时桥前面的电话亭旁边。"

邻居夫人做梦也没想到隔壁发生了绑架案,将信将疑地按下了山藤家的门铃。

"只要我发现有任何警方出动的迹象,交易立刻宣告中止。到时候就别想着孩子还有命了。我如果不能在一小时内回到藏着孩子的地方,定时炸弹就会引爆,孩子也就粉身碎骨了。这不是开玩笑也不是恐吓。只要警察不动,我就会在当天内把孩子毫发无损地还回去,这我可以保证。"

从邻居夫人口中听闻绑匪的恐吓话语后,山藤武彦与警方之间又起了一番争执。警方好不容易才说服山藤,答应他只跟踪,不论发生什么都绝不会靠近绑匪。然而次日上午十一点,正当山藤桂子准备带着五百万出门时,武彦又不服从安排了。

"要是闹得跟札幌案一样可怎么办……"

相比双手抱头、方寸大乱的山藤,桂子至少表面上自始至终保持着冷静。她换上外出服,坐上常用的雪铁龙轿车。

此时，警方已经围绕临时桥，在 A 街道的各个关键地点安排了十辆车，每辆车里有两名警员，等待着尤为关键的中午十二点。

距十二点还有三分钟。

山藤桂子到达了指定地点，并以近乎漫不经心的沉稳姿势将小背包放在电话亭旁，然后回到车中，径直过桥后向北行驶一阵子，又掉头返回了都内。家中有山藤和三名警官随时待命，但他们也只能注视着秒针，静静等待这场自己也参演了的剧目会如何收场。

中午十二点零九分。

一辆车在电话亭前停了下来。是一辆日本产捷特小汽车，白色。一名男子从驾驶席上下来，迅速跑到电话亭边，拿起小背包回到车中，又马上开走了。

全过程仅有十二秒。

男子大约三十岁，虽然戴着墨镜，但看得出皮肤白皙，下巴线条分明，细长脸。身高接近一米七，身材瘦削，发型为三七分。上身穿土黄色猎装夹克，下身穿深蓝色长裤。

一名警员从停在附近、伪装成干洗店用车的轻型卡车车窗后偷拍到男子这十二秒行动全过程，接着该警员通过无线电联系了安排在各处的全部车辆，随后，持续了二十分钟的追踪行动就开始了。

白色捷特车朝着甲府方向一路北上，十辆警车与干洗店车中的总指挥用无线电相互联络，大约每两分钟就换一辆，持续进行跟踪。

道路上弥漫着春日里温湿的雾霭，白茫茫连成一片。绑匪完全没注意到被跟踪，不紧不慢地行驶着。

如果就这样继续下去，追踪行动很可能就此成功。然而跟踪开始二十分钟后，发生了一件始料未及的小事故。

二十分钟后，也就是中午十二点三十分。

A街道像是要阻止车辆继续北上似的，分开成T字岔道，此时绑匪的车刚好快到这个路口了。就在这时，驾车跟在后方约十米处的年轻警员犯了一个天大的错误。即将到达岔路口的绑匪车辆迟迟不打转向灯，分辨不出究竟要左转还是右转，年轻的刑警太过于关注车灯，为了避让T字路口之前一条小道中突然蹿出的车辆，下意识地将方向盘猛地向右打①，结果与迎面而来的车子发生了冲撞事故。

事故本身很轻微，对方驾驶员与两名刑警都没受一点伤，当时那位受惊的刑警慌忙向本部报告绑匪的车在T字路口右转了。坐在副驾驶席的刑警因为突发事故而看漏了绑匪车辆往哪边转弯，但驾车的刑警说他在向右打方向盘的时候，确实看到捷特车向右转去。

于是，根据这位刑警的报告，警署又在T字路口往右转的国道上做了新的部署。然而，最终没有在路面上捕捉到绑匪的车。尽管发现了好几辆白色捷特车，但车牌号码都不对。恐怕是年轻刑警将其中一辆捷特车误认作绑匪的车了，可是一切为时已晚。

实际上，绑匪在T字路口左转了，并立刻转到小路上，将空背包与车一同抛弃后逃走了。

事后警方找到了扔在路边的车，被证实是赃车，车中并无绑匪的线索。

犯错的刑警被追责，大受批评。不过刑警的失误在某种意义

---

① 日本的车辆靠左行驶，右转即为驶向路中央。

上反而是万幸。

傍晚六点十二分，来自绑匪的最后一通电话打到了从山藤家往前数四户的一对公司职员夫妻家。

"钱已顺利收到。我信守约定将孩子归还，现在他正在M区樱木公园的长椅上熟睡，请立即前去接回。"

我们立即与樱木公园附近的派出所取得了联系，绑匪所言不假。在渐暗的春日暮色中，打了麻醉药正在梦乡的一彦被救了回来，山藤夫妇十分钟后就赶到了派出所。时隔三日，孩子总算回到了父母的怀抱。一彦没有任何身体不良的迹象，麻醉药劲儿过了之后只迷糊了一小会儿，很快就"爸——爸，妈——妈"地叫唤起来，也露出了灿烂的笑容。

一个才刚满三岁的幼儿，不管问什么都问不出像样的证言。一彦平安获救之后，警方立即展开公开搜查。绑匪在临时桥前下车又再次上车的十二秒录像在全国的电视上一播出，就马上有了回音。

与M区相邻的K区公寓"广荣庄"的管理员报了警。

"我们的三号房间住着一个叫冈田启介的男人，他长得跟电视上那个绑匪非常像……发型也好，身高也好，服装也好，全都像。他单身，可最近两三天时不时能听见男孩的哭声……也不知道是做啥工作的，总之整天懒懒散散的……对了，上个月初，还有黑帮的人闯进来让他还赌博欠的钱，我也是很头疼啊……"

刑警一刻都不敢耽搁，赶往了广荣庄。但据管理员所说，那个冈田已经先一步开车跑了。也许是看到偷拍的录像已经公布，觉得警察查上门是迟早的事情，便逃走了。

冈田的房间里只胡乱摆了两三件家具，寒酸极了。窗户紧挨着工厂的白铁皮围墙，大白天也照不到太阳。警方在房间里找到了麻醉药的注射器,在门把手与冰箱上采集到的指纹与丢在A街道T字路口附近的捷特车上采集到的指纹相吻合。

关于冈田当天的行踪,管理员作了以下证言。

"上午十一点半左右先出门了一次,快到一点的时候又回来了。接着又很快抱着毛毯裹住的什么东西——没错,我就猜会不会是个孩子——开车出门。四点左右回来,然后一直待在房间里,刚刚才又跑出去的。"

"四点回来的时候就没带着孩子了,对吧?"

"是的……我想是这样。"

在这一点上警方感觉到有点不对劲。按照管理员的证言,冈田在四点之前就把一彦放在樱木公园的长椅上了,但六点才打来电话。因为是星期天,傍晚时分樱木公园总会有些游客。孩子虽然睡在树荫下不太显眼的位置,但是两个多小时都没人察觉到孩子有些古怪,确实很不自然。

可是,一位刑警说了句:"最近大城市的人对他人真是越来越冷漠了,会不会发现了却只当事不关己呢?"

又向管理员追问了几句后,他改口说回来的时间也许是五点或者五点半,总之记忆挺模糊的。

唯一确切的事情就是刑警们到达广荣庄约十分钟前,冈田逃也似的冲出了公寓。

冈田启介立即被当作一彦绑架案的嫌犯通缉,当晚,刑警们在东京的各处盘问了一整晚。

两天后,星期二上午八点,嫌犯冈田启介以意外的方式浮出水面——他在一起事故中身亡。

奥多摩有一条不带防护栏的公路,蜿蜒在危险的悬崖上。冈田连人带车,摔死在那条路一处转角下方将近三十米的谷底。全身撞伤无数，尸体惨不忍睹。

警方从车中的手提包里发现了五百万只少了三万的现金。纸币的编号与警方留底记录的资料一致。

嫌犯有可能是在逃亡中因自暴自弃而自杀，不过那一带确实曾发生过两三起坠崖事故。

最终，冈田之死被断定为单纯的意外。简而言之，嫌犯就像遭了天谴。因为他的死亡，这起绑架案案发才不到一星期，就顺利地画上了终止符。

没错，阿岩……

这就是那桩案子的全貌。案件确实如此发生了。冈田启介之前因为一些小偷小摸的事被送进过少管所，就此断送了自己的人生；又因为欠下五百万，铤而走险去绑架儿童——这些都没有错。

不过，以上只是报纸上所报道的案件经过。而报上自然不会写出办案刑警的姓名与他们的感触。

尤其是一个尚且乳臭未干的年轻刑警的感触。那个刑警打从一开始就对此案怀有的特殊情感，也被报道彻底忽略了。

4

案发的那个星期四，我刚巧不当班。睡到晌午，我走出宿舍吃午餐，顺便去看场电影。电影很无聊，放映到一半我就离场了，在车站前给阿岩你家打了个电话。因为突然想起你在前一晚说"真一发烧将近四十度，正卧床养病"，便想去府上探望一下真一。

是太太接起了电话。

"十分钟左右前署里来电话，我家那位又赶过去了。听说出了绑架案……应该也给村川先生你宿舍打过电话了。"

我大吃一惊，想着赶快把电话挂了，没想到就在此时——

"真一的体温又升上去了。村川先生，求你了，让岩本至少打个电话回家吧……别人家的孩子命贵我也知道，可真一也在生死线上徘徊啊。"

听太太的语气，悲伤之中更藏着几分怨恨。

挂断电话后我并没有回宿舍，而是直接打了辆出租车赶到警署，立即加入特别搜查本部，与阿岩你共同展开搜查行动。在山藤家附近一带讯问时，我忽然想起太太说的话，转述给你听。

"不会有事的，万一情况不好，把医生叫到家里来就行。"

你的回答听上去很无情，可到底还是担忧地打了个电话回家。

"医生好像已经来了，说到晚上热度就能退下去一点……"

你总算放下了心口的一块大石，又像在掩饰什么似的，转过脸去不看我。大概是无意间在我面前流露出父亲的一面，有些难为情吧。

"为什么要这样呢？"

"在说什么呢？"

"刑警也是人啊。阿岩，在你是个刑警之前，首先是真一的父亲，不对吗？没必要在我面前假装正经嘛，谁都不会责怪你的。"

"不，这是我自己家的问题……真一的状况可不是犯罪案件啊……"

你嘀咕完这句话，抛下呆站在原地的我，一个人朝警署走去。小巷里酒馆的霓虹灯招牌照亮了你那比平日更无力的双肩，看着你义无反顾向探案迈进的身影，我不由得想，你只是嘴上不服软，其实比谁都更担心着真一。

"孩子的性命应该始终放在最优先。"

课长提出强硬策略的时候，阿岩你难得地表达了强烈的反对意见。我想，身为一介刑警，你是想通过保护好山藤一彦这个别人家的孩子，来对发着高烧自己却无法陪伴身旁的真一表达深深的歉意。

真一是个智力发育迟缓的孩子，到五岁时都不懂"父亲"的意思，会管特殊保育园的老师叫"妈妈"，还把时常上门拜访的我叫作"爸爸"。甚至发音都不太标准，会错叫成"趴趴"。太太说，尽管孩子是这个样子，但只要别人稍有怠慢，你就会大发牢骚。我很明白，就算嘴上不明说，阿岩你心中还是默默坚持着，要给这个不算普通的孩子倾注普通父母无法理解的爱意。

而在那桩案子里，却有为人父母者与阿岩你形成了鲜明的对比。

那就是山藤夫妇，一彦的双亲。

星期四晚上，我初次进入山藤家的会客室时，映入眼帘的是水晶吊灯、波斯地毯和真皮沙发，极尽奢侈的房间却令人觉得冰冷彻骨。山藤家里的空气都仿佛被金钱所填满，容不得一点缝隙给人间烟火气。

父亲武彦反复控诉"攸关孩子性命，不想让警方介入"，母亲桂子则双眼含泪。然而我怎么都不觉得他们俩是真心担心孩子的安危。被牵扯进这样的案子里，该怎样顾全体面呢？万一登上报纸，引发轩然大波，社会上会怎样评判呢？在我看来，他们在乎的只是有钱人独有的虚荣心，装出一副拼命担心孩子性命的样子，仿佛警方在罔顾他们的心意。

"父母的心情，没当过父母的人是不会懂的。"当我表达自己的想法时，阿岩你这样回答我。

然而，就像没当过父亲的我无法理解你的心情那样，你应该也无法理解我当时的心情。

山藤家那堆满了豪华家具摆设的房间，与我从小长大的老家房间如出一辙。家中有的是钱，却没了人情味——父母看待孩子的目光也是钻进钱眼里的。

"像你这样的有钱人家小少爷，为什么要来当什么刑警？"

阿岩你经常问我这个吧？我每次都随口胡诌几句来蒙混过去，可这一次，我要把从未告知他人的原因写在这里。

其实，阿岩……

二十年前，五岁时，我——我自己也曾经历过绑架。

很久以前发生在九州佐贺的一起小小绑架案，阿岩你就算听说过，恐怕也早就忘了。毕竟我当初才五岁，就连我自己都只记得一些片段，如同一张张晦暗、模糊的照片底片。之后，父母亲友都像串通好了一样，对这个案子通通缄口不言。我也没特意找过当时的报刊，所以对绑匪姓名、如何被绑架、被绑走的确切天数，全都一无所知。大概是某个为钱所困的劳工，看我穿得像有钱人家的孩子，就临时起意把我骗走了吧。

我跟那个男人一起在黑屋子里待了好几天，也不知那是个临时棚屋，还是某种仓库——

我只记得那个绑匪凡事都对我很体贴。到最后，也许是钱快花光了，他给我吃的净是味同嚼蜡的面包，但看我立刻吃完，他就会把自己还没吃的那份给我。晚上我怕黑，他还会双臂环抱着我睡觉。我至今都记得很清楚，那是我第一次感受到大人的体温，是有血有肉的温柔，是人的温柔。

还有绑匪在最后留给我的眼神。

警察们一冲进屋子，绑匪就立刻从窗户跳出去，往一个小坡上跑。

"快逃啊，叔叔，快逃！"也不知我有没有发出声音来，只记得叫喊声在我体内激起旋涡，令我难以呼吸。也许是因为没吃饱饭，脚步踉跄的叔叔转眼就被刑警逮住，铐上了手铐。在被押上警车前，他回头盯着我看了两三秒。

时至今日，就算已经过去二十年，我却依旧无法忘记他的眼神。

那并不是一个罪犯的眼神，而是人的眼神。莫说是恶人，简直是否定一切罪恶的眼神。那是我在二十年里遇到过的最具人性的眼神。

我十八岁离家，决心成为一名刑警，就是想从罪犯们的眼睛中再次找到那个绑匪的眼神。

有时候我会想，是不是因为幼年被卷入不寻常的案件，令我的思维方式都扭曲了呢？可是，哪怕是扭曲的，在我活过的这二十年里，若说有什么是真实的，也只有那个绑匪的眼神了。

"怎么没精打采的？"搜查刚开始没多久，你注意到我脸色阴沉，如此问道。

我不知该如何作答。一听到是绑架案，晦暗的亲身经历便又重重地压在我胸口。二十年前的案件仿佛在我眼前重现。缺少人情味的家庭、父母那含着泪却在暗中冷静估算孩子的性命值几张钞票的双眼、被几文钱所困就涉险犯罪的男人——这个尚未逮捕的绑匪，让我的脑海中不禁浮现出二十年前那个绑匪的面容来。记忆中的案件与眼前正在进行的案件相互纠缠、重叠、交错，折磨着我。

我不知多少次想将这一切都倾诉给你听。

那是星期六的晚上。

由于到次日中午十二点交赎金为止,应该都不会有新的动静,阿岩你就回家稍微睡了会儿。我挺担心真一的,便也去你家露了个脸,其实当时是想将所有事都讲给你听的。因为经历过二十年前的绑架案,因此我只能从扭曲的视角来审视这次的案件——我这样的男人,是没资格参与搜查的。

可是,当我看到阿岩你打心底里担心真一病情的样子时,就什么都说不出口了。

"三小时前吃过药之后就没再动过,一直睡得很沉。医生说如果明天早晨热度下去就没事了。"太太轻轻推开移门说。

幽暗的房间里,真一的小脸从被窝里露出一半,沉眠着。

"三小时一直是这样子吗……"由于太过安静,看上去像死了似的,我忍不住问了一句。

"是啊……"

"呼吸还正常吧?"

阿岩你大概和我想到一块儿去了,赶忙冲上前,蹲到真一身旁去查看他的呼吸。就在那一刻,我的胸口就像冷不防被针扎了一样隐隐刺痛。蹲在孩子身旁的你,与二十年前的绑匪叔叔做出了相同的动作。当时我正吊在叔叔的手臂上玩耍,可没有抓紧他黝黑的臂膀,摔到了地上。"小鬼,你没事吧?"叔叔大吃一惊,像阿岩你那样冲到幼小的我身旁。那时我打算吓吓他,便憋气装死,叔叔拼了命地将耳朵凑近我的嘴唇和心脏聆听,当时那只耳朵的鲜活触感在我心中复苏了。

二十年后,那个绑匪的耳朵似乎依然紧贴着我的心脏。

温柔的人的耳朵……

"他要是醒着,不知该有多高兴呢。他一天到晚,直到睡觉前都寸步不离这只球，还'趴趴''趴趴'地喊呢。比起亲爸爸来，真一跟村川先生你更亲呢。"太太拾起枕头旁的足球说道。

那是我送给真一的生日礼物。

正如太太所说，真一的确跟我更热络，我也很疼他。他经常来我的宿舍玩，太太来接他回家时都抓着我不肯放手，有好几晚还住在我的宿舍里过夜。

"村川先生真是太宠他了。"太太经常这么说。

但我牺牲休息时间陪真一玩耍又照顾他，并不仅仅因为他十分可爱。是因为真一用他小小的手掌触遍了我的全身，紧抓着我直到沉沉睡去都不肯松开。他就像一只尚未睁开眼睛的初生小动物，凭着本能寻求父母的身体，依偎上去……

真一的那双手，就是二十年前的我的那双手。是我那双触遍了绑匪身体，并不愿松开的手。是渴求着人类鲜活的血肉，凭着本能在比自己更大的身体上探寻鲜血的手。

"你怎么了？"

看到我呆若木鸡地站在原地，天气不热却满手是汗，阿岩你担心地问道。我随口编了个理由，逃也似的离开了你家。可我回到警署之后仍旧无法入眠。刚想睡，绑匪最后的眼神就浮现在脑海中，像一把锋利的刀扎进我的意识。我躺在床上注视着水泥天花板，直到天亮。

"说真的，你好像不太对劲啊。"

第二天早晨，我刚坐进被安排在距离 A 街道 T 字路口两公里处转角的车里时，阿岩你果然就问了一句。为了不被你察觉心思，我拼命装出快活的样子，可当时我的心弦已经无可挽回地紧绷到了极限。

中午十二点零九分，无线对讲机中发来了嫌犯现身的消息。

二十分钟后，驾驶席上的我和副驾上的阿岩你同时看到了一路北上的嫌犯车辆。

"就那辆。"

伴随着你的低语，我踩下油门，而就在这时，我拼命压抑的情绪一瞬间炸开了。那个绑匪的手、面包的滋味、最后一刻注视我的眼神——那些万万不可再想起、被我封存在记忆深处的一幕幕，眨眼间充斥全身，让我所驾驶的汽车突然向二十年前的案子疾驰而去。

在春日的和煦阳光下，绑匪的白色捷特车却萦绕着阴暗的犯罪气息，不疾不徐地行驶着。我抓紧方向盘，抑制住双手的颤抖。这一刻，我想起了"良机"这个词语。

此刻便是良机。前方很快要经过一个三岔路口，向左转或向右转，我的一声联络就能改变之后的追踪行动……

当年那绑匪的耳朵，像要剜开我的胸膛似的紧贴着我不放。我想起山藤家的豪华地毯、大吊灯和冰冷的空气。二十年前，母亲从刑警手中将我瘦小的躯体一把夺入怀中时，那一瞬间，她冰冷的眼神仿佛是在注视着别人家的孩子。我又想起阿岩你蹲下来心焦地看着孩子睡脸时的背影，想起真一触摸我身体的小手，以及那个绑匪在警车前的最后一次回眸。

"快逃啊，叔叔，快逃！"

我内心爆发出一句呐喊。接下来的瞬间，还没等意志发号施令，我的手已猛地向右打方向盘。

"快逃，快逃啊！"

阿岩你下车确认迎面撞上的车辆是否平安后飞快地回到了车里，问道："往哪边转弯的？"

"右边。"

我斩钉截铁地如此回答时，你伸向无线对讲机的手顿了一下，又回头讶异地看看我的脸。一时间你向我投来怜悯般的神情，似乎想对我说什么，但终究什么也没说，对着对讲机将我的话原封不动地告知全队。

为什么？

阿岩你一定很想问这句话吧？为什么我在那一刻要故意向右打方向盘，引发与对面车辆的冲撞事故呢？为什么我要说谎，声称捷特车向右转弯了呢？简而言之，我为什么要故意放跑嫌犯呢？

阿岩，恐怕你亲眼看到嫌犯向左转了吧？你一定意识到我是故意谎称右转，想要放跑捷特车里的嫌犯。

然而你终究还是什么都没问。

因为没必要问了。

你已经从我的眼神里读懂了那一瞬间所发生的一切。

因为我已经注意到了背后的一切，知晓了那桩案子的真相——那桩案子还有另一个罪犯。

没错，阿岩……

案发之后没多久，我就意识到那起绑架案背后潜藏着惊天的秘密。

冈田启介的确是绑匪。但冈田并非绑架山藤一彦的罪犯。绑架了一彦的并不是冈田，而是另一个人。

阿岩，在那一瞬间，你应该从我的眼神中读懂了一切。

你明白我已察觉还有另一个罪犯存在，你也明白我编造谎言想放跑的并非捷特车上的冈田，而是另一名绑匪。

阿岩……

而那另一名绑匪——真正绑架了一彦的罪犯，当然就是你了。

5

掳走一彦的绑匪在作案时犯下了两个失误。

第一个便是绑匪给山藤的部下K打去的第二通电话。电话中，绑匪用了"明天"这个词，由于通话时间在凌晨两点，有些模棱两可，K便反问"明天是否指当日，星期五？"。那时绑匪困惑地沉默片刻，又说了句"没错"，明确表示肯定。电话中表示肯定，星期五却并没有接到绑匪的电话。大家或许会认为绑匪遇到了些个人状况，从而忽略了这个重点，但这件小事让我产生了很大的疑惑。

假如说当K反问时，其实绑匪也搞不清"明天"指的是星期五还是星期六的话——换言之，假如连打电话的绑匪都不知道下一次会在何时主动联络的话……

当我如此一想，便隐隐约约察觉到这桩案子里还牵涉另一个人。

假如掌握本次绑架案具体日程安排的是另一个人，那么打电话来的人不就是遵照另一人的指令在行动吗……

假设另一人为A，打电话来的男人为B好了。

我首先思考了A与B为共犯的情况。如果是一般意义上的共犯，B至少也应该知道下一次联系的"明天"究竟是星期五还是星期六，所以我认为B只是遵照A的指令行动。更进一步想的话，B是否也正在等待A的下一次联系呢？B是否想联系A却联系不到呢？B是否连A是谁都不知道呢？

话又说回来，符合这种情况的共犯关系真的存在吗——正在思考这个难题时，我在山藤家的客厅中看到了无法主动联系绑匪、只能等待绑匪打来电话的山藤夫妇的焦急模样，顿时恍然大悟。

　　B是否也正处于和山藤夫妇同等的立场呢？B会不会也是孩子被绑架的受害人呢？那起绑架案的罪犯是A吗？换言之，在一彦绑架案背后，是不是还发生了一桩绑架案呢？

　　踢足球想传球的时候，也可以不直接传到目标那里，而是先传给中间的队友，再让队友传到目标地点。那桩案子就和这样的传球很相似。

　　一个孩子被绑架的男人形象浮出水面。这个男人B准备不出绑匪A要求的五百万现金，又不敢报警，十分焦头烂额。绑匪说只要收到五百万，就把孩子平安送回来。他必须想方设法，不借助警察之手筹备出五百万来，于是便采用了最异想天开的方法。身处窘境，走投无路又分秒必争的他，选择了最直截了当的办法。

　　那就是自己再去实施一桩绑架案。非常简单，用赎金来填赎金的空子就行了。想逃离一桩绑架案，只需要自己也去绑架就行了。

　　他仅仅是将绑匪给他的指示再原样转达给自己犯案的受害人。

　　绑架案有一个很显著的特点。如果是临时起意的犯罪，绑匪不了解受害人的家庭情况，而受害人也不清楚绑匪的真面目，绑匪与被害人双方都无法掌握对方的准确信息，只有赎金交接是他们唯一的接触点。

　　于是B看准了这一点，将山藤夫妇的孩子绑走，打算将赎金交给绑架了自家孩子的罪犯。这个计划成功了。冈田启介压根没想到那是救另一个孩子的赎金，而山藤夫妇同样不知道他是另一个绑匪，双方在临时桥前的指定地点交接了五百万现金。也就是说，冈田与山藤夫妇都没料到，他们之间还夹着一个既是被害人、又是绑匪的B，甚至没起一点疑心……

实际上，在这个阶段，我已经几乎猜出了中间人B的身份。还没等他犯第二个失误，我就大致想到了。

如果我的推测是对的，那么最让我感到蹊跷的一点便是——为什么孩子被绑架，B却没有报警呢？既然凑不齐五百万现金，那么不管绑匪再怎么恐吓不许报警，他也应该去寻求警方的帮助，至少这样比亲自犯下另一桩绑架案来豪赌要安全。所以我推测，B对警方严重不信任。既然他对警方不信任到了这样的地步，我就猜想他会不会是警方内部人员。因为我想，最不信任警察的人，就是警察了。

偶然间，我发现身边就有一个满足以上所有推论的人。绑匪B必须是一个身处警方内部，又随时有机会去打电话的人。符合此条件的只有一个人。他可以以孩子发烧病危为理由，随时远离我，往家里打电话。

阿岩……

没错，你编造了这样一个借口，频繁往家中打去电话，向太太询问绑匪A是否来电。每当有来电时，就再将原话转达给山藤夫妇。你没有直接往山藤家打电话，与其说是害怕信号被追查，不如说是不想被同事们听到自己的声音。星期六约在新宿站交付赎金时，你指定了三点这个不可能赶得上的时间，是因为唯独那时没机会偷偷通电话吧？冈田交还孩子后，四点就回到了广荣庄，这一疑点如果用孩子并非一彦而是真一来解释，就能说通了。你用某种方式救回真一之后，又让太太把一彦放到了樱木公园中，没错吧？

调查那桩案子时我整个人都昏沉沉的，正如前文所写，是因为那桩案子的罪犯让我想起了二十年前的绑匪。况且那名罪犯与我寸步不离，每次看到他的眼神，我的面前都会浮现出二十年前那个绑匪的眼神。

阿岩，让我确信这一推理没错的是，你（准确来说是你们夫妻俩）犯下的另一个失误。阿岩，对你来说，我是一个危险的证人。因为你离开我去打电话的时间，与山藤家接到绑匪来电的时间是一致的，万一被我察觉可就不好办了。因此，为了让我打消疑心，你特地让我看到了真一熟睡的模样。

但星期六晚上，我并没有真切地看到真一的睡脸。毕竟那是在昏暗的房间内，孩子也只从被窝里露出了半张脸。阿岩你还立刻蹲下遮住了孩子的脸，而太太又将我的注意力从孩子的脸上转移到了足球上。我真没料到你会使出如此大胆的一招，差点儿就信了那是真一。可就是一句话，假如太太没有说"三小时一直保持这个姿势睡"这句话……

阿岩，你们夫妻俩可真是犯了傻，忘记了真一跟我一起睡过好几晚。真一喜欢抱紧被褥趴着睡，这一习惯我当然早就注意到了……

可那个孩子是以仰卧的姿势睡了整整三个小时。他不是真一，而是被打了麻醉、昏睡的一彦。当我得出结论时，忽然感到坐立难安，只好逃出了你们家。那天晚上，二十年前的案子真切地在我眼前一幕幕重现。阿岩你是绑匪，一彦是受害人，你将耳朵靠在孩子嘴边的情景——那个周六夜晚，你的家仿佛化作了二十年前我与那位叔叔所待的绑架现场。

回到警署，我给真一的幼儿园打了个电话，老师说真一从星期四起就请了病假。老师曾想上门探望，却被以发烧严重为由吃了个闭门羹。这样一来，我终于确信自己的推理是无误的，从那一刻起，我心里所想的就只有不动声色地帮助阿岩你脱罪。

你的策略的确够巧妙，却也暗藏一个巨大的问题。就算你完成了绑匪冈田与山藤夫妇之间的赎金传递，从而救回真一，可只要冈田日后被捕，他所绑架的孩子并非一彦的事实便会暴露，而你的存在恐怕就会被众人知晓。因此，掳走真一的绑匪要么逃出生天，要么就必须把他从这世上除掉，二者只可择其一。

星期天下午，驱车来到A街道T字路口的时候，坐在副驾上的你是多么想让捷特车上的绑匪逃脱啊。你的焦虑真切地传递到了我这边，我心想，要让阿岩你脱罪，就必须先让冈田逃脱才行。A街道的T字路口是你人生的岔路口，也是我人生的岔路口。

"快逃啊。阿岩，快逃啊！"

我在心中向坐在身边的另一名绑匪拼命呼喊着，并在那一刻将方向盘向右打去。

为什么……

阿岩你注视着我，似乎要向我发问。而下一刻，你恐怕意识到我早已看透一切。我是为了帮你脱罪，才协助捷特车中的绑匪逃脱——你紧闭着嘴，我也沉默不语。在我扭转方向盘，越过车道的中心线撞向一辆停止的车时，我们俩有一瞬间四目相接，在沉默中交换了共犯之间的密约。这就好比阿岩你与冈田互不相识，在利害关系上却是一组共犯。

之后，冈田死了。我可以怀疑那并非意外。我们踏进公寓的前一刻，冈田刚从广荣庄逃离。恐怕是警方内部人士急忙联系了冈田，把事件原委告诉了蒙在鼓里的他，并主动提出要帮助他逃亡。随后在约定的碰头地点，将冈田杀害并伪装成意外——然而我不愿意想到这个地步。

那场意外一定是冈田遭了天谴，得出这样的结果就足够了。

"逃跑未尝不是个好主意。"

在新干线的站台上为我送行时，阿岩你说了这句话，对吧？

那并不是对我说的，而是在自言自语吧？或是沉默到底的罪犯所留下的唯一自白？

我只是一言不发地仰望着你，以二十年前那五岁孩童的目光……

阿岩，你的眼神，跟那个绑匪的眼神一样。

阿岩，真一被冈田绑走时，你没有报警，纯粹只是因为不信任警方吧？真一的智力发育有点迟缓，其实不必担心他告诉绑匪父亲是刑警这件事。但是阿岩你心里还是害怕，害怕万一绑匪察觉到自己偶然间绑架了刑警的孩子。当时，札幌绑架案中的孩子刚被杀害没多久，此时绑匪若知道孩子的父亲是刑警，一定会方寸大乱，不知会做出什么凶暴的举动。畏惧此事的你，马上将身为刑警该有的意识从脑海中排除了出去。困境中的你，在刑警与父亲这两种身份中选择了父亲。一贯认为即使牺牲小家也要贯彻刑警之道的你，在最后关头也只是扮演了一名父亲，头脑发热地行动了起来。

那只是一桩父亲因顾及孩子的性命而闭起双眼，在走投无路时所犯下的过分愚蠢的案件罢了。

而在那位愚蠢至极的父亲的双眼中，我看见了二十年前的那个叔叔。

"逃跑未尝不是个好主意。"

最后，阿岩，我要将你那时说的话，作为我的心里话送给你。

还有，阿岩，一年前在新干线站台上我想对你说的，或许也正是这句话。

再见了，阿岩……

从今往后，关于那桩案子，我将永远保持缄默。

化石钥匙

蝴蝶在飞……

少女想如此低语，却发不出声。深蓝与黄色条纹的领带勒进了少女细小的脖颈，揪紧了她的喉咙。笼罩在少女上方的那张脸，逆着灯光，只显出一片暗影。遍布阴云的那张脸因痛苦而扭曲，或许是噙着泪，只有眼睛闪着光芒。少女并不知道暗影中的脸为何在哭泣，也不知为何要露出可怖的表情。激烈的喘息从嘴唇中喷吐而出，吹在少女的脸颊上。而那张嘴唇在前一刻才刚凑在少女的耳畔柔和地低语："不要怕。很舒服的……没什么好担心的。"

少女真的一点都不害怕。脖子刚被领带缠住的时候还稍稍有点怕疼，可疼痛只发生在最初的一瞬间，接着它就像人类体贴温暖的臂膀一样，缓缓地、一点点地缠住了脖颈。爸爸和妈妈还和睦相处的时候，曾经合力将自己抱起来过。就像那时爸爸和妈妈的臂膀温柔地包裹住脖子一样……身体融化在暖和又舒适的黑暗之中。在那片黑暗中，突然间有只蝴蝶飞起。

蝴蝶在飞……

少女甚至不明白自己为什么发不出声音来，却仍旧想对暗影中的脸孔如此诉说。

为什么要哭呢？明明有这么漂亮的蝴蝶在飞舞呢。

少女还从未见过蝴蝶在空中飞舞的情景。因为她所认识的蝴蝶，就只有一只当作宝物珍藏的蝴蝶化石。在很久很久以前，无比久远的昔日，那只蝴蝶死后化作了石块。少女一向把宝物悄悄藏在枕头下面才睡觉。她觉得，死去的蝴蝶或许能在梦中复苏，尽情展开双翅自由飞翔。但是，她不知蝴蝶在梦中到底有没有飞舞起来——清晨一睁开眼睛，少女就把自己常做的那个梦忘得一干二净。

那只蝴蝶在此刻总算飞了起来。

两千年，不，两万年……在少女数也数不清的漫长岁月里一直封存在灰色石块中的生命，在此刻终于复苏了。

蝴蝶没发出一点声音，继续美妙地舞动着。

每当轻盈的翅膀拍打一次，就洒下发光的磷粉，流淌进暗影中。

暗影越发浓重，而发光的翅膀则显得越发鲜明，飘摇不定。

少女忽然感觉自己的身躯变得很轻。

不知何时，自己的身躯上也长出了一双发光的翅膀，飞舞在幽暗的半空。就像蝴蝶一样。自去年四月交通事故后就变作化石的那具身躯，正自由地在空中飘荡。

为什么要哭呢？我的身体明明飞上了天空，舒服极了……

少女化作蝴蝶，与化石中的蝴蝶在暗影中愉快地翩翩起舞。眼泪从遍布阴云的那张脸上簌簌滴落到少女的脖子上，她用不成声的嗓音继续低语着。

暗影中的脸发出了惊叫声。

因为一道游丝般的声音从少女的唇边飘出。

"蝴蝶……"

听得很清楚。

黑影不由得松开了握住领带的手，捂紧嘴来止住自己的尖叫。黑影忘记了逃跑，也忘记确认少女是生是死，僵在原地好一会儿，只是茫然地注视着少女娇小的脸庞。她仿佛正做着一个幸福的美梦。

1

新宿区×町公寓"藤代庄"的管理员室大门被敲响的时刻，刚好是晚上八点十分。管理员藤代沙和刚办完事回来，听见电视机声音响得吵人，开始教训上高中的独生子。儿子昌也嘟囔着调节电视音量，同一时间，像在等待这一刻似的，门上响起了低低的敲门声。

藤代沙和的丈夫在两年前因癌症去世了。丈夫把老家的农田卖了，用那笔钱建了这间公寓楼。竣工时丈夫病倒，半年后就去世了。殁时年纪还轻，不到五十。

有一段时间，沙和觉得这公寓像是把丈夫的命都吸走了一样，曾对这栋在周围的低矮平房之中显得鹤立鸡群的三层小楼怀恨在心。可是每层楼有四个房间，共计可出租十一个房间所带来的房租足够偿还银行贷款，还解决了母子二人的日常生活开销，沙和便也没了怨恨的道理，只把它当作丈夫的遗物来珍惜。沙和出身于下城区，天生热情好客，公寓居民从不叫她"管理员"，而是称作"大婶"，与她非常亲近。

她手脚勤快，总能看见她圆滚滚的身影进进出出、忙里忙外。不光是自己的房间，她还把整个公寓楼都打扫得一尘不染。而且她爱照顾人，有时会帮新婚夫妇带孩子，有时会把吃剩的菜打包送去单身男住户的房间里。

尤其是隔壁一号房间的父女，从三个月前起，沙和就几乎成了他们的保姆。

住在隔壁的是个名叫白井准太郎的三十七岁公司职员，和他十岁的独生女千鹤。千鹤因下半身瘫痪，只能靠轮椅生活，残疾的原因是去年春天在一场交通事故中腰椎骨折。为了转入附近一所残疾人设施更加齐全的小学，父女俩于去年秋天从世田谷区搬到了沙和的公寓来。刚搬来时，白井准太郎与妻子次子一同照看着轮椅中的女儿，一家人显得其乐融融。但当白井的妻子外出，由沙和来照顾轮椅中的千鹤时，沙和才逐渐了解到白井夫妇家的隐情。令女儿千鹤致残的事故，正是母亲次子驾车疏忽所致。次子未关紧车门，坐在副驾驶席上的千鹤靠到门上时不小心摔到了路面上，又被后方来车碾过。丈夫无法宽恕妻子的疏忽大意，在千鹤出院并搬到这栋公寓生活时，夫妻关系已经降至冰点。憎恨妻子的白井有了另一个女人，这成为两人在今年秋天离婚的直接原因。次子将千鹤留给前夫，一个人离开了公寓。

之后的三个月里，代替净身出户的母亲来照顾千鹤的正是沙和。千鹤本就很亲沙和，沙和也喜欢孩子，儿子昌也上了高中之后开始讨厌母亲处处操心，刚巧让沙和有了些闲暇时间。嘴巴和手闲了下来就想找些事做，沙和只收取普通保姆费三分之一左右的钱，就接下了照顾千鹤的重任。

每天早晨她要送千鹤到半公里外的小学去上课，放学时间再去接回来。然后，在千鹤父亲回来前的时间里，她会边准备晚饭边照看一下。

在位于银座的某贸易公司上班的千鹤父亲每晚都要八点以后才回家。平日的这段时间里，千鹤一向黏着沙和不放，可今天刚六点，她就说："大婶，爸爸回来之前我要先睡会儿。今天是我的生日对吧？爸爸会买蛋糕回来庆祝的，要很晚才睡觉。所以我跟爸爸约好了，六点到八点要乖乖睡觉。"

刚好今晚六点半到八点，沙和必须去居委会办事。大概是昨晚跟白井提过，所以他才对千鹤如此嘱咐了吧。

沙和把千鹤从轮椅上抬下来，让她在床上睡下，就去了居委会。敲门声正是刚回来没多久时响起的。

大概是小千鹤的爸爸回来了吧,沙和想着,抓起桌上的新钥匙,打开了门。今天傍晚五点左右,锁匠刚来给隔壁的一号房间换了个新锁,新钥匙暂时由沙和保管。

打开门后,沙和"啊"地小声惊呼。站在门外的不是千鹤的父亲,而是母亲次子。

"打扰一下……隔壁的房间,我用钥匙怎么打不开呢……"

"今天傍晚刚换了一个新锁呢。"

"坏了吗?"

"不……"沙和本想蒙混过去,却又狠狠心说,"其实,太太您偷偷来见千鹤的事,被您丈夫知道了。我当然是什么都没说,可千鹤她说漏嘴了……"

"什么时候?"

"两三天前。今天早晨,您丈夫突然跟我说,傍晚会有锁匠来换锁,让我保管一下新钥匙……其实锁压根儿就没坏。"

"是为了让我进不了门吧。"次子低下头自言自语,浓重的眼影被泪打湿,把睫毛处都染成了蓝色。

这三个月里,次子趁丈夫出门时来看过千鹤五六次。她现在在赤坂的夜总会上班,每次来时装束都很华丽,也比之前要浓妆艳抹。此时,被黑底金色刺绣的围巾包裹的脸庞显得越发雪白。她咬着嘴唇思索片刻,眼神移向沙和手中的钥匙。

"那钥匙,借我用一下。"

"可是,您丈夫这时候也该回来了……而且千鹤正睡着呢。"

"一分钟就行。哪怕只看一分钟她的睡脸……反正,我今晚也是下定决心来见千鹤最后一面的。我打算再婚了……抱歉,就一分钟。"

沙和叹了口气。对方说到这个地步，拒绝她也未免太过薄情。从沙和手中接过新钥匙，次子向隔壁房间走去，而沙和从门口探出脑袋紧盯着她。次子伸手将钥匙插入把手上的锁孔并转动，门锁开启的声音连沙和也听得清清楚楚。然而次子并没有打开门，侧脸埋在从围巾中滑落的红棕色长发中，一动也不动。

"太太……"

沙和走过去呼喊了一声，次子才抬起头来，一只眼睛中淌出的泪水已经滑过脸庞。

"还是不要见面了，就这样吧……见到了反而会更加难过的。"

次子将房门重新锁上，并将钥匙和自己怀抱的一个纸包一同递给沙和。

"这个，别说是我送的，就对她说是您送的礼物吧……今天是她的生日啊。她一直说想要一件带蝴蝶图案的毛衣。"

次子将包裹强塞给沙和，逃也似的奔向公寓出口。沙和目送次子的背影消失，这才用收回的钥匙重新打开门，进入了房间。这个房间与管理员室结构相同，进门便是厨房兼餐厅的区域，里面分成三个房间，千鹤所睡的房间是靠入口最近的十平米西式房间。

起初，沙和并没有注意到异常。千鹤躺在靠窗边的床上，半张脸埋在被子里，看上去还在静静地沉眠。沙和将母亲给她的礼物摆放于枕畔的时候，突然注意到从被褥中露出的领带头。沙和讶异地掀开被子，不由得大声尖叫起来。深蓝与黄色条纹的领带，如同一条毒蛇，缠绕在千鹤纤细的脖颈上。沙和下意识地抓着千鹤的双肩摇了摇，可她娇小的身躯完全瘫软，如同在水中捞空，一点回应都没有。沙和脑袋里气血倒流，甚至都不记得是怎么按下枕头旁的按钮的。枕头旁的按钮直通管理员室，只要按下去，沙和房间里就会响铃。一听到铃声，昌也就冲过来了。练柔道的昌也尽管才十六岁，身体却魁梧又结实。别的不长，光长个子了——沙和平日里总是如此数落昌也，而此刻却觉得没有什么比儿子高大的身躯更可靠了。

在昌也那比自己大了一圈的身影的笼罩下，沙和晕了过去。

2

当天晚上，沙和怎么都睡不着。

千鹤并没有死，只是晕过去了。沙和晕倒的时候，昌也向千鹤的横膈膜处施力，让她恢复了意识。在柔道中，勒住对手的脖子过紧的话，时常会出现这种意外。之后昌也又啪啪地拍了好几次沙和的脸，沙和才恢复神志。他们立即将千鹤脖子上的领带松开，问她："怎么了，千鹤，发生什么事了？"千鹤难受地咳嗽着，同时猛烈地不停摇头。

千鹤用力甩开沙和伸出的手，用沙哑的嗓音喊道："出去，别来管我的事！"可又怎能不管呢？她的脖子上还留有领带缠绕的痕迹，像赤红的颈环。有人在千鹤睡眠期间进入房间，企图用领带将她勒死。"是谁？究竟是谁做出这种事的？"不管问多少遍，千鹤也只是一个劲儿地猛摇头。

正发愁的时候，白井回来了。听沙和说了情况之后，他惊恐地抱起千鹤，问了一通跟沙和一样的问题。但是千鹤只是在父亲的臂弯中哭哭啼啼，什么都不肯说，一头长发来回飘摇。

"让我们俩先静一静吧。"沙和与昌也听白井这么说，便一同离开了一号房间。

半小时后，白井来了，说千鹤已经情绪稳定，在吃刚买回来的蛋糕。女孩只是喉咙还有点疼，身上并无异样，可是不管问什么都不肯回答,他只好来找沙和了解详细情况。然而,沙和也对这件事完全摸不着头脑。

照理来说,从沙和六点离开房间时起,到八点十五分再次开门的这两小时十五分钟之间,谁都无法进入那个房间。

沙和今天下午两点半去学校接回千鹤,随后与往常无异地陪千鹤到五点左右。五点时,白井早晨电话预约的锁匠来了。是个年轻男子,马上着手换了一个新锁。沙和看他举止木讷,像个乡下出身的老实人,便拜托他顺带照看下千鹤,外出买了点东西。大约半小时后沙和回来,而年轻人也刚好装完了门锁,千鹤正用新钥匙插锁孔玩。沙和代付了费用,送走年轻人,又一如往常地准备晚餐。六点,家务都忙完之后,千鹤说父亲回家之前要先睡一觉。沙和也正是在这时首次从千鹤口中得知今天是她的生日。

"是吗?原来是生日啊。那应该再多买点好吃的才对呢。"

"不用,爸爸会给我买蛋糕的。"

你一言我一语之间,沙和给千鹤换上睡衣,照顾她在床上躺下。待千鹤睡着,沙和就离开了房间,还记得当时确实将内侧门把手上的按钮按下才出去的。新门锁和公寓其他房间的一样,都是自动上锁式的。只要按下内侧门把手上的按钮,出去关上门,房门就会自动锁上。酒店房间就经常用这种门锁。

沙和又在门外转了一下把手,确认门已经锁上,不会有错。

锁匠留下了两把新钥匙,一把沙和放在了千鹤房间的衣橱上面,拿着另一把离开房间,回到管理员室,放在厨房的桌子上。接着,她给昌也准备好晚饭,六点半左右去在附近咖啡厅里举办的居委会会议上露了个脸。回来时八点刚过一会儿。然后……

对方问什么,沙和就回答什么,可就在这时,她突然想到了一件事,闭口不言。

"怎么了？"

白井这么一问，沙和慌忙摇头，想蒙混过去，可游离的视线却停在了白井手中的纸包上。那是方才白井的妻子，不，是前妻要求代为转交千鹤的礼物。

"这是？"白井注意到沙和的视线在躲闪，追问道。

沙和犹豫再三，只好坦白，把次子来访的事情说了出来。

"但那种事情可不是太太干的啊。太太根本没进房间，我看得清清楚楚的。"

白井皱起相比其他男人要纤细几分的眉毛，沉思了片刻，说："今天的事情，请您别想得太夸张……并不是多么大不了的事。"接着低头离开了管理员室。

等到走廊上的脚步声完全消失于隔壁房间，沙和才放声大喊："昌也！"

正在客厅看电视的昌也回过神来，躲着母亲的视线说了句"我今天比赛累了，睡了"，就站起身想往自己房间去。沙和一把抓住儿子的手臂，把他拽到了厨房的椅子上。

"并不是谁都没法进隔壁房间的，因为我去居委会的时候，新钥匙就一直摆在这儿呢。"沙和敲了敲桌子的一角，"而且我这会儿才想起来，从居委会回来时，钥匙的位置好像稍微偏移了一点。"

"是在怀疑我吗？那我还怀疑老妈你呢……你从隔壁房间出来之前，不也能动手吗？"

"什么？我为什么要对千鹤……"沙和涨得满面通红，嘴唇颤抖。

"你那叫喊声，你那表情，不就是丧偶中年妇女欲壑难填的标准样板吗？自从老爸死了之后，你挥菜刀的声音都响了几倍呢。看到你像是憋着一肚子气切卷心菜的样子，真是让人时不时脊背发凉。你这种女人，经常在八卦杂志里出现呢。"

"欲壑难填？说谁呢？我可知道你在书桌里藏着女人下流的照片呢。"

"偷窥别人的隐私才更下流呢。就是这种偷窥心理让你直接走向犯罪的吧。"

"昌也！"

沙和将想要一吐为快的愠怒伴着唾沫一起咽下喉咙。的确，自从丈夫死后，她遇到什么事都很容易动怒。

"你不相信我？"

"彼此彼此吧。"昌也怪腔怪调的，噘起嘴说，"钥匙位置偏移的时间应该是六点半吧。老妈你刚去居委会没多久，千鹤的父亲回来过一次。"

"啥？白井先生在那时候回来过一次？"

昌也点点头。白井当时在管理员室门厅说了句"今天难得提早下班"，从昌也手中接过钥匙时却着急地说："啊，糟糕，忘记给千鹤买蛋糕了。"接着又把钥匙交还给昌也，外出了。

"他再回来的时候已经超过八点了吧？买个蛋糕要花那么长时间吗？"

"不，他还说想起有其他事要办，顺便把事也办了。说要花上一两个小时，让我再保管一会儿钥匙……"

"既然如此，白井先生也绝对进不了房间了。"

昌也露出严肃的表情，一本正经地思考了一会儿才开口。

"会不会是千鹤她自己这么做的呢？"

"她为什么要做那种事？"

"你瞧，她父母不都那样了吗？她也没什么朋友……这种孩子，为了吸引身边人的注意，尤其是让父母注意到，可是什么傻事都做得出来的。"

"可是领带呢？我出门时千鹤身边并没有领带啊。凭千鹤的身体，是不可能下床去衣柜拿领带的。"

"如果是很早以前就计划好了的，应该就能骗过你，把领带藏在枕头底下之类的地方。那是她父亲的领带吗？"

"是的，我见他系过两三次。"

"总结一下，就是这么回事儿呗——当然是假设千鹤真的差点儿被杀的情况下。凶手也许是以为千鹤已死便赶忙逃走，或者是作案到一半放弃了……不论如何，窗户全都从内侧锁上了，出入口只有一道门，对吧？除非有靠一根铁丝就能开锁的专家在，否则就只有能用钥匙的我，还有最后离开房间的老妈你了。可虽说我和老妈都欲壑难填，总还不至于压抑到毫无来由地对一个无辜少女痛下杀手吧？从动机这点上看，千鹤的父亲和净身出户的母亲才更可疑。毕竟千鹤的身子不方便，隔壁家关起门来一定有过什么摩擦。但是，他们俩又都进不了房间，不是吗？这么一来，凶手不就只剩下千鹤自己了吗？"

昌也的想法也不无道理，沙和想。

千鹤时不时会说出一些不着边际的话，让沙和大吃一惊。有时候她会编造一些比"冰箱里藏着炸弹"，或者"电视里的明星打来了电话"更加夸张的谎言；有时候还会说出"三号房间的阿姨好像对我爸爸有意思"，或者"大婶你打算不找男人就这么过一辈子吗？"，这种老成的话，直接刺痛沙和的胸口。现在的小孩都很早熟，更别说千鹤这样的孩子，被局限在轮椅上的小小世界中，自然只能靠胡思乱想来填补心中的缺失。千鹤说出假装成熟的话时眼中会闪着微光，似乎在试探沙和的反应。沙和有时觉得她那老成的眼神让人瘆得慌。

千鹤为了吸引父母的注意，演了一出遭人袭击的好戏，这倒也并非不可能。

沙和想着这些，十一点多才就寝。可目睹缠在千鹤脖子上的领带时的震撼总也挥散不去，让她难以入眠。

深冬冷彻的暗夜中浮现出了好几张脸庞，有泪水被睫毛膏染黑的千鹤母亲那张脸；也有五官端正，眉、唇、鼻皆细长，有时显得格外冷淡的白井那张脸；还有玩弄着长发，眼睛深处狡黠地观察着大人神色的千鹤那张脸——更有上高中后便突然面无表情，说是儿子却更像个男人的昌也那张脸。

几张脸在沙和眼前来回旋转着，她终于逐渐睡去。也许是因为睡得很浅，还做了个奇怪的梦。

在空无一人、看似是小学校园的地方，有一块形状古怪的石头。她捡起来一看，是块化石。啊，原来是千鹤当成宝贝的蝴蝶化石。她本以为是这样，却发现嵌在化石上的图案并非蝴蝶，而是人的唇印。

是女人抹过口红的湿润唇印。

沙和感到毛骨悚然，想要把化石抛开，可它却黏在手上，怎么甩都甩不脱。

在一切都失去色彩的灰色梦境中，只有那个唇印是鲜艳的红色。

3

那天晚上，隔壁一号房间中的白井也偶然做了同样怪异的梦。白井一个人乘坐小舟，漂荡在宽广无垠的大海上。波涛之间浮动着石块状的东西，他伸手捞起，发现是一块化石。化石上只有蝴蝶的单侧翅膀，些微的纹路留下了生命的印记。不，那不是蝴蝶的翅膀，仔细一看，那是钥匙的形状。银色边缘有起伏的锯齿，因此看上去像是蝴蝶的翅膀。

刻有钥匙纹路的化石眨眼间变大了，压得小舟开始下沉。白井的脖子以下都被波浪淹没。他越来越难受，就快无法呼吸。不知不觉，绕在脖子周围的已经不是波涛，而是一条领带。不是我，开门的不是我，想要杀死千鹤的人不是我……

让白井惊醒的不知是他自己的叫声还是电话铃声。

他用满是汗水的手提起听筒，又看了看挂钟。是清晨五点十五分。

听筒的另一边沉默不语。

"是次子吗？"

对面的声音略带震颤，小声答应了。

"怎么了？这么早打电话……"

"千鹤怎么样了？"

"现在睡得很安稳，没什么异状。"

"我……有话跟你说……"

"我也有话想聊聊。今天下午五点，到车站前那家叫'皇冠'的咖啡厅来吧。"

白井放下听筒，又打开了千鹤的房门。厨房里的灯光溜进房间，照亮了千鹤那沉睡的脸庞。

冬日的黎明很冷，但白井连寒冷都已忘却，像块石头一样伫立在窗边，俯瞰女儿的睡脸。

4

即便一觉醒来，梦中的红唇仍然侵扰着沙和的神经。居然会做那样的梦，难道果真如昌也所说，自己是欲望过剩了吗？沙和一边思索着，一边比平日更仔细地洗过脸，开始准备早饭。

慌慌张张起床的昌也一边往嘴里扒拉早饭一边说道："嫌疑人还有一个。不是有个小伙子来换了锁吗？他手上有另一把新钥匙也不奇怪。"

昌也匆匆说完，没等沙和回应，就撞开大门冲了出去。

沙和的脑海中浮现出昨天傍晚那个年轻锁匠。那是个大概二十一二岁、瘦高个儿、一身乡土气的青年，眼神淳朴又畏畏缩缩的，很难想象那样的小伙子会去偷袭一个少女。但他确实可以自由打开门锁，也应该算是重要嫌疑人之一。也许钥匙真的存在三把，只有两把交到了沙和手上。更何况，现如今不正是个什么人都有可能犯罪的时代吗？

响起了敲门声，沙和打开门，看到白井站在门口。他说给千鹤请了一天假，今天不去上学了，自己也请了假，在家陪女儿。

"不过傍晚五点我有点事要出去两个小时，那两个小时还要劳烦您。"

白井有气无力地说完，门又关上了。

午后，沙和路过车站前，顺道去了挂着"石川五金店"招牌的店。昨天傍晚的年轻锁匠就是这家店派来的。

她向看似店主的男人问道："那个个子挺高、说话声很小，好像鼻子不太好的……"

于是她打听到他叫宫田一郎，三年前起就在这家店工作。据说他来自山梨县，是现在少有的单纯又老实的孩子。宫田好像外出干活了。

"请问，宫田他怎么了……"

沙和只好挤出微笑搪塞过去，一出店门就直奔公寓。冬季暖洋洋的日光洒在住宅区中鹤立鸡群的公寓楼上，让雪白的它显得越发显眼。乍看过去，真好似一座安稳平和的城堡，而沙和却头一次觉得雪白中渗进了一点黑渍。

要是什么都没发生倒还好。如果只是少女为吸引父亲的注意，开了个绞首的玩笑倒还好。如果只是因为玩笑开过头而晕过去倒还好……可是……

直到傍晚，沙和都处在一种手足无措的状态。五点不到的时候，沙和走出房间，想去隔壁瞧瞧，却立刻停下了脚步。一号房间前有个男人在徘徊，看上去是在犹豫要不要敲门。是昨天傍晚来换锁的宫田一郎。宫田的视线与沙和的交汇，脱下帽子低下了头。

"有什么事吗？"

宫田战战兢兢地递出一大块巧克力，说："请把这个转交给昨天那个女孩。"

"为什么？"

"是这样的，昨天我来这儿时，她让我帮忙买一块巧克力，我就去了那边的糖果店，可运气不好，店都关了……其实去车站那边就能买到，但时间赶不上了……我空着手回来，那孩子一脸失望的样子……之后我老想着她那表情，昨天晚上都没睡好……所以就买了这个来。"

年轻人把巧克力塞进沙和手中，躲开她那试探的目光，一溜烟就没了影。如果他说的话属实，倒确实是近年少有的淳朴青年。他恐怕是想到千鹤身体不便，后悔自己没能做得更体贴一点吧。但真的能相信他吗——据说犯罪者是会再回到现场来的。如果说他是以送巧克力为借口来刺探女孩的状况呢……

沙和敲门与白井开门几乎发生在同时。白井小声叮嘱说别提昨天的事，就外出了。

千鹤坐在轮椅上，身上穿着大概是母亲送的黄色毛衣，胸口织着一只火红的蝴蝶。她看上去与往常别无二致。

"这是昨天那个哥哥送给你的。他说昨天没能给你买到巧克力，对不起。"沙和说着递出巧克力。

可千鹤用惊恐的表情盯着它，说道："这玩意儿我才不要。"接着将巧克力用力丢向门口。

难道说我没盯着的那一小会儿里，那个叫宫田的青年和千鹤之间真的发生过些什么？沙和边捡起巧克力边想。可既然她父亲叮嘱过，沙和也就没有提起昨天的事。

"对啦，千鹤，你当成宝贝的蝴蝶化石，能让我看看吗？"

一换话题，千鹤又变回原来的天真模样，点了点头，从自己的房间把化石拿来了。

石块有手掌大小，说它是蝴蝶化石，倒不如说是迎着光飞翔的蝶影落在了石头上。一眼看去，就好像一瞬的影子永远留在了石面上，永不消逝。仔细端详，甚至仿佛能看到几千年前的光。可是，在梦中，这块化石上为何会浮现出女人的嫣红唇印呢……

"这只蝴蝶是白色的。像雪一样白。"千鹤低声嘟囔。

沙和想起千鹤曾在某天问过："这只蝴蝶到底是蓝色的、黄色的，还是黑色的呢？"几千年的时光流逝，也从石中蝶的生命中夺走了色彩。

"你怎么知道它是白的呢？"

沙和一问，千鹤便呵呵抿嘴一笑，并不作答。

墙壁上挂着她父亲的衬衫，沙和看领口处有点脏了，正要把衣服丢进洗衣机，这时她恍然大悟，总算明白昨天的梦中为何会出现女人的唇印了。

那是大约一个月前。沙和去小学接千鹤回家时，被班主任叫去了办公室。那名教师还挺年轻，看上去是个白净端庄的好青年。他先抛出一句"其实我也挺莫名其妙的"，接着突然取出一支口红。

"昨天是我的生日，千鹤把这个作为礼物送给了我。"

"为什么要给男老师送口红呢……"

就在前阵子，千鹤偷偷请求来公寓探望的母亲给她带一支大红色的口红。沙和想起这件事，把问题抛了回去。

"我觉得莫名其妙的，就问她为什么。她说爸爸回来时衬衫领口上经常沾着口红印，因为她很喜欢，所以想让我也在衬衫领口涂上口红来教室——我不明白这到底是什么意思啊。"

沙和也不明白。白井在离婚前就有个暗地里交往的女人，有时他会晚一些回家，有时会有女人从外面打来电话。衬衫上的口红印大概就是那女人的吧。孩子建议教师也做这种事的心理实在令人费解，但即便想不明白，想到千鹤趁父亲不在时就死死盯着口红痕迹，眼睛里透出不属于寻常孩童，而更像成熟女人的神情，就让沙和的脊背掠过一阵凉意。昨天闹出乱子之后，恐怕是下意识地联想到口红这件事，才做了那古怪的梦吧。

千鹤静静地端详着蝴蝶化石，她的脖子上还留有昨天被领带勒出的青紫色痕迹，昨晚那冲击性的一幕在沙和脑中鲜活地复苏了。昨天晚上，在这个房间里，确实发生了什么——发生了不可告人的事……

"我的化石又要多一块啦。"

听到少女开口，沙和慌忙挤了个笑脸出来。

"今天早晨偷偷翻了爸爸的衣服口袋发现的。等他回来就让他送给我。"

"那挺好呀。是什么化石？"

"化石钥匙……"

钥匙？沙和确实听到了这个词，正想再问下去的时候，门开了。

"老妈，晚饭吃什么呢？"原来是放学回家的昌也。

"厨房锅里煮着鳕鱼呢……"

"又吃鱼？今天带的便当也是鲑鱼吧？"

"你不是爱吃鱼吗？"

"喜欢也不能老吃啊。好歹关心一下儿子的身体健康，行吗？"

"你那么壮的身子，还用担心缺什么营养？"

骂完这句，沙和叹了口气，盯着摆在桌上的巧克力看了好一阵子，突然像抢劫似的一把抓起来。

"昌也，你照看一会儿千鹤！"

话音刚落，没等昌也答应，沙和就冲出了房间。她一路小跑，来到车站前的石川五金店，宫田刚巧在打扫店堂。她一把抓住宫田的手臂，把人揪到了小巷里。小伙子不明就里，愣在原地，沙和对着比自己高两个头的小伙子直喘粗气，把巧克力塞回给他。

"千鹤……那孩子说要巧克力这件事，是骗我的吧？你撒谎了吧？昨天可是她的生日，她等着爸爸买蛋糕回来呢。还差一两个小时就能痛快地吃上蛋糕，那样的孩子怎么可能还想要什么巧克力呢？"

"是、是真的。那孩子真的说想要。我让她等我干完手上的活,可她吵着说现在就要,根本不听我解释。所以我才……"

"真的吗?"

他的眼神中流露出怯懦与迟钝,不像是在撒谎。

"假如你说得没错,千鹤为什么会想要巧克力呢?"

"搞不懂。当时我刚把旧锁拆下来,准备把新锁……像这样……分别从门的内侧和外侧插进去合在一起的时候,她突然说:'我帮你扶着把手,你快去糖果店。'……非现在不可的口气,一点都不肯听我说话……我只好……"

沙和的脸色变了。

"等一等。那你回来的时候,千鹤还继续扶着门把手吗?"

宫田用力点头。

"那么,当时旧锁在哪儿?"

"就在那孩子脚旁的工具箱里……"

顺着宫田的话,沙和不由得看了看他的脚。破旧的牛仔裤在膝盖处开了个洞。

沙和抬起头来,一字一顿地缓缓说道:"那时应该是五点半左右吧?天都暗了吧?就跟这会儿差不多……还有,我记得你刚才说过'昨天在赶时间'之类的话吧?"

5

冬天的暮色来得早,情人旅馆的窗户上已经映照出街道各处形形色色的霓虹灯,闪烁个不停。考虑到有些话在咖啡厅里不方便谈,不得已才进了这家旅馆,对于三个月前刚分手的夫妻来说,这也许是最不合适的场所。

白井站在窗边，尴尬不已地抽着香烟，而次子选择在颜色淫靡的床头坐下。虽然屋里开了暖气，但次子仍像很冷似的双臂紧抱着身子。她没有化妆，一张素颜。她也许是想用过去的容颜面对前夫吧。白井在分手之后曾去次子的店里瞧了一下，浓妆艳抹的次子正对客人笑着，但妆容与笑容中都流露出几分勉强。她并不是能在那种风月场所活下去的女人，而对这一点最明白不过的人，便是前十年都身为她丈夫的自己啊，白井想。

"你都听千鹤说过了吧，事情的全部……"次子用叹息般的低沉嗓音说道。

"不，千鹤什么都没说。她是个机灵的孩子，她也察觉到，如果说出口，我和你就彻底完了……所以我立刻就懂了。"白井缓缓转头看向次子，"是你吧？想杀了千鹤的人……就是你吧？"

6

沙和打开一号房间的门，招手让跟千鹤一起坐着看电视的昌也到身边来。

"千鹤啊，你稍微等一会儿，我们马上就回来。"

母子俩一同回到管理员室，沙和紧盯着门把手说道："昨天那锁匠，今天又来了，所以我顺便让他也把咱们的门锁门把手换了套新的，你注意到没？"

"唔……为什么要换？又没坏。"

看到昌也审视门把手的眼神，沙和微微一笑。

"骗你的，上当了吧？但也是难为你了，毕竟是不锈钢的，我每天都仔仔细细地擦一遍，看上去跟新的没两样。"

"这算什么意思嘛？突然捉弄起人来了，离四月一日可还早着呢。"

"捉弄人的不是我,而是千鹤啊。"沙和在厨房的椅子坐下,表情严肃起来,"你的嫌疑总算洗清了。"

"搞什么啊?还在怀疑我吗?"昌也面露诧异,"但又是为什么?"

"因为昨天放在这桌子上的新钥匙,它是打不开隔壁房间大门的。"

"这又是怎么回事?"

"你也稍微动动脑子啊。我说新钥匙打不开隔壁大门,意思就是……昨天晚上,不,现在也一样,隔壁的门锁还是原来的旧锁啊。"沙和叹了口气,"千鹤打算骗过所有人。最初是骗了那个来换锁的小伙子宫田,接下来是我,然后是她父亲……"

7

次子用颤抖的手指夹起香烟衔到嘴里。白井坐到她身旁,掏出打火机替她点上烟。

"因为门锁还是旧的,所以只可能是你了。千鹤什么都不肯说,就是在包庇你。你没确认好千鹤到底有没有断气就冲出了房间……所以你很担心千鹤的状况,今天一大早就给我打了电话。"

次子用指间夹着香烟的手遮住脸。

"我真的什么都不知道。不管是你昨天早晨决定换锁也好,傍晚有锁匠来过也好,我全都一无所知……昨天下午,千鹤从学校给我打了个电话,她说:'今晚六点到八点房间里没有人。要过生日了,来见见我吧。'所以我七点就带上准备送她的毛衣出门,用平时那把钥匙打开了房门。千鹤从床上起身,然后喜出望外……又得意扬扬地对我说：'妈妈你偷偷来我房间的事被爸爸知道了。爸爸为了不让你再进这房间，决定换一把锁，可是我要了个小花招，骗了来换锁的大哥哥和管理员大婶，所以还是原来的锁哦。'她还说：'这样一来，妈妈随时都能来看我了。'"

千鹤得知锁要被换掉是在昨天傍晚，锁匠来之前大约半小时的时候。她从沙和口中听到了父亲在早晨出门时嘱咐给沙和的话。敏感的千鹤立刻悟出了父亲打算再也不让母亲接近自己，但是千鹤无论如何都不愿失去与母亲见面的机会。

千鹤一开始想的是如何将新钥匙给到母亲手中。想要做到这一点，就必须与母亲接触一次。可这办不到。母亲原本打算晚上来，可如果换了新锁，她就进不了房间。失去这唯一的接触机会，她就会永远见不到母亲。千鹤必须先想办法，让今晚七点前来的母亲进入房间再说。正当宫田在换锁的时候，千鹤发现爱清洁的沙和每天悉心擦拭过的旧把手跟新品在外观上几乎无法区分，便以想吃巧克力为借口支走宫田，将旧把手重新插回门上。宫田丝毫未察觉，便将旧门把手和旧锁又装了回去。千鹤还趁宫田离开的时候，将工具箱中的两把新钥匙之一换成了自己手上的旧钥匙，又主动提出要试试新锁，其实是用旧钥匙开了旧锁，彻底蒙蔽了宫田。这并不是一个单纯的儿童恶作剧，而是身体丧失自由的少女为见到母亲而拼命一搏的唯一手段。

不过，又产生了一个新问题：该如何将另一把新钥匙替换成旧钥匙呢？那把新钥匙被沙和带去了管理员室，即将转交到父亲的手中。于是千鹤请求母亲想办法骗过管理员大婶，在父亲回来之前将那把钥匙调包。

"那孩子跟我说：'这样一来以后也能偷和妈妈见面了。我要一辈子和妈妈在一起。'她的脸上真的写满了开心……但我心里打算的,却是在昨晚见她最后一面。我和店里的一个客人准备结婚了……我,一心都只考虑自己的事。这就好像是孩子亲手送了一个机会给我。既然我本不能进入房间,那么孩子死了,也不会有人怀疑我……等我回过神来,已经打开衣橱,握紧了你的领带……连我自己都不明白怎么会这样。我心里只想着,这是个好机会……我确实很疼爱她,也有很深的责任感,但看着孩子的时候总觉得好难受。她是我一辈子的愧疚之源……所以我才下定决心见最后一面。可她却说要一辈子和妈妈在一起,表情还真的很开心……"

次子以为千鹤已死,冲出了房间,在公寓周围徘徊了一会儿后再度回到公寓,从管理员那里拿到了新钥匙,换成自己手上的旧钥匙后还回去。她其实还想充当尸体的发现者,可在开门的瞬间又打了退堂鼓。因为她忽地想到,千鹤或许并没有死去。

"我一晚上没能闭眼……我到底是不是真的杀了她?她也许还活着吧,我紧拽着残存的一点希望……"

次子泣不成声。白井只是静静地在旁注视着她。

"事已至此,我们是真的全完了吧。"过了一会儿,次子才轻声开口。

"不,还没完。千鹤什么都不肯跟我说,是因为她还想着包庇你……我觉得千鹤已经原谅你了。"

"可是,就算千鹤原谅我,你也不可能原谅我的。这次的事情可不是意外了,而是我亲手……"

"我正身处不得不原谅你的立场上啊。"

也许是没听懂这句话的含义,次子抬起了头。白井从口袋里掏出了那个东西,给次子瞧了一眼。乍看像一块石头,但比石头要稍微柔软些。

"这是种特殊的黏土……"

仔细一看,酷似岩石的表面上留有钥匙的痕迹。就好像钥匙的影子渗透进了黏土中。

"昨天早晨,我突然提出要换锁,并不是想把你挡在门外,不让你进房间。"白井走到窗边,背对次子,平静而低沉地说,"我是想制造一个不在场证明。我……我也盘算着杀了千鹤。"

8

"我有一点总想不明白啊。"昌也说,"千鹤就算不换回旧锁也行啊。只要她妈来的时候她保持清醒坐在轮椅上不就行了吗?她是可以操控轮椅自由行动的,妈妈来了,从屋子里面打开新锁,不也没障碍吗?"

"她一定是觉得我在身旁会带来不便吧。如果她坐在轮椅上,我出门的时候会让你帮忙照看一下的……而且她还说跟爸爸约定好六点时要睡一会儿呢。"

9

"我昨天早晨给车站前的五金店打了个电话,让他们傍晚来换锁,接着叮嘱千鹤到六点一定要睡一会儿,然后才出门。前一晚,管理员大婶说明天六点半到八点要去居委会,照顾不了千鹤,所以我就想出了一个计划。"

白井六点半刚过就回了家,通过管理员的儿子昌也确认锁已换好,只接过新钥匙一瞬间就立刻又交还昌也让他继续保管,而他再度离开公寓。但在那一瞬间，他用藏在手中的黏土复制了钥匙的形状。白井乘坐出租车来到尽可能远离公寓的一家店，故意遮掩容貌，配了一把翻模钥匙，七点半又偷偷回到公寓，将钥匙插进了一号房间的锁孔中——然而，那把钥匙打不开锁。而就在这时，他听见房间里微微传来叫声似的声响。白井连忙躲到暗处，只见次子冲出房间。

"你很慌乱。我不知发生了什么事，便跟在你后面。你在街上转了几圈，又回到公寓，敲了管理员室的大门。之后就如你所知了。"

白井深深地叹了一口气。

"跟在你后头的时候，我已经打消了杀千鹤的念头……现在回想起来，连我都不明白自己为什么会产生那种想法。跟你分手之后，我打算跟你知道的那个女人结婚的，可她不喜欢带着千鹤那样的孩子……我大概也是觉得一辈子都还不清欠她的债，甚至觉得她有点碍事……可是，当她的眼泪洒在我的胸膛上时，我总算想明白了。不管我们发生了什么，都必须把这孩子好好养育成人……我觉得这不是你的罪，是我的罪……握着领带的不是你的手，而是我的手……"

说完，白井凝视着夜色中五彩斑斓的霓虹灯，那美妙的色彩仿佛要把昨夜之前的噩梦通通洗刷一清。

"我不知道还能不能从头再来。这次的事可能已经把孩子的想法严重地扭曲了……但我觉得还是应该尽己所能。千鹤说自己的身体就像化石，要我说，她的身体真就是我们过往的爱情和十年岁月凝成的一块化石。"

次子没回应，而是站到白井身旁，随他一同眺望窗外。

"蝴蝶在飞……"

她低声呢喃。

街上的霓虹灯微微闪烁,犹如五彩缤纷的蝴蝶,在冬日的夜空中舞动个不停。

奇妙的委托 ———

1

电话响了。喉咙像被细绳缠住了一样，难受起来，这是我有不祥预感时的怪毛病。说不定是稻叶那家伙打来的。我昨天才刚完成他的委托，他是制药公司里的大人物，总对我的调查结果挑三拣四。"您太太并没有出轨的迹象。"不管我说多少遍，他都用疑惑的目光审视着报告书。看他那样子，就好像期盼着老婆出轨呢。偶尔会有这种客户，我也已经差不多快受够这个案子了。稻叶还跟所长告状，说我消极怠工。其实我唯一一次偷懒就是前天傍晚，当稻叶的妻子从文化中心走出来时放弃了跟踪而已。昨天我给他的最终调查书上写着她五点半回家，可能有那么十分钟左右的误差，他是要揪着这个不放吗？我如此想着，抓起了听筒。

"喂喂，打扰了。畑野先生在吗？"

"畑野啊，三点外出了，今天不回所里了。"

畑野是我的搭档。在这间位于破旧小楼的单间里，有包括所长在内的六个人工作。玻璃窗上用红漆写着"KK信用调查所"几个字，有个K已经剥脱了一半，看上去像日文假名的"く"字一样。已经在所里工作快三年的我，至今不知两个K是什么的缩写。

我叹了口气，放下听筒。当我掉以轻心的时候才是最危险的时候。去年我擦着边躲开一辆摩托车，刚松口气就被一辆客车撞了，眼角两厘米左右的伤疤就是当时留下的。跟玲子的关系也一样。当我觉得可以考虑结婚的时候，她突然要跟我分手。只要是人，我就厌恶，不论男女。虽说跟玲子分手已经是几年前的事了，我甚至记不清到底是"玲"字还是"零"字了。

门突然开了，外出办事的女同事莽撞地冲了进来。

"品田先生，走廊里有位客人。"

"谁？"

"不清楚呢……大概是委托人吧……"

我的手还没从听筒上松开呢。假如是委托人，一定是来了件棘手的工作。我来到走廊，只见楼梯口站着个三十五六岁的男人。天花板上的电灯把男人的影子切成了好几段，一直投射到楼梯平台上。他看到我，微微低头，拢了拢头发。我最讨厌这种动不动就拢头发的人。

"是稻叶先生介绍我来的……我有些事想麻烦您调查一下。"

我把他带去了大楼隔壁的咖啡厅。他自称土屋正治，和稻叶算是熟人，据说是昨晚一起喝酒的时候，听稻叶说有这么一家不错的信用调查所。稻叶还说我绝对可信。在我面前总露出一副压根儿不信任我的眼神，背地里却得意扬扬地说我值得信任，他就是这种惹人厌的家伙。

新的委托人眼神略显忧伤，望向我，很像饥饿的瘦狗会露出的眼神。有这种眼神的中年男人会委托些什么，我一清二楚。

"其实是想请您调查一下我妻子的动向。"

店里的爵士乐太过嘈杂，我甚至没听清他说的是妻子的动向还是出轨之类的词。今晚还是给由梨打个电话吧，十天未见，我想沉溺在她的温柔乡中。我已经越发讨厌这一行了。土屋从胸前的口袋里掏出一张照片。

"这就是我妻子……从大概一个月前起，除了星期天之外，她几乎每天都会在下午一点到四点间外出。我妹妹和我们同住一屋，她是教钢琴的，整天在家，自然开始关注沙矢子的行踪，她说嫂子好像有点古怪。沙矢子是我妻子的名字。沙矢子说是觉得无聊，所以会外出购物或者看电影，但她回到家时，有时候妆容会变，有时候香水的气味都会更浓一些，怎么看都不像是随便出门逛逛……"

我一边听他说明，一边看了看那女人的照片。是位与我面前这个面容还算端正却略显寒酸的中年男子一点都不般配的美女。她肌肤白皙、嘴唇厚实，乌黑的大眼睛对着镜头露出挑逗般的笑意。土屋向我补充说明她三十二岁，还告诉我沙矢子是哪几个汉字。

"太太和令妹的关系处得还好吗？"

"其实算不上好……她们俩都挺好强的……但照我妹妹的性格，并不会因为讨厌沙矢子就造谣告状。"

"我不是这个意思，是说……她会不会因为总和令妹同处一室，觉得很痛苦，出去散心呢？"

土屋摇头。他迷惑的眼神告诉我，这绝无可能。不会有错了，我心想。要判断妻子是否出轨，压根儿不必看妻子的眼睛，只要看委托人丈夫的眼睛就明明白白了。而丈夫出轨却会明显地写在妻子的眼睛里。最终，我们还是定下从明天一点开始监视土屋家，并跟踪外出的妻子。光做这些，跟其他委托并无区别，简直是愚蠢到让我想吐的委托。

"沙矢子必定会在四点回家。家里有我妹妹在，四点以后就不必守在家门前了。不过……"土屋在最后提了一个条件，"虽说是从一点到四点的短时间工作，但希望您可以推掉其他工作，专心投入在我的委托上。当然我会支付您一整天的酬劳。还有，这是……"

他递来十万日元，声称是规定收费以外的谢礼。我假意推辞了一下，结果还是收了。金钱是我留在这一行的理由之一。他最后提出的条件我并没放在心上，几乎是左耳进右耳出。土屋一副黯然神伤的样子，他话里的意思似乎是想将自己的殊死决心也传递到我这个调查者身上。不过我最近忙得不可开交，已经通宵了将近两个月，连所长都有点过意不去，说下次给我安排个轻松的活计，这个案子看上去就挺合适。我们很快就谈妥了：明天是星期天，所以从后天，周一开始调查；报告形式是每天下午四点半致电土屋的工作单位；支付费用的发票每三天邮寄一次。请土屋画下他家的详细地图之后，我们便道别了。

刚出咖啡厅，我就给信用调查所打了个电话，说今天不回去了。接着给由梨打了个电话。由梨说今晚最迟八点得去店里，要么现在就过去，要么过了午夜零点再去。我立即打了辆车。我挺喜欢好几个小时无所事事地荒废时间，却很讨厌约定时间后苦苦等待。我能在深夜的小巷里耐心等待情侣从旅馆走出来，但没法为了睡个女人而等上六小时。等待的过程中心里就会觉得腻烦，对女人的身子也不再有冲动。由梨住在四谷的一栋高级公寓，公寓本身称得上一流，但和旁边的高楼大厦一比，又显得寒碜了点。不过我才不管它高级不高级，她的房间和情人旅馆的包间一样，只有那张床是有意义的。

三个月前，我偶然去由梨上班的酒吧喝酒，当天晚上就有了关系——如果说只是在床上度过了三小时也算关系的话。第一个月我们每周见两次，之后两个月各自都忙了起来，勉强十天见一次。

由梨穿了件长到能遮住大腿，像是男款的蓝色毛衣等着我，毛衣下便是她的肌肤。十天不见，我装出一副对她的身体很饥渴的样子。

"等一等。"由梨去浴室把浴缸的热水龙头打开又回来,"没多少时间了,要在热水放满之前结束哦……"

我说那还不如直接在浴室把事办了。由梨回答说,浴室的声音会传到隔壁,所以不行,说完大声笑了。

"今晚我能住下来吗?"

由梨考虑了片刻,回答说"好啊"。

"明天也能来吗?"

"行啊。干脆这阵子每晚都来嘛,店里的活我也打算歇一阵子了。我这屋子里前天进贼了呢,半夜里有点害怕。"

"其他男人不会有意见吗?"我问了个无所谓答案的问题。

"才没有其他人呢。全都断了。"

我对由梨一无所知,甚至连由梨是否为真名都不清楚,我也一次都没看过她门口的名牌。她估摸二十五六岁,但我不知她的确切年龄。我所知道的只有——由梨是个喜欢蓝色的女人,并且对她来讲,男人只是要抛到脑后的往事。我在由梨眼中恐怕也只是一桩往事。三个月前,在那阴郁的酒吧里隔着桌子首次视线交汇的瞬间,由梨看我的表情就好像是在看一个早已忘却的旧相识。我也不明白自己到底是喜欢她还是讨厌她,没准她是我最厌恶的那类女人。

由梨躺倒在床上之前,我和往常一样用手指将自己垂到眼前的长发向上拢起。

我比任何人都更讨厌我自己。

2

差三分钟到下午一点时她走出家门,打了辆出租车去银座。

进入 M 宝石店，看了将近半小时珍珠，之后什么都没买，走出店门，在 M 路和 H 路上盯着橱窗缓缓踱步。中途进了一家名叫"皮拉特"的高级名品店，六分钟后出来。她这样子给人的感觉就是漫无目的地扫街购物、消磨时间。两点半，前往日比谷公园，整整一小时十五分钟坐在长椅上无所事事，丝毫看不出有在等人的迹象。她换了两张长椅，听了大约二十分钟的户外演唱会。三点四十分离开公园。走到数寄屋桥后，在 H 公寓前打了出租车，回家。到家时是四点十二分……

　　第一天，我在约定的时间四点半给土屋的工作单位打了电话，如实报告。从电话里的声音很难摸清土屋是何反应。"多谢，明天也拜托了。"他说完这句话就挂了电话。

　　土屋在总行位于丸之内的 N 银行担任高管。从年龄来看，这地位或许太重了，估计是跟行长攀上什么关系了吧。

　　他在三田的家宅也是相当气派。钢琴声从蕾丝窗帘里面传出，一路飘到院子的草地上。不论是工作所在的丸之内的二十层玻璃外墙大楼，还是豪华的家宅、优美的钢琴声，都与看起来像一名勤勤恳恳、万年基层员工的土屋丝毫不搭。这个男人所拥有的一切都跟他自身不相称。

　　而土屋拥有的事物中，跟自身最不相称的就是他老婆了吧。

　　土屋沙矢子比照片里更加丰腴白皙，雍容华贵，一头长发与花色优雅的连衣裙摆一同飘摇着，走在银座后街仿佛走在纽约第五大道一样。她的步伐舒缓而宁静，就像踩着红毯行走的名媛。

　　当她走过 M 路上的街角橱窗，看到玻璃上映出的自己而一瞬间驻足凝视的时候，直觉告诉我，这个女人肯定有丈夫之外的男人。也许只是不天天见面，但肯定有一个丈夫之外的男人在与她幽会……

第二天，她打电话联系了一个人，并与前一天一样，不到一点时走出家门，一直走到站前路才打了辆出租车。我一时之间打不到车，还以为刚有眉目就要跟踪失败了，没想到挺走运，她的车跑了才两百米就突然停下，她冲进了人行道上的电话亭。她又给某个人打了两分钟左右的电话，接着坐上在一旁等候的出租车。我这时已经打到另一辆车，坐进车厢了。

她的车进入高速一号线后去了羽田机场。既然她不是去旅行，就肯定是去接人。不料我的预想完全没中。

她只是在一家能俯瞰飞机跑道的餐厅里一个人发了一个小时的呆。她点了昂贵的法国菜，在桌上排开，却像在欣赏蜡像一样，一道菜都没碰过。非但一口都不吃，还把餐盘当作烟灰缸，往美食上抖烟灰。她侧着脸，似乎是在躲避从窗户射入的明媚阳光，同时漠然地凝视着跑道上的喷气机。之后，她下楼回到大厅，又在商店和旅行社随意逛了半小时左右，接着径直回家。

"她打了电话，对吧？"土屋若有所思地问了这么一句。

我不想被他当作消极怠工，就添油加醋地说太太在旅行社很专注地看海外旅行宣传册，或许是打算到哪里去旅行。而土屋什么都没回应。

接下来的一天，土屋沙矢子去了六本木，继续在各种店铺闲逛。

她毫无目的性，只是茫然地四处走动，步伐与在银座时没什么差别。不知逛到第几家后，她在一间小小的珠宝店买了对耳环。我透过橱窗看到她支付了近十万元现金。她将旧耳环收进包里，戴上新耳环，从店里走出来。酒红色的大颗宝石与她那贵气的脸庞很是相称。

可是，土屋沙矢子走出店门才一分钟，就以街角的玻璃橱窗为镜，将新耳环摘下，重新戴上了旧耳环。然后她将新耳环丢在人行道上，用细长的鞋跟碾压式地踩了两三下，接着若无其事地继续迈步向前。

当天的报告里，我唯独没把这件事说给土屋听。我捡起了那副耳环，当作礼物送给了由梨。

"送我这么贵的耳环，这是吹的什么风？"

相比喜悦之情，由梨的语气中更多的是一种责问。她怒目圆睁，仿佛在说"我不想有身体之外的关系"。只有这样的瞬间，才让我觉得由梨这女人还挺上道的。

我说："这是客户家的阔太太当回扣送的。"

我转念一想，莫非土屋沙矢子也在做着类似娼妓的事？她或许是一边在街头徘徊，一边等待男人上前搭讪——尽管她并未主动去寻找，但是她那摇晃着秀发与裙摆的妖娆背影中，有几分类似娼妓的媚态。

我的这一推测在次日跟踪时再次被现实打碎。

星期四，她坐上出租车以后，只是让车子在首都高速公路上来回兜圈子，持续了超过两小时，最终一次都没下车，直接回家。"到底在搞什么鬼啊？"我这辆出租车的司机显然是受够了。

我仿佛能看到她是以何种表情坐在车上的。一定是茫然地望着车窗外的风景，就像在日比谷公园望着阳光被喷泉水柱激散时那样，就像在羽田机场眼神沿着漫长跑道追随喷气机时那样。

她只是在做一件事，纯粹只是在浪费时间与金钱。耳环也好，奢华的料理也罢，花完钱就丢弃。而这也是她唯一的享乐，简直就像个死期将至、只剩下人生最后一段时光与无谓金钱的老妇人。

我对土屋沙矢子产生了兴趣。同时又认为应该从这份工作中适时收手。

"继续跟踪下去也不会出什么结果了吧?"我对土屋说。

"不,再持续几天吧。一定能查出什么的。"电话的另一端,土屋以略带悲痛的嗓音坚持己见。

星期五。她与往常有些不同,出门就去了地铁站,在品川站坐上了京滨东北线。

在品川站的检票口,我撞上了一个貌似黑帮的男人的肩膀,被他找了一通碴儿。多亏检票员来劝架,纠纷很快收场。可也正因如此,我还在通往站台的楼梯上时,她坐的那班列车已经响起了发车铃声。我慌忙冲下楼梯,却依然没赶上。

完了——正当我如此想时,看到她穿着火红连衣裙的身姿如同飞鸟般从关到一半的蓝色车门中一跃而出,落回到了站台。站员似乎训斥了她几句,可她毫不在乎,去小卖部买了香烟。但她没有抽烟,只是靠在站台的柱子上,送走两辆列车之后,坐上了第三辆车。

在横滨的石川町下车后,她散步一般穿过元町,沿着法国山①的坡道往上爬。这条长坡道的尽头是能够将港口尽收眼底的公园,人影稀疏。我在沙矢子身后大约十米处,也跟着上坡。

越是往上爬,就越感觉到港口的喧嚣在向下沉。太阳微微西斜,石板路上泛出午后令人困倦的白光。一片静寂之中,只有我们俩的脚步声在回响。

她的背影突然停止不动了。我担心她会回头,可她依然背对着我,一动不动。

如果脚步声跟着停下,会显得很可疑,我便继续前行。当我

---

① 因法国曾在此驻军而得名。

走到离她只隔几步的时候,她重新迈步上坡。爬了一小会儿,我为了和她拉开距离而停下脚步,可她再次驻足。我慌忙开始迈步,她也继续行走,简直就像在呼应我的脚步一样……

下一秒钟,我的脚就像结冰似的彻底停下了。而她果然也站定了。

这个女人已经意识到我在跟踪她了。

不,不仅仅是意识到了,她是在故意让我跟踪她。她甚至在帮着我完成跟踪。在品川站地铁即将发车的时候,她匆忙下车正是因为知道我会赶不上,才亲自为我创造了跟踪的机会。不止是品川站。第二天我打不到出租车的时候她也是立刻停车,跑进了电话亭。她当时的目的并非打电话,应该是为我拦出租车争取时间吧——这不就是为了方便我跟踪而全面配合吗?

为了试探她的想法,我在坡道中超过了她,抢先到达坡顶,在公园的一角抽烟,等她爬上来。她若无其事地从我面前经过,我故意把带着火星的香烟头丢到她脚下。她的脚步流露出惊慌,却并未回头看我,仍旧保持侧脸对我,神态自若地走进公园——看来没有错。

她把下巴抵在石栏杆上,俯瞰港口的全景。乍看之下,港口就好像通往天空的门廊。大海则像一整块铅板一样,反射出黯淡的灰光。大约十五分钟后,她走出公园,前往驻日外国人墓地。之后,她沿着墓地另一边的坡道,朝市中心缓缓下山。

狭小的坡道在大白天也显得昏暗,我故意弄出更响的脚步声。她也随我脚步的节奏,步子踩得更响亮了。她的脚步,确确实实是在回应着我的每一步——主动渴望着我的跟踪。

星期六,她去了新宿的百货商店。

她一层接一层地逛了个够,最后在顶层进入下楼的电梯。我也混在顾客中跟进去了。到达一楼后她也不急着离开电梯厢，而是随着再次上升，到达顶层，接着再次下降。结果总共升降了四个来回。其间也有其他顾客进出，但在这间密室之中，除了电梯服务员外，我们俩有了独处的瞬间。可她彻底对我视若无睹，配合她的演出，我也故意装作不知真相。

跳过星期天，次周的星期一，她又一次去了同一家百货商店，与前天一样玩升降电梯。

到了第六个回合，从顶层往下降的时候，她转向我，问道："上次那副耳环，后来去哪儿了？"

3

她拿出打火机，给我嘴里衔的香烟点上了火。

我们坐在屋顶游乐园一角的长椅上，这里明明没几个顾客，却傻乎乎地放着吵闹劲爆的歌曲。

她知道我的姓名，也认识我所在的信用调查所。她说，自我开始跟踪的第一天，晚上就在卧室里发现了从丈夫的上衣里滑落的名片和便笺。便笺上写着我当天傍晚在电话中报告的内容，是丈夫亲笔仔细记录的。

"那你为什么还要由着我跟踪呢？"

"你在找谁呢？找我的出轨对象吗？找那个让我神魂颠倒的男人？"土屋沙矢子露出一副共犯似的微笑问道。一阵风吹过，她的长发扫过我的面颊。我点点头。

"你以为是品田先生吗？那你可太蠢了。你找的人就是你自己哦。"

"我自己？"

我不明白她的意思。阳光很耀眼，透过屋顶上方的玻璃窗，只能看见天空。

"我对男人没什么特别的兴趣，根本就不在乎什么男人。如果我在乎男人，就不会跟那种人结婚了。有些人一有时间和钱，满脑子就只想着睡男人——但至少我不是那类女人。我没有出轨，也一次都没对男人特别心动过。我丈夫其实是让我最没兴致的男人了……"

"唔……"

"不过我倒是有点被你吸引了。"

土屋沙矢子看着我，眼睛深处藏着笑意。那天晚上她发现丈夫找人跟踪自己，次日便在外出前透过自己房间的窗户观察过躲在门前阴影中的我。

"在横滨的坡道上，听到你的脚步声，我就止不住地兴奋起来。别误会，我没打算跟你搞外遇。如果是不感兴趣的男人，我倒是愿意陪睡呢。"

我有点明白她为什么要用鞋跟践踏耳环了。我和这个女人有点相似。游乐园管理员尖叫着喝止从旋转咖啡杯中站起来的小孩，此刻我真想往她身上吐一口唾沫，大声说你就是我最讨厌的那种女人。

她站起身，去饮品店买了两杯纸杯装咖啡。我说我不需要。

"其实我倒有件事想拜托你。直到我丈夫叫停为止，你就假装还在跟踪我，继续发报告给他吧。但你没必要真的跟在我后面了。你也知道我会干些什么，对吧？随便创作一下报告给他就行……相反地，请你调查一下我丈夫的行动。"土屋的妻子露出一本正经的表情。

正经的表情实在是不适合她，我只看到一张美貌与魅力荡然无存的女人的脸。

"出轨的人其实是我丈夫。挺久以前我就察觉到了,虽然手上没证据,但不会有错。还不是单纯的拈花惹草,他相当认真。好像还打算给那女人买一套新公寓呢。大约半个月之前,他不在家时房产中介打来了电话,说是找到合适的公寓了,后来他随便编了个理由蒙混过去了。他发觉我有了疑心,便在我面前演戏,没想到还故意把便笺和名片落在卧室里,好让我看到——他以为自己先装出一副怀疑的样子,就能让我的疑念消失吗?真是愚不可及。他以为骗得了别人,就能骗得了自己的老婆呢。不过你被他骗到了,对吧?根本没想到其实是他在出轨吧?"

我点点头。

"查一查他从出公司到回家这段时间的行踪吧。他每晚到家都十二点以后了。"

空中飘着一个红色的广告气球。飞机喷出的气将天空笔直地分割开,却已经找不到飞机的踪影。我忽然想起现在已经是五月了。

"那我该怎么向你报告呢?"我问。

"这个嘛……你每天两点去一家咖啡厅等着,我会给你打电话。通过电话报告就行了。"

我提出去银座四丁目十字路口附近一家叫"洛亚"的咖啡厅,并告诉了她电话号码。我不觉得自己背叛了土屋,反正事实上我早就背叛过土屋了。从去横滨那天起,我在向土屋报告时就隐瞒了最重要的一点,也就是隐瞒了她已经察觉被跟踪这件事。她从包里掏出十万元,递给我。

"调查费已经有我丈夫在付了,所以这些足够了吧?真有意思。变成了他用自己的钱调查自己呢——就从今晚开始吧。明天两点,我会给'洛亚'打去电话的。还有那副耳环,也送给你了,反正本来就打算扔掉的……"

没想到我在由梨面前胡编的理由"客户家阔太太当回扣送的"一语成谶。我收下钱,她就离开了。

两杯咖啡都一口没沾地留在了长椅上。我一把抓起,把它们扔到了恼人的旋转咖啡杯机器上。我心想得给由梨打个电话,告诉她今晚不去了。可刚提起听筒又换了主意。也没必要通知她啊,她又不是随时等着我。我们只是那种关系而已。

我下到二楼,用刚收到的十万元买了套新西服,两小时后给土屋打去电话,胡说八道了一通。

4

六点二十分出银行,跟一名看似是秘书的二十五岁左右的男人一同坐出租车前往芝町的松山礼次郎宅邸。松山礼次郎是有名的保守派国会议员。一小时后离开。八点到十点,在赤坂的大型夜总会"桑尼"陪一个五十二三岁的客户作乐。他每个月在"桑尼"露两三次脸,都是陪客户。混得比较熟的女公关是小雪、小绿和花江这三名,但听其他女公关说,他们并无特殊关系。快到十一点的时候,去了银座。他想去的酒吧"拉格"没开门,在周围绕了几圈后进了一家名叫"窗"的小店,大约半小时后出来,在秘书的护送下上了出租车,回家。到家差不多是午夜十二点……

次日下午两点,土屋沙矢子如约打电话到了"洛亚",我将上述情况报告给她。沙矢子听上去也并不是特别在乎,冷冰冰地说了句"是嘛",就急着挂电话。

"太太,您还委托其他人跟踪丈夫了吗?"

"没有啊……为什么问这个？"

"其实啊，我好像看到一个男人探头探脑的。"

是我走在银座后街的时候。土屋和秘书在前方二十米处走着，忽然间他们转身往回走。我慌忙躲到小巷的阴影处，几秒钟后，发现有个男人在相同地点掉头，原路返回。那男人跟在土屋身后约十米的位置，土屋和秘书停下，他也会停下。从小巷出来之后，我相当于在同时跟踪土屋和那个男人。土屋拐弯，他也拐弯。我自己就是个跟踪者，凭直觉就看出他也在跟踪土屋。过了一会儿，土屋走进了"窗"，那男人在店门口徘徊了一会儿，看来是在犹豫该不该进去。但他终究还是没进店，消失在了黑夜的某个街角。

"会不会是和银行相关的人呢？也有可能是周刊杂志的记者，S建设的受贿问题最近不是吵得沸沸扬扬吗？好像有人在暗中调查我丈夫所在银行的行长跟那件事是否有关呢。但我丈夫是完全无关的……"

我记得涉及S建设的新闻里也出现过松山礼次郎这个名字，土屋昨天刚拜访了那位国会议员，也许真有什么关系。然而，从服装和整体气质来看，跟踪土屋的另一个男人既不像刑警，也不像周刊杂志的记者，倒真像个银行相关人员。是个穿着深蓝色西服，发型一丝不苟，年纪看似三十五六岁的男人。我不是很懂这一行，决定不去想得太深。

"你现在在哪儿呢？"

"我在哪儿都无所谓吧。况且我这地方还真的很无所谓……"

距离例行联系土屋的四点半还有两小时，我走进了银座后街的一家小电影院。电影挺有趣的，我放声大笑，但一走出电影院就想不起讲了什么故事了。

我又回到"洛亚",给土屋打去电话,胡诌一通,说他老婆今天在银座周边闲逛。可是照这样算,昨晚跟踪土屋花的钱可就收不回本了,于是最后我又加了一句,说她打车在环线上毫无意义地转了两圈才回家。

土屋沉默了片刻,说:"我有事找你,六点到东京站的酒店大厅来。"

他那口气,好像把我当成部下似的。我没多想,六点去了指定地点。

土屋晚到了十分钟。我们在二楼一间异国风情的旧咖啡厅面对面坐下。土屋点完单的同时,发出干涩的笑声。

"你打电话给我的约半小时前,副行长的太太来了一趟。她说刚从九州旅游回来,三点半时看到沙矢子从机场的酒店走出来。你的报告里说沙矢子在银座闲逛,又在高速公路上兜了两圈后回家,是这样没错吧?"

我犯起百无聊赖时的坏毛病,拢了拢头发。我们的桌旁放着一个水缸,绿色与灰色线条相间的鱼正在缸中晃晃悠悠地游动。水太清澈了,看上去仿佛鱼是在空中游。窗外已是一片暮色,我努力去回想今天到底是晴天还是阴天。我又拢了下头发,把去横滨之后的事情全都说了出来。

瞒着没说的只有他老婆说听到我的脚步声时感到兴奋,还有昨晚冒出了另一个人在跟踪他。

"昨天晚上,我果然被跟踪了啊……怪不得总觉得不对劲。"

土屋先对被跟踪一事表达了惊讶。他感觉到的跟踪者,也不知是我还是另一个男人。

我默默地低下头,赔礼道歉,接着撒了个谎,说自己是因为捡到耳环后送给朋友而被他妻子威胁了。

出乎意料，土屋竟大声笑了起来，响亮的笑声一点都不像是这个瘦削的男人发出的。但我头一次从他从容的表情中看到了一个拥有几十名部下、住在豪华宅邸、与政界要人勾肩搭背的一流金融从业者的样子。

"你这是被沙矢子骗了啊。我根本没在卧室留下便笺和你的名片，恐怕她翻了我的上衣口袋吧。她为了让你误以为她清白无瑕，故意这几天不和男人见面，连续几天做些无意义的事情当障眼法。昨天她让你调查我的行踪，最大目的就是为了骗你。今天下午，把碍事的你支开之后，她久违地在羽田的酒店跟男人见了面。你被她耍得团团转，今天还来跟我报告说她谁都没见呢。真是让人头大啊。"

也不知道让他头大的是他老婆还是我。他用勺子搅了一会儿咖啡，忽然挑起一边的眼睛，盯着我说："你能做的事情，也只有再背叛我老婆一次了。"

就跟沙矢子昨天下午在百货商店顶层提出让我背叛丈夫时一样，他带着动真格的表情。

"反正出钱的是我，你本来就该站我这边。"

"还要继续跟踪您太太吗？"

"不，你已经暴露了，跟踪沙矢子这件事我会交给其他调查所。你假装还在调查我的行踪，一直向我老婆报告我是清白的就行。其实你没必要真的来跟踪我，我只是每天工作得比较晚而已，跟踪我也不会有什么结果的——听明白了吗？"

土屋向我挤出一个生硬的微笑，与昨天的沙矢子如出一辙，在同样的微笑与言语威逼下，我又一次不得不背叛客户。我成了这对夫妻间如游戏般抛来抛去的皮球。想玩抛接球随你们的便，我脑子里想的只有一件事——只要照土屋说的做，什么都不必做，也有调查费入账；再去"洛亚"把胡编乱造的故事报告给土屋沙矢子，就又有钱拿。我点点头，与最初的共犯缔结了新的契约。

委托就这样如我所愿，转变成了尴尬又奇妙的状态。反正我也没什么良心，做起来易如反掌。

"她问我今晚在哪儿怎么办？为了避免今天这样的失误，我就把之后的大致安排先告诉你吧。按照我说的内容，明天报告给我老婆就好。还得告诉你我回家的时间啊……深夜给你打个电话吧……"

我报了由梨家里的电话号码。既然晚上的时间空了出来，我打算去由梨那儿过夜。我告诉土屋可能是女人接电话，并只说她叫由梨。

"是女朋友吗？"

我沉默不语。

"耳环就是送给这个朋友了？"

土屋就像捉弄孩子一样，眼含笑意地望着我。这讥讽的微笑让土屋的眼神越发阴暗了。

"是啊……是未婚妻，过不久就要结婚了。"

为了给他留下一个正经的印象，我撒了个谎。土屋摸了摸口袋，接着问我有没有能写字的纸。

我掏出记事本，正打算撕一张下来，只听土屋说了句"别"，又抓过笔记本，用少见的匕首形状领带夹仔细地裁下一页。也不知是他性格太过一丝不苟，还是想炫耀匕首柄上镶着的钻石。他把由梨的名字和电话号码记在纸上。

"住独栋还是公寓？"

"小高层。在四谷，叫 Maison Soirée。"

"这公寓还行吗?"

"一般般啦。"

土屋把公寓的名字也写了下来,我这才想起沙矢子说过丈夫在为情妇找公寓这件事。

土屋再次叮嘱我今晚别再跟踪他,才起身离席。他一定有不想被我跟踪的理由,莫非并不是出轨,而是更重要的事?会不会是与受贿案有关而不想被我知道呢?总之夫妻俩应该有一方在说谎。还是说两人都在说谎呢?不,难道说两人都在说真话吗?

土屋把领带夹忘在了桌上,我把它装进口袋,心里盘算着下次见面还给他。他或许是故意留在这儿的,为了试探我是否会像捡走妻子的耳环一样将领带夹占为己有。离开酒店前我给由梨打了个电话,由梨说"好啊",语气中似乎已经忘记我昨晚放了她鸽子。

"不过,你进房间的时候可别被人家看见了哦。听说前阵子那个小偷就住在公寓楼里,被别人当成贼可就麻烦了。我房门就不锁了。"

"我现在就过去行吗?"

"行啊,反正我也不去店里……那种破店,辞了算了。"她发出百无聊赖的叹息,挂了电话。

我从后门进了公寓,上楼梯来到由梨房间前,迅速钻进微微敞开的房门。

"真像个贼一样。"由梨笑道,"外面在下雨?"

我的头发和衣服有点湿。

"刚才冷不防下了起来。"

由梨跑去了窗边。虽然没什么声音,但雨下得很激烈,像要把黑夜洗涤干净。

"明明到傍晚都有太阳的……"她说着,粗暴地拉上窗帘。

"你说要辞职?"

"是啊,突然不想干了。像这阵雨一样。"

上次来这里时她就说明天起歇一阵子,不去店里了。大概从那时起就有了辞职的念头吧。

"你不问我接下来有什么打算吗?"

"那你知道该怎么办吗?"

由梨微微一笑。

"这个嘛,重点不是该怎么办,而是会变成什么样。总想着明天该怎么办也无济于事……不过,我觉得该从这公寓搬出去了,如果再遇到前阵子那种事,干这一行的女人会被所有人指指点点。干脆回老家结婚算了。"由梨自言自语似的呢喃。

因为淋了雨,我先进浴室冲澡,接着换由梨洗,我一丝不挂地在床上睡了会儿,由梨爬上床才醒来。我就这么与由梨交缠在一起,沉溺在由梨的身体中,耳畔却不经意间响起一个女人在石砖上踩出的脚步声。跟由梨的关系就到今晚为止吧。

电话在午夜零点的五分钟前响起。由梨头发披散,正躺在我的肩头熟睡。我提起听筒,就听见了土屋的声音。

"我现在从家附近的公用电话打给你,回家时间就算午夜零点好了。你现在能记下来吗?今晚七点十五分出银行,八点到十点在新宿的'女王'招待客户,然后跟客户一起去银座……"

我公务式地提笔在纸上细细记下土屋当晚的行踪。

"明天晚上也打这个电话吗?"土屋在最后问道。

我说明天起会回自己的公寓,又把电话号码告诉他。

挂了电话之后才想起忘记提领带夹的事了。我又顺手摸了摸搭在沙发上的西服口袋,可找了好几遍都没找到确实放进去的领带夹。我心想会不会是在浴室脱衣服时掉出来了，仔仔细细地把更衣区翻找了一遍，依然不见踪影。看来是丢在别处了。

我坐在沙发上聆听雨水敲打窗户的声音。也不知土屋有没有说实话，但这都无所谓。我只要照他说的，明天对着他老婆，像鹦鹉学舌一样重复一遍就行了。

过了一点，我再次进入浴室冲澡。夜晚已经有几分寒意，可我还是冲了冷水澡，就好像呆滞地站在倾盆大雨中。我让水自由流淌进喉咙，我总是如此饥渴。电话响了，大概还是土屋打来的吧，不管他了，今晚已经不想再听见那男人的声音了。

不知电话响到第几声时，由梨似乎爬起来接起。混杂着水声，我听到由梨轻声问："土屋？"我裹上浴巾走出浴室，由梨正对着听筒不耐烦地说道："我真的不认识姓土屋的，你疯了吧？"接着她啪地摔下话筒。

我还以为那通电话是土屋打来的。我没有跟由梨提过任何有关委托人的信息。可转念一想，就立即能想通那并非土屋本人的来电。假如是土屋本人，肯定会叫我来接，不至于会和由梨吵起来啊。

"一个女人打来的……疯子。"

"我刚才听你说什么'土屋'？"

"她自称是土屋的老婆，不依不饶地问我跟她丈夫是什么关系呢。"

由梨的身体还因为愤怒在微微颤抖。我本想解释清楚，又觉得太复杂而作罢。刚才的电话无疑是土屋沙矢子打来的。六点在东京站的酒店见面时，我报出了由梨的名字和电话号码，而土屋把这些都记下来了，同时还记下了这栋公寓的名字。丈夫回家后，沙矢子从丈夫的西服口袋里找到了便笺纸，会不会以为那是土屋出轨对象的新电话号码呢？沙矢子曾在百货商店的顶楼说过，土屋似乎打算给情人买套公寓房。丈夫睡着后，恐怕她是坐立难安，就打来电话了。

我总觉得"嫉妒"这个词与土屋沙矢子很不相称，简直想象不出她手指哆嗦着拨动号码盘的景象。不过人总是会做些与自己不相称的事，女人更是爱给自己戴上面具。如果没有嫉妒心，恐怕也不会开口让我去调查丈夫出轨的证据吧。也许摘下她那张面具，就会露出一张会因丈夫的不忠而勃然大怒的寻常女人的脸吧。

"真是无聊的误会。"

我只对由梨说了简短的一句。事实上，这也确实只是一张便笺纸造成的小小误会而已。

而就因为这小小的误会，由梨在次日落得死于非命的下场。

"是啊，真是莫名其妙。"

由梨嘟囔着钻进被窝，脸靠着我的胸口，闭上了眼睛。

这便是我听由梨说的最后一句话。

5

次日早晨我离开房间时由梨还在睡。也许只是在装睡。晨光让她的面颊浮现灰色的影子，让她看似一尊石膏像。走出房间前，我来到化妆桌边，打开了由梨的珠宝盒，想把土屋沙矢子的耳环拿走。倘若沙矢子真是个为情所困的女人，当她意识到我又倒戈向她丈夫时，不知会说出什么话来呢。为了以防万一，我得准备好把耳环和钱都还给她。我很讨厌人类怒不可遏时的叫喊声。由梨想必不会放在心上的。

把耳环塞进口袋的时候，我发现盒子的角落里躺着一枚领带夹。

就是我昨天弄丢的土屋的那枚。果然是掉在浴室里了，由梨捡到了它，以为是我的，就小心翼翼地收了起来。我本打算把领带夹还给土屋，可走出房间的瞬间又改了主意。

门厅处摆着一枝暗红色的假花，我不记得花名了，但有点印象。玲子最后送我的花也是这种，她说花语是"永别"。居然对我这种人怀有梦想，难怪她是这世上最蠢的女人。

我把匕首形状的领带夹别在假花的花瓣上，留在了由梨家。跟土屋瞎掰个理由就行了。如果由梨也知道这花的花语，一定能理解我再也不会来了。不必太当真，小小的恶作剧而已。关门时，银色匕首柄上镶嵌的钻石反射出刺眼的光芒。

难得起了个大早，我来到信用调查所，随便编造了一通土屋沙矢子在本周第二天的行踪记录，写成文件给所长过目，目的就是让所长以为我还在继续跟踪土屋沙矢子。所长拿出一张支票给我看，是土屋发来的，上面写着跟上回的发票完全不同的金额，是之前的五倍。

"大概搞错了吧，我去找土屋问问。"我说着，出了调查所。

在"洛亚"接到电话时比商定的晚了整整二十分钟。我按照昨晚记下的内容，将土屋的行踪报告给沙矢子。

"你该不会是背叛我，又去帮着我丈夫了吧？他在外面有女人，这事不会有错。"

"那你自己去查呗。"我有点不悦地挂了电话。

我已经迫不得已被卷进了土屋夫妇的麻烦事里，现在对他们俩、对我自己，我都是一肚子气。按照约定，晚上土屋还会打电话给我。为了把恼人的电话铃声抛到脑后几个小时，我从中午起就喝上了酒。

回到公寓才打了个盹儿，土屋就来了电话。已经将近十一点了啊。土屋还没吱声，我就想把电话听筒砸了。

"今晚可真早啊。"

"再过五分钟我就到家了。今晚是六点二十分出公司，跟秘书去日比谷看电影了。是客户公司正在大规模宣传的电影。"

土屋把电影名和内容梗概告诉了我。

"那个电影公司要办一个庆祝成立五十周年的派对，邀请了沙矢子和我两个人，所以我觉得还是先看一下比较好……其实是约了老婆一起去看的，我们说好在电影院门口碰头的，可她没来。银座附近也在上映，她没准儿是去那边的电影院了。出电影院之后，我和秘书一起去'拉格'喝了一个小时左右……就这些了，都记下来了吗？"

我回答说"记了"便挂断电话，躺下盯着毫无意义的笔记，不知不觉又睡着了。

隔天早晨，我在报上看到了命案报道，一时之间甚至想不起报上印着的大幅脸部特写照片上的女人是谁。"年轻女公关在公寓中遭勒杀。是否为入室盗窃者所犯？"我呆呆凝视着标题许久。

首先我震惊于由梨竟是她的真名。她姓坂本，比我小一岁，今年二十八。

其次我开始担心自己会不会有嫌疑。我一直待在由梨的房间里，直到昨天早晨才走。警方推测由梨的被害时间是晚七点到八点，那时候我正在自己的房间里睡觉，并没有不在场证明。

昨晚七点，店里打电话给由梨，她接过电话。快到八点的时候，邻居发现她家大门敞开，便进入门厅打算查看情况，立即发现了倒在餐厅地板上的尸体。由梨身穿红衣,一副外出打扮,恐怕是刚回家或是刚要出门,被人用尼龙长筒袜勒死。报上还写着公寓内无人目击七点到八点间有貌似凶手的人。

室内一片杂乱,有珠宝现金被盗的迹象,结合最近那幢公寓有小偷出没的情况,警方似乎倾向于入室抢劫杀人的说法。读到这里我松了口气。不过也没人知道我与由梨的关系,进出房间时也没被人撞见过。

正如报上所写,我也推测是抢劫犯所为。这时我怎么也不可能料到,土屋沙矢子因为误会而打来的电话,竟与由梨被杀有着密切联。

照片上的由梨笑着,我依然不清楚自己究竟是喜欢她还是讨厌她。但是看了这张照片,我才第一次发现由梨的眼睛带点斜视。

"莫名其妙。"她最后嘟囔的那句话在我耳畔回响了一次,但我已经想不起她说这句话时是怎样的表情。

我又睡了一小会儿,十二点往调查所打了个电话,说接下来要继续跟踪。我要在土屋沙矢子约定来电的两点前到达"洛亚"。

刚进入店里,电话机旁的女服务员就立刻叫了我的名字,比约定的还早了十分钟。

拿过听筒,听见的却不是土屋沙矢子的声音,而是她丈夫。我跟土屋说过会在这家店里和沙矢子联络。

"沙矢子还没联系你吧?"嗓音中略带急躁,"你就按照昨天的笔记向沙矢子报告,之后立刻到T酒店的六〇三房间来。别过前台,直接上楼。我有不想让任何人听见的话跟你说。"

土屋好像已经守在那房间里了。我突然意识到,知晓我与由梨之间关系的唯有土屋一人。土屋如果仔细读过今早的报纸,从公寓名与由梨的名字恐怕就能判断出受害者是我的未婚妻吧。更别说土屋就是那种会逐字细读报纸上的铅字的那种人。

我匆忙灌下一杯咖啡，趁此时间看了看昨晚的笔记。至此，我才察觉到了异样。昨晚七点，原本与丈夫约好去看电影的沙矢子没现身，与由梨被杀害的时间是一致的……

店里的电话响了，女服务员递来的听筒中传出土屋沙矢子的说话声。我例行公务地按照笔记内容说了一通。沙矢子只是"哦"地应了一声，立刻挂了电话。我走出咖啡厅，前往T酒店所在的日比谷。

6

敲下房门的瞬间土屋就开了门，他解开链锁，盯着我的眼神怒气冲冲的。

我本想说句"调查费付多了"之类无意义的话来缓解气氛，却没想到土屋伸手从口袋里掏出一枚领带夹。是昨天早晨我离开由梨房间时插在假花上的那一枚——换言之，就是土屋的领带夹。

"今天起床时，我发现这个别在我睡衣的领子上，我猜是沙矢子在对我挑衅。也就是说，它之前在沙矢子手上。可我以为这个领带夹是我昨天在东京站酒店和你见面时忘在桌上了……"

我表示他所言无误。

"既然如此，你解释给我听听，为什么这领带夹会在今天早晨，别有用心地别在我的睡衣上呢？"

我坦率地说出了曾把领带夹带到未婚妻的房间，并将其留在了门厅。除此之外，我一无所知。

土屋咬着嘴唇，眉头紧锁，像是遇到了难题。

"你说的未婚妻，就是她吧？"

土屋展开桌上的报纸。报纸上刊出了公寓现场的照片，由梨的脸显得很小巧。

"没错。但不是我干的啊。"

"我不是这个意思。杀她的是沙矢子……"

土屋的眼中流露出悲伤，就像我初次见他时一样，像是狗的眼神。我注意到土屋没刮胡子。旁边的大楼挡在窗前，使房间里暗沉沉的。

"前天深夜，我以为沙矢子睡着了，其实她往你未婚妻的公寓打了个电话。我记录你未婚妻电话号码的笔记纸好像招致了误会，你有没有接到过类似的电话呢？"

"有。"

回答完，我终于明白土屋神情阴郁、欲言又止是为什么了。由梨不耐烦回绝对方的态度一定让土屋的妻子越发怀疑，更何况我还对土屋沙矢子说了"那你自己去查"这种话。于是沙矢子真的亲自去查了公寓的状况。由梨会开门的。

首先映入沙矢子眼帘的一定是门厅假花上的领带夹。那是她丈夫的。不管由梨如何否认，领带夹都成为了连接她丈夫与由梨的不可动摇的证据……

简直不敢想象由梨死去时是怎样的表情。

土屋沙矢子是以怎样的表情犯下杀人罪的，就更难以想象了。

"昨天晚上我回到家时，沙矢子已经上床了。她一脸筋疲力尽的样子，恶狠狠地盯着我。我问她为什么没来电影院，她就说搞错了影院，等了大概十五分钟没见人，就直接去银座闲逛，然后回了家。我妹妹说她大约九点到家的——应该不会有错。"

这件事就好比一场无聊的意外。一张简短的笔记纸和一枚领带夹,就把一个毫无关系的女人送上了绝路。因为误会而惨遭杀害的由梨、因为误解而痛下杀手的沙矢子、因为荒唐的偶然而致使妻子成为杀人犯的银行高管——这三人中,究竟谁最亏呢?

土屋的身子像泄了气的皮球一样蜷缩起来,面容憔悴。他原本就是个小家子气的人,小心翼翼地提防妻子出轨,此刻又为妻子犯下弥天大罪而胆战心惊,这样的角色倒是挺适合他来扮演。

"我有个请求……"土屋抬头望向我,双眸微颤,"警方暂且认定这是桩抢劫杀人案,还不成问题。关键是,万一嫌疑落到沙矢子身上该怎么办。被杀的女人和沙矢子纯粹是因为误会而产生联系,所以暂时不必担心沙矢子牵涉其中。可万一出了什么状况,能请你作证吗?希望你能把从最初接受委托,到背叛我、受我妻子所托开始调查我的行踪,把所有事实都告诉警方。还有,能请你作证说前天晚上也在跟踪我吗?就说前天晚上,妻子与我如约七点在电影院门口碰头,然后看了电影。九点电影结束,妻子单独先回了家。你手上应该有笔记,只要再添上一句,写上妻子也一起看了电影就行了。"

"可您说电影是和秘书一起看的……"

"让秘书作个伪证太轻而易举了,头衔是秘书而已,其实是自己人。我还需要一个第三方的证言。你是信用调查所的人,你说的证言,警方肯定会采信——钱的话……能给你五百万左右。"

我考虑了一小会儿,并没开口回答,而是取出笔记本,照他所讲的,写上了"七点,在电影院前与妻子会合,一起看电影"。土屋没想到我如此干脆地接受了请求,显得很惊讶,同时又露出如释重负的神情。他立马取出支票簿,我说只要三百万就够。

少收两百万就当我良心发现吧。三百万到手的话,辞了调查所的工作也够我快活过一年了。土屋把减去我良心的余额写在支票上，递给我。

接着我们又商定了一些细节。比如说，我会宣称我坐在电影院里土屋一行三人身后两排的位置持续监视，信用调查所那边会再继续工作个一星期左右，并像此前那样，将来自土屋的报告内容直接转述给他妻子。诸如此类，必须敲定的事项有许多。

最后，土屋用一种控诉般的眼神看着我，接着视线移到手表上，站起了身。他像刚签完一份文书似的，深深叹了口气，留下一句"晚上我还会打电话告知今晚的行动"，率先出了房间。

门关上了。"真是莫名其妙。"由梨最后那句话又一次在我耳畔响起。

我一跃扑在床上。我受够银行职员这种完美主义做派了。我用力将支票抛向空中，三百万在半空飘舞了几下，落在地板上。出房间之前，我只把它当成一张纸屑，没再碰过。

我才想大喊一声莫名其妙呢。

7

次日的报纸像是忘了那起案子一样，什么也没提。我也几乎忘记了案情与由梨的面容，仿佛成了一件往事。

来到"洛亚"，电话分秒不差地在两点响起。我开始按照笔记内容进行报告，对面却说："够了，别报告了，现在立刻到T酒店的大厅来，我有重要的话和你说。"

我还来不及答复，那边就挂了。有那么一瞬间，我想给土屋打个电话过去，却又转念想：听她会说些什么吧。

我跟昨天一样又去了T酒店，土屋沙矢子已经在昏暗的大厅等候。她身穿一件黑黄条纹、样式别致的连衣裙。沙矢子假装没注意到我，站起来沿着大理石阶梯缓缓向上走。

我踏上阶梯的时候，沙矢子的背影已经不见了，只听到鞋跟敲打大理石的声响无休止地向上方升去。

三楼、四楼，脚步声层层向上，跟随在后的我又一次故意踩得更响。每升高一层，楼梯间就越发寂静，脚步声也越显高亢。

片刻后，女人停下了脚步。我来到六楼，环顾四周，只见沙矢子的背影像捉迷藏似的躲进走廊拐角，脚步声变作踩踏地毯的柔和声响。我在迷宫般的走廊跟着拐了好几个弯，尾随沙矢子前进。

沙矢子进入了六〇一房间，跟昨天与土屋会面的房间很近。窗外的视野被隔壁大楼遮去一半，能看见一半的东京晴空。

我进房间的五分钟里，土屋沙矢子一句话都没说。从她抽着香烟的侧脸看，这绝不是个会犯下谋杀案的人。我不由得想：沙矢子难道是明知误会，仍然对由梨痛下杀手吗？就像在豪华料理上抖落烟灰一样，就像把昂贵的耳环踩在脚下一样，杀死由梨或许就是这个女人最后且最极致的奢侈。

沙矢子摁熄香烟的同时开口了。

"昨天的报告是骗我的吧？星期三晚上，我丈夫根本没去看电影。"

我不知该说什么好，只能问为什么。

沙矢子从包里取出一张剪报，上面登的也是星期三晚上的案件，措辞与照片却与我所读到的那版不同。不过这张照片上的由梨看上去也像个陌生人。

"星期三晚上，我丈夫杀了这个女人。"

我的手反射性地动了起来，不受控制地打在刚从床上站起的沙矢子的脸上。我已经受够了，这对夫妻玩抛接球游戏，我何苦去当个球？两人都戴着面具、说着类似的话，逼我一百八十度倒戈。沙矢子单手捂住脸庞，眼角却带着笑意。我说了句抱歉。

"你又背叛我了吧？站到我丈夫那边去了吧？"

"为什么你丈夫要杀了由梨呢？他们根本毫无关系啊！"

"先别问那么多，说些我还不了解的情况吧。比如说你后来和我丈夫是怎么交易的……"

沙矢子抽出一支香烟，塞进我的唇间，点上火。我把从百货商店顶楼起，到昨天在T酒店商谈的全过程和盘托出。这是我第三次背叛。沙矢子百无聊赖地听我讲述。

"不出我所料。"

她把我口中只剩一截的香烟取走，捏扁扔到烟灰缸中。

"我根本没往这女人的房间打电话，大概是我丈夫找了个女公关打去的吧。我也没去过她房间，领带夹的事更是压根儿不知道。星期三晚上，我应约去了银座的电影院。他确实说了银座的电影院，看来是先误导我，然后离开日比谷的电影院，趁这段时间去把这女人杀了。秘书田中只要随便糊弄一下就行了……"

"他为什么要杀由梨？"

沙矢子沉默了片刻，撩了撩耳旁的发丝，能看到一副珍珠耳坠。

"我从很早之前就知道这女人的名字了。应该是半年前左右。土屋会'由梨、由梨'地说梦话呢。我从他西服口袋里发现了酒吧的火柴盒，就打电话过去问了问，然后就连'由梨'这人的真实姓名和公寓在哪儿都知道了……"

"那你为什么还要让我去调查你丈夫的行踪？"

我应该问些别的才对。比如说"那么由梨和土屋早就有关系了？"——而且应该更惊讶一点才对。

"我只是想要确凿的证据。照片之类的就行,然后在离婚的时候拿到赔偿金。我不是说过吗?我对男人,尤其对丈夫,毫无兴趣。就算他对由梨这个女人着了迷,对我来说也完全无所谓。"

"为什么土屋要杀了由梨……"我又问了同样的问题。

"他入迷了。他知道由梨还有一个男人。他的独占欲特别强,爱嫉妒、神经质、小心眼,所以不容许这样的事情发生。"

沙矢子紧盯着我不放,眼神中透出讥讽的笑。沙矢子可能是在说谎;土屋也可能是在演戏。他们俩有一人在说谎,一人在说真话。若是理解成两边都在说谎,而相信由梨只是被劫匪所杀的话,事情就再简单不过了。但我最终还是决定先相信沙矢子所说的话,因为由梨从很久以前就是土屋的情人这件事,还有土屋为了另一个男人杀死由梨这件事,都太过异想天开了。

"昨天我丈夫说要请你为我制造不在场证明,对吧?但那也可以直接当成他自己的不在场证明来用。你是被土屋用三百万收买,为他提供不在场证明的重要证人了。"

沙矢子用手指玩弄起耳朵上挂的大颗珍珠。那耳环只是昂贵,造型却恶俗,也不知沙矢子为这无趣的珠宝付了多少张钞票。不知不觉,从窗口射进一缕阳光,沙矢子在阳光中嘴唇微启。没有出声,只是吐出一声叹息。

她也许是想说一句,"真是莫名其妙"。

至少,假如相信她所说的话——假设土屋和由梨是情人关系,那么有好几个谜团就能迎刃而解。第一点,是领带夹。我把那枚领带夹遗落在了浴室,由梨把它捡起来,没和我说就藏在盒子里。因为它是土屋的,她应该是以为土屋进浴室时掉落了,一直都没注意到吧。第二点,在东京站酒店的咖啡厅里,当我报出由梨这个名字时,土屋眼神阴暗地问我"是女朋友吗?"这一举动也能解释得通了。更何况我对痴迷由梨的土屋说了我们近期内会结婚，而由梨在次日晚上就被杀害了。我随口编造的谎言拨动了土屋的心弦，成为他激情犯罪的导火索。

第三点，这是最重要的一点。星期一晚上，在银座后巷跟踪土屋的另一个男人的真面目也露出水面了。那个男人不是在跟踪土屋，而是在跟踪我。也不知道是从何时开始的，恐怕在土屋首次委托我的周六之前，他就已经找了另一家调查所的人开始跟踪我了吧。土屋因为某种理由怀疑由梨还有其他男人，于是随便找了个调查员来调查出入由梨房间的男人，于是查出了我这个人。然后土屋就来委托我进行跟踪工作。我在执行跟踪的时候，压根儿不可能想到自己也在被跟踪。

星期一晚上，我在银座的后巷中突然躲到了阴影处，调查员跟丢了我，大概有点慌张，但是想要找到我还有个简单的办法。他知道我正在跟踪土屋，所以认定只要跟在土屋身后，就一定能找到我。这就导致在我看来，他好像也在跟踪土屋。

第四点，土屋支付给我的支票金额出错也能解释得通了。土屋雇用了我和另一个信用调查员，原本要付给那个男人的钱阴差阳错送到了我手里。换言之，那笔搞错的钱是用于调查我的费用。相比给我的调查费，自然是高太多了。从如此高额的费用来推算，土屋想必是用钱把那个调查员的良心也收买了吧。

另外，星期一晚上我开始跟踪土屋，次日他就察觉到了我的背叛，也就说得通了。土屋嘴上说是副行长的太太偶然碰到了沙矢子，实际上大概是从跟踪我的调查员那里收到报告了吧——最后还有一点。

"你爱那个叫由梨的女人吗？"

我摇摇头。

"那么会错意的就是土屋了。那三百万你就收着吧,不必理会我说的话,信我丈夫好了。结局都是一样的。我只是想了解一下事实而已。"

土屋的妻子对我露出一抹微笑。我也努力挤出笑容。我对自己真是厌恶到死了。我也讨厌这个女人,再也不想看到她的脸。我靠到窗边。走出这个房间的时候,我或许会把支票撕烂、扔掉,又或许会把支票换成钱,去调查所把工作辞了。我眺望着窗外被遮去一半的天空,最后一次回想起两周前那个星期六下午,一名委托人露出如丧家犬般的悲伤眼神。

那眼神不是演出来的。不过,他畏惧的并非妻子出轨,而是苦于他痴迷的情人三心二意。没错,还有最后一点,假如沙矢子所言不假,那么土屋来委托我调查妻子是否出轨的理由也能得到解释了。

他自称是稻叶介绍来的,这也是谎言。派人跟踪我的土屋,当然知道我当时在调查稻叶的妻子。他只是借用稻叶的名字,估计两人素不相识。土屋无论如何都想知道我和由梨的关系,但是那段时间里,土屋也好,土屋派来跟踪我的调查员也罢,都没抓住机会。因为我前两个月一直被工作围追堵截,几乎没机会和由梨见面。

土屋必须给我制造一段空闲的时间,他必须让我的夜生活从工作中释放出来,给我与由梨见面的闲暇。他必须让那个调查员更方便地调查我。于是,我刚完成稻叶那份工作,土屋就给了我一份每天只需三小时、毫无实际意义的工作。同时又编造了一个要出差的理由,释放了由梨的身体。他给予我们自由,给予我们接触的机会。妻子对他来说根本就无所谓,土屋的兴趣不在妻子那三小时的行踪上,在意的是我剩余二十一小时的行踪。

土屋这可悲的计谋成功了。我获得了自由活动的时间，每晚与由梨幽会，被查了个底朝天。调查员终于掌握了我们俩的确证，报告给土屋。而我又对土屋说出了奠定终局的话——我们近期要结婚。

这就是我这三年所接到的最古怪的委托。

目光如丧家犬般忧伤的男人，在两周前那个星期六下午，找到我，发出委托。委托的内容不是让我去调查谁，而是委托我接受他的调查。

鼠之夜 ————

在那之前，我们还算幸福。

我们，我和妻子信子。

其实她的名字不叫信子，但这几年来，我一直这么称呼她。都是为了一只老鼠。我在八岁时偷偷养过的老鼠就叫这名字。它是只小老鼠，小到儿时的我能托在手掌上。它的毛色与寻常褐鼠相同，不知为何只有右耳是白的，我一直把那只白耳鼠叫作信子……

小时候没人爱过我。父亲喝醉后杀了母亲，我是在孤儿院长大的。在懂事之前，我对那桩案子一无所知。恐怕一切都源自贫穷吧。我有个从小用到大的手提包，里面装着自己刚被送到孤儿院时穿的衣服，小小的一件衣服被磨得破破烂烂，破了六个洞。

七岁时，出狱的父亲来探望我。身穿开襟衫，露出嶙峋瘦骨的男人对我挤出做作的笑容，一双眯缝眼显得僵硬干涸。一时之间，我甚至没认出他是谁。他本是来把我领回家的，结果半小时后独自离开，因为这半小时里，我一声不吭。

之前我在孤儿院中也不向任何人开口，担心不已的老师带着我上了三次医院，连医生都没法撬开我的嘴巴。在此之前，我说过的话就只有"是"，而表达"否"的时候会默默摇头。我被大家称作"小哑巴"，被众人——就连老师和比我小的孩子也是——所嫌弃。

我生来第一次说话的对象，就是那只鼠。八岁那年的夏天，一个雨后的下午，摆放在侧门到后院之间的捕鼠笼，逮住了因为惧怕雨势而胡乱逃窜的它。

我将它从捕鼠笼中取出,双手护着,带进难得有人会去的库房,养在一个生锈的鸟笼中。每天我都会从厨房偷一点食物,趁自由活动时间悄悄躲在库房里与它玩耍。

第三天,我给它起了"信子"这个名字。也不知是雌是雄,总之我很喜欢这名字,那是在一本硬封皮、破烂不堪的童话书中登场的少女之名。小鼠信子是让我这辈子第一次愿意开口说话的活物,只有在那库房的一角,我才能像其他孩子一样欢笑、聊天、断断续续地歌唱。不管我喂多少食,它都不肯长大,只是安安静静地坐在我的手掌上,伸出白色的右耳听我说话、唱歌。我浑身就只有触碰到小鼠的掌心能感到温存,小鼠一定也明白只有我会倾听它的鸣叫,一听到我的脚步声,它就会在鸟笼中乱跳。它瞪着小黑葡萄似的双眼看着我,当我唱得够好的时候,它还会用长长的尾巴缠绕住我的小指,发出欢喜的吱吱叫声。对小鼠来说,除了鸟笼之外,我的掌心就是它的整个世界。而一个月后,它不明不白地死去了。

某天早晨,我进入库房,只见鸟笼被推倒,小鼠信子像石块一样僵硬地躺在泥地上。它的眼睛半睁着,似乎正在熟睡。被天窗框成矩形的天空仍是一派夏意,信子白色的右耳融化在炫白的日光中,像是缺了只耳朵的鼠。事实上,那只耳朵也不可能再听我说话与歌唱了。它被杀死了。它的脖子被细铁丝缠绕,看似最后一刻还在向我求救,张着嘴,把脑袋伸入小小的光斑中。

我很快便锁定了凶手,肯定是与我同年纪、喜欢残杀小虫与蜥蜴的大博。双亲死于铁路事故的大博爱欺负人,大家都讨厌他,他也同样厌恶被众人嫌弃的我。之前也发生过类似的事,我最宝贝的星形徽章就被他在地上踩过,而小鼠死的前一天,我从库房出来时,就见到他在灌木丛后面窥探,还露出一脸坏笑。我把小鼠埋在院子里的银杏树后面，用石头给它堆了个小小的墓。两天后，吃完晚饭走出食堂的时候，我掏出刀向大博刺去。

很快就有人制住了我的身体，刀扎在他那黝黑的前臂上，伤到了他。大博一见到血，就扯开嗓子尖叫起来。我拼命摆脱从背后紧锁住自己的手臂，然而就算在这样的关头，我都没法叫喊出声。结果我被送去医院住了半年。

而半年的住院生活将我完全矫正了。

医生和护士的笑容让我脱胎换骨，成了一个能适应社会的人。尽管依然寡言少语，但在人前能够灿烂微笑和生气哭泣，成了个普通的孩子。

大博也一样，在半年里，他性格大变，仿佛变了个人。原本酷爱欺凌的他，竟然成了个爱照顾人的亲切少年，得到了所有人的尊敬。大博对我说了两遍"对不起"，我看着大博右臂上残留的细L形伤痕，也跟着道歉了一次。我们还用孩子气的仪式来宣誓重归于好。不仅仅和大博，我还学会了和其他孩子、成人，以及整个社会和睦相处。

医生成功将我打造成了与之前截然不同的一台机器人。我的人生中，唯一没被医生矫正的就只有那个夏天里关于老鼠的记忆。我没对任何人说过攻击大博的原因，包括医生在内，而大博看起来也已经忘记了老鼠的事。时隔两年，大博若有所想地说出"那时候对不起"时，我心里冒出一股怒火，大博大概也没意识到，我不希望任何一个人提到老鼠的事。它是只属于我的鼠，我将这一只老鼠埋葬在无人能够偷窥到的内心最深处的阴影中。

我甚至没跟妻子提过老鼠的事，也没必要说。因为她就是我的第二个信子……我总是在心里用她听不见的声音呼唤"信子"。曾经的我们真的很幸福，直到那时为止……

她在我常去的咖啡厅当服务员。在那家店里，我总是望着窗外。有一天，她将咖啡端到桌上时微笑着说："您真不太爱说话呢。""我一个人来，当然没话可说了。""对呀，您总是一个人呢。那为什么我会觉得您不爱说话呢？"她嘟囔着，又笑了。

从第一个瞬间起，她就恍若昔日照料过的那只老鼠。出了孤儿院之后，我继续扮演着完美的机器人，过着泯然众人的生活，而内在总是渴求着一只老鼠。我的人生已经被信子的白耳朵、小眼睛和尖细的叫声所充斥。面对她的笑容，我自然地开启了双唇，令自己都感到诧异。

信子再度回到了我的手中，她是我这辈子第二个愿意出声倾诉的对象。

我们去海边，在公园和街道漫步，下雨天在一把伞下嬉闹。她长发及肩，经常提着一只草编包，包很大，让她显得瘦小、稚气，像个少女。那只草编包中装满了我们俩的幸福。她是个喜欢挽着我手臂走路，喜欢给我扣上松脱的上衣纽扣，喜欢黄色胸针，喜欢笑的姑娘。她真的时常在笑。

唯独有一次没笑。在一年之终的寒冷冬夜，分别之际，她的脸忽然显得僵硬，问道："能不能给我一万日元？"从我手上接过钞票后，她那表情几乎要哭出来，却又径直转身向车站检票口走去。我以为顶多是出了点急事缺钱用，第二天来到熟悉的咖啡厅，她在桌子的另一边伸出左手，到我面前才展开手指。

她左手无名指上戴着一枚银色的戒指，上面镶嵌着一粒小小的钻石。"昨天那一万日元买的……你不愿意就算了，自己去转角的珠宝店退货吧，今天之内还是能全额退款的。"透过无名指与中指间的缝隙，能看见她乌黑的瞳仁。她的眼睛是湿润的，仿佛下一刻就会有闪光的露珠滑落，而钻石散发出数倍于露珠的美丽光芒。她不明白我为什么从不提及结婚这个词语，我当然想将她的一辈子都据为己有，却没有将结婚这个词说出口的勇气。她那幸福的笑容与我不幸的过去实在太不相称。我将戒指从她手上摘下，又向她道歉。她误会了我的意思，勉强着想笑，而她僵硬的脸颊又将挤到一半的微笑击碎了。

"你不必道歉的。我只是想假装一天也好……"

我摇头说："买个更贵的吧。"

她有半晌都难以置信地盯着我，又一次想挤出笑容，再度失败。她没有哭泣出声，只是静静地任泪水流淌。

我们在一个月后结婚了。

之后几年里的婚姻生活真的很幸福。我又回到了八岁夏天的库房里，在无人打扰的角落与信子共享快乐的二人世界。我发出的不再是被矫正成机器人的声音，而是用真正属于自己的声音说话，而妻子静静聆听着，时不时发出喜悦的欢笑……

还是不要继续回忆了吧。

去追溯无可挽回的幸福只是白费力气。我必须回想起来的是妻子在那一刻的脸庞：我迷迷糊糊地傻站着，凝视着妻子的脸，那时我连"死"这个词为何意都不甚理解。

如白蜡般的肌肤，微微睁开又只见深渊的眼睛，发青的嘴唇……

命运再度将死亡带给了我的信子，一动不动的妻子与当初的小鼠很相似。她嘴巴微张，似乎在向我求救。我蹲下凑到她的耳旁，才呕出声音呼唤道"信子"。信子……我的小鼠啊……

不，不是因为命运，都是因为那伙人，是那伙人把我的妻子逼入绝境的。那伙人……就是许久之前将我矫正成机器人的银发男人和同样身披白大褂的几个人。

我必须再一次握紧八岁夏天的那把刀，挥向那一伙人。他们带给信子的死亡，我要亲手还给他们……这一切都是为了将我的妻子、我的另一个信子、另一只小鼠，安葬在永恒的墓穴中……

我的复仇计划很完美。我有一个无人知晓的隐蔽地点，在复仇完成之前，警察应该绝对查不到我的藏身地点。我将自己也变作一只老鼠，悄悄藏身在都市夜色中最幽暗的地方，眼中闪着光，一直等待机会到来。

还差一分钟就到晚八点。

机会终于来了。我从小巷深处现身，走出商店街，跃入转角的电话亭中。寒冷彻骨的夜将这条街上的营生都驱赶到了卷帘门之后，也将人影一扫而空，只有错愕的车灯时不时一闪而过。

尽管不必担心被人看见，我还是竖起大衣领子，把脸遮起来。用手表再一次确认时间后，我取出手帕盖住收音口，用戴着手套的手拨动数字盘，数字盘旋转的滋滋声正以秒为单位腐蚀着他们其中一人的生命。听筒的另一边是一阵短暂的寂静，我的耳畔又回响起一只小鼠的鸣叫声……我对它说"没事的"，什么都不用担心，很快就会结束。这一次，谁都不会再打扰你，在黑暗中静静沉眠吧……对方提起了听筒，我不紧不慢地开始说话……

电话是在八点整响起的。横住广江刚从二楼取来丈夫的毛线开衫，视线投向玄关的挂钟时，电话声响了起来。第一声还没响完，她就摘下了楼梯下的电话听筒。

一个低沉沙哑的男声，让她把院长叫来。

广江正想问对方的姓名，但不知何时走出客厅的丈夫已经悄悄来到背后，一瞬间从她手中夺走了听筒。丈夫对着听筒说了句"是我"，接着陷入沉默。

广江回到客厅，只见丈夫的酒杯翻倒在桌，茶褐色的液体画出一道直线，一滴一滴滑落到大红色的地毯上。应该是听到电话铃声就慌慌张张站了起来。广江心不在焉地看着液体缓缓流淌，侧耳关注玄关处的丈夫在说什么。

这通电话一分钟左右就结束了，其间丈夫只说了两句话。

"白大褂？为什么要带两件白大褂到那种地方去？"这一句话，再加上挂电话前，丈夫发出少有的颤抖嗓音说出的"我明白了，马上就去"。丈夫没回客厅，径直上了二楼。广江想跟着上二楼看看情况，丈夫却已经穿好外套，手拿白大褂走下了楼梯。

"要出门吗？"

"有点事……很快就回来。"

丈夫匆匆冲出玄关，像是在躲避广江的下一个问题。

汽车的红色尾灯在寒风萧瑟的夜色中化作两团静谧的火光，广江目送着火光一路远去后，回到了客厅。洋酒的最后一滴也已落在地毯上。

地毯上的污渍让广江心中的不安逐渐扩散。

刚才打电话把丈夫叫出去的人，一定就是傍晚时也打来过一次的男人。傍晚，她看完认识的设计师办的收藏展回到家，有一通电话打来，同样是一个沙哑且无甚特征的声音，说了句"你丈夫横住忠雄是逼死我妻子的杀人犯"，就挂了电话。六点半，广江赶忙把这件事告诉了从医院回来的丈夫，丈夫说"这是恶作剧电话"，不再理睬她。但丈夫心中对那通电话一定牵肠挂肚，而且他应该早就知道那男人八点时还会再打电话来。因为他一边倒着威士忌，一边越过酒杯边缘，频繁向墙上的时钟投去畏怯的视线。

结婚三十四年以来，广江还是头一次看到丈夫如此狼狈的模样。广江的父亲死后，丈夫就继承了位于世田谷的综合医院院长之位，并作为白血病研究领域第一人而名声在外。他一向堂堂正正、行为得体，说话声和视线从未如此震颤过……究竟发生了什么？

她又想起前天晚上，女婿石津突然来访的事。

任职内科科长的石津今年刚满四十岁，是个非常可靠的人，所以丈夫才让独生女嫁给他，希望将来他能继承自己的事业。石津深夜到访后，就和丈夫两人一起关在书房密谈。广江路过书房门前时，偶然间听见了丈夫的说话声。

"总之先给他一百万吧，如果他不肯接受再作打算。"他如此说道。

他们俩在前天晚上的对话与今晚的电话之间是否有什么关系呢……

石津也许知道些什么。广江心里这么想，就给位于祖师谷的女儿家打了个电话，然而得到的消息是石津出差去大阪参加学会了。

"洋子，你家最近有没有接到奇怪的电话啊？一个低沉的男声。"

"没有啊，怎么了？"

广江随便糊弄了几句就挂了电话。

她坐在客厅沙发上，翻了会儿女性杂志，但一点都读不进去。晃动窗户的风像在敲打着胸口，她把防雨窗拉下来，又轮到静寂像薄冰一样贴在胸口，不安总也挥散不去。

一小时过去了，两小时过去了，丈夫还是没回来。

脑海中只能想象到糟糕的情景。是不是丈夫因为手术失误致使一名患者死亡，而受到了患者丈夫的胁迫呢……不祥的想象接二连三地刺痛胸口，但是她无论如何也没能想到最糟糕的情景——那男人打电话来，就是为了把丈夫叫出去并痛下杀手。

电话再次响起的时候，已经是深冬寒夜终于露出一点鱼肚白的清晨五点。电话是警察打来的，与警官很相称的干涩嗓音告诉她："疑似是您丈夫的尸体出现在市中心的游乐园。"

警方从一开始就判断为仇杀。

现场位于高楼林立的市中心，有一块仿佛被人遗忘的空地，被改造成了游乐园。横住忠雄倒在随风摇曳的秋千旁边，姿势恰似正在仰望被高速公路切割成几块的天空。他身上穿的白大褂迎风摇摆，好像在与秋千的影子嬉戏，又好像试图晃醒那个脸比白大褂更白的死人。

白大褂的胸前渗出血迹。类似手术刀的锐器在心脏上扎了三次，脖子上还缠绕着两圈铁丝。从出血量来判断，应该是凶手先捅了心脏，在死亡前一刻或刚死亡后再用铁丝勒紧脖子。铁丝深深地嵌入死者的颈部皮肉，看得出凶手对死者怀有深厚的怨恨。

推断死亡时间为前一夜的晚上九点左右。八点时，受害人被有可能是凶手的男人从家中叫出。从受害人自宅到达案发现场需要四五十分钟，也就是说到达游乐园没多久，他就被杀害了。

尸体上衣口袋里插着一个装了一百万日元的信封，光凭这点也能判断出凶手的动机并非金钱。而关于这一百万有何含义，受害人的妻子横住广江表示毫无头绪，并坚称只知道昨晚八点有个电话打给她丈夫，其他一无所知。而当她听说担任横住医院内科科长的石津纯一昨晚八点离开大阪某酒店后就不知所踪时，态度骤变，眼眶红肿着坦白了一切。

她所说的全部，也不过是疑似凶手的男人在前日傍晚的来电内容，以及三天前的晚上，院长与内科科长在书房中密谈时的只言片语。但凭借这些线索，警方总算勾勒出了案件的轮廓。

凶手很可能认为妻子之死的原因在横住与石津身上，意在报仇雪恨。横住与石津想用一百万现金私了，而凶手不把金钱放在眼中，坚定地出于怨恨而杀害了横住……

"您丈夫带了两件白大褂出门，对吧？我们推测是凶手下的命令……"

面对负责此案的警视厅搜查一课堀部警部提出的问题，受害人的妻子默默点了点头。

关于白大褂有两个疑问。第一，死者身穿的白大褂并没有破损，可以认为是凶手在行凶后给尸体穿上去的，但他为何要大费周章做这件事呢？第二个疑问则是另一件白大褂去了哪里。

故意给尸体穿上白大褂，是否是为了向警方强调所杀的横住身为医生呢——警方如此推测。他是否在控诉妻子的死亡须由医生身份的横住来承担责任呢？而且这似乎并非凶手单方面的妄想，既然已经准备好支付一百万，那么横住与石津应该也明确地意识到要对凶手妻子之死负有责任。凶手的怨恨看来并非无根无据。

相比第一点，警部更担心的问题是另一件白大褂去哪儿了。凶手无疑将它从现场带走了，那么白大褂的去向或许与石津纯一的去向存在关联。

通过大阪府警的协助，警方得知昨晚八点零五分时，有个男人给住在酒店里的石津打去电话，五分钟后，石津就慌忙退房了。在前台结账的时候，石津还反复询问现在能不能赶上东京方向的新干线末班车，工作人员回答说抓紧时间的话还来得及，他就冲进等在酒店前的出租车，绝尘而去。凶手应该是八点往横住家打去电话后,立即又往大阪的酒店打去电话,指示石津回东京。他在杀害横住之后,恐怕又和回到东京的石津在指定地点碰面了。

警方推测,凶手在杀害横住后,用了横住的车来继续行动。因为在现场周遭未发现受害人离家时所驾驶的汽车。凶手会不会是利用横住的车子,将石津带到某处后也实施了杀害呢?根据案件依稀的轮廓判断,假如石津也已经被杀害,那么他的尸体上一定也披着与横住一样的白大褂……

前往代田横住医院进行讯问的刑警在上午十一点来电。他去重点调查近期医院内发生的死亡病例是否存在疑点。

"暂时还没发现疑点。医院方面坚称,死亡病例的责任都不在医院。如果用已婚女性患者,加上与院长或者内科科长有关这一条件来筛选,能找出三个死亡病例。其中一人七十岁,排除。剩下的两个分别是患白血病的山下治代,二十六岁,以及患脑肿瘤的津村民子,三十二岁。山下治代生前半年里一直接受这两人的治疗,十天前死亡。另一边,津村民子从去年年末开始接受这两人的治疗,一个月前就死了。他们俩都是这方面的权威,死去的都是疑难病例,应该都不能算是医院的责任……"

"总之,先把这两个女人的丈夫查一下。"

"是。还有一件事,最近一周里,疑似凶手的男人给院长打了三次电话。院长每次接到电话后,都会叫上石津商量。石津值班的三天前晚上十点,也接到了那个男人的电话,之后石津就外出了。"

那之后他赶去了院长家,两人决定给凶手一百万现金。案件的轮廓已经相当清晰了。

堀部边叹气边放下电话听筒。

石津洋子坐在娘家的客厅沙发上，神情恍惚。

警方尚未交还父亲的遗骸，但客厅里已经挤满了亲戚，围绕在泣不成声的母亲身旁。也有人宽慰洋子说"没事的，纯一肯定还活着"，可她甚至搞不清是在谈论哪个人。父亲死亡、丈夫音信全无，洋子尚无法接受这个事实。警察来问丈夫最近有无可疑迹象时，洋子也只是茫然地摇头。

事实上，她对丈夫一无所知。因为并非两情相悦而结婚，她只是遵从了父亲的命令，而丈夫则是渴求登上院长的宝座。看在院长宝座的份上，丈夫对她和孩子都挺温柔的，但大多时候像戴着面具一样毫无表情。

洋子也对年长自己十岁的丈夫漠不关心。半年前，有人来告诉她说纯一很久以前就和一位年轻护士关系不一般，但洋子不为所动。

传闻大概是真的，毕竟那个女护士比她漂亮多了。但那个女护士在半个月前意外身亡，两人的关系就此告终。丈夫多半也不是认真的，他可不是个会轻易抛弃院长宝座的男人。

"那个护士，听说是汽车事故死的，是吧？"洋子如此发问的时候，丈夫的脸色都未有丝毫变化。他也许死到临头都能面无表情吧……无论如何回想，近日里丈夫的言语容貌都无法回到脑海。

玄关处的电话响起，姑妈去接了，又呼唤洋子去接。孩子留在家中交给保姆照顾，大概是保姆有事打来的吧，洋子如此想着，提起话筒。

一个低沉含糊的男声开始说话："你是石津洋子女士吧？我就猜你会回娘家。你的丈夫是个杀人犯，我为妻子报仇，杀了他，尸体就在晴海码头的仓库里。"说完这句他就挂了。放下话筒之后，洋子才勉强弄明白这是凶手来电。

洋子极其缓慢地走回客厅。

众人一齐回头。她也不知对谁露出了毫无意义的微笑，像鹦鹉学舌一样把凶手在电话中所说的话念叨了一遍。紧接着，脑袋不知为何向下坠去，她就这样失去了知觉。

我慢慢放下话筒。

手上还残留着昨晚用铁丝勒住石津脖子时的麻痹感。我已经忘记石津在最后一刻是什么表情了，不单是石津，还有横住的脸和那个护士的脸，都忘记了。

我说了句"好像轧到猫了"，那个护士就轻易地相信了我，离开副驾驶席，蹲在马路上窥探底盘下方。我缓缓倒车，接着踩死油门。在突然冲来的车灯中，她惊慌地站起来，也不知与车碰撞的瞬间露出了怎样的表情。

那护士真是个单纯的女人，所以才会被石津之流的男人哄骗吧。石津也不过是一介蠢材，我一通电话就把他叫回了东京。"陪我去晴海码头吧，那是我和妻子约定结婚的地点。在那里向我道歉，我就饶了你。"他轻信了我的胡说八道，跟我上了车。"我从横住那里拿到了钱和这辆车。"这句谎话他也轻易相信了。

直到我握紧手术刀向他刺去的瞬间，他都未曾有半分怀疑。

那时候，石津露出了怎样的表情呢……我记住的就只有一具躯体在面前瘫倒，以及不经意间抬眼望见的夜色下的港湾，对岸是东京城里璀璨的霓虹灯光，如同另一个天地。还是把这些都忘了吧，我必须记得的只有信子在那一刻的脸庞。那嘴唇微启，在向我求救的表情……

我走出电话亭。

冬日下午的和煦阳光照亮了新宿站站前广场，嘈杂的人潮与形形色色的人生在路面上相互碰撞，又朝着各自既定的方向流淌而去。

我也融入其中，朝着只属于我的方向前进。我再次化作一只老鼠，潜藏在无人知晓的隐蔽之处，静候下一个机会——杀死那家伙的机会……

正如凶手所说，石津纯一的尸体在晴海码头某区划的仓库中。

与横住相同，他的心脏被类似手术刀的凶器刺入三次，颈部缠绕着两圈铁丝。也正如堀部所预料的，尸体上披着一件白大褂。根据之后的解剖检查，推测死亡时间为凌晨零点至一点。能够想象出他乘坐新干线末班车回东京后，很快就被带至凶案现场并杀害。

横住与石津都成了受害人。但是，假如凶手的话有切实根据，那么这两人在白大褂之下都隐藏着身为加害者的一面。凶手明确表示作案是为妻子报仇，那么横住与石津在行医时杀死了谁呢？这两名医生必须为谁的死负责呢？

堀部刚从案发现场回来，就接到了两通重要的电话。

第一通来自留守在医院的刑警。据说半个月前，在内科上班的一名年轻单身护士在自家附近遭遇车祸死亡，肇事汽车逃逸，嫌犯尚未抓捕到。

"有传言说，这名叫田原京子的护士和内科科长石津保持了好几年的特殊关系，特殊关系说的当然是男女关系了……但是肇事逃逸事故跟横住和石津都没关系，因为两人在案发时都身处医院，有明确的不在场证明。而那个田原京子好像也接到过疑似来自凶手的电话。七点钟接到电话后,她说有急事,拜托同事接班,离开了医院。三小时后,她在高圆寺街头遭遇车祸,当场死亡。"

又一个很可能葬身于凶手复仇魔爪下的人物浮出水面。堀部交代负责刑警仔细调查该护士的人际关系后挂断电话,铃声立马又响起。

清查横住医院近一个月死亡患者遗属的刑警来电,报告了关于山下治代和津村民子的新消息。

"得白血病的山下治代没什么疑点,她的丈夫在昨晚有不在场证明。问题在于津村民子。她住在驹泽的一间小公寓里,丈夫津村庄一在葬礼十天后,没收拾房间就出了门,已经超过半个月没回家了……"

津村庄一三十四岁,两年前与妻子住进名叫"朝日庄"的公寓里。他在附近的洗涤剂工厂当临时工,平日寡言少语,除了知道他因上一家公司倒闭而转业之外,工厂和公寓里的人都说不出更多的信息了。

津村的妻子民子是个笑容灿烂、待人亲切的女人。她也不怎么谈及个人生活,夫妻俩给外人的印象都是低调生活的老实人。

葬礼没几个人去,是一位男性朋友代替整日唉声叹气的津村操办的。葬礼之后和公寓居民挨个儿打招呼的也是那位朋友。

"管理员收到过那人的名片,名叫伊原贞夫,是T报的社会部记者。现在我准备去查一下这个人。"

堀部警部挂掉电话,又马上呼叫了留守在横住医院的刑警,拜托他进一步调查津村民子这名患者的详细信息。

四十分钟后收到了答复。

津村民子是从去年年末入住横住医院的,石津与院长亲自为她进行治疗。死亡日期刚好是一个月前，即一月十七日晚上。当晚九点左右，护士田原京子听到呼叫铃声后跑到病房，发现民子异常痛苦。京子立即去请石津过来，而石津称半小时前刚接到来自院长自宅的电话，据说院长突然晕倒，赶去照看了。

内科只剩下两个不可靠的年轻医生，田原京子只得往院长家打去电话，石津说"现在腾不出手来"，并让值班医生接听电话，询问症状后，交代了简单的处理方法。

年轻医生尝试了那种方法，但患者在四十分钟后死亡了。据说石津从院长家回到医院时，津村民子已经死亡二十分钟了。

"这一系列情况，患者的丈夫知道吗？"

"知道。据说石津回到医院时患者的丈夫已经赶到了，他没对石津说任何话，但之后曾追着问护士田原京子：'为什么院长和石津医生没来诊治？'有个参与了治疗的实习医生，叫野上，当时在一旁听到了双方的对话。田原京子将院长和石津未能及时赶到的原因全都说给了患者丈夫听，据说田原京子也遭到了患者丈夫的一顿责怪，比如说'为什么不在电话里好好说服石津医生'。"

"那死亡能归结为石津的过失吗？"

"不，医院方面说，就算石津及时赶到，也救不回这个人了。而且那名患者入院时病情已很严重，能多活一个月还是多亏了院长和石津医生亲自治疗，患者丈夫没道理对他们心生怨恨——"

"我明白了。"

堀部挂断这通电话，又拨动数字盘，打去了院长家。院长夫人横住广江证实丈夫确实在一月十七日晚晕倒，并叫来了石津照看。

院长或许是为今年春季要在学会发表的革命性诊疗法相关研究太过操劳，晕倒只是因为过劳，在医院休养了一天就康复了。

"有什么问题吗?"受害人的妻子担心地问道。

堀部随便搪塞了几句,放下听筒。

前去调查津村庄一的朋友的刑警在一个小时之后回电。二月的天昼短夜长,此时刑警室的窗户上已经蒙上了一层暗影。

津村与朋友伊原贞夫都是在孤儿院长大的,走入社会后两人仍然保持着一年见个两三次的交情。津村从小就性格阴郁,有点神经质,但五年前与妻子民子开始交往后,就像变了个人似的开朗了起来。两年前,他工作的小型纤维公司破产时他曾笑着说:"只要身边还有民子在就没事。"而津村再次露出神经质的阴暗眼神,是在去年年末得知妻子罹患了不治之症之后。民子去世时,他伤心得无法用语言形容。

伊原与津村倒也并非特别亲近。伊原之所以为津村的妻子操办葬礼并承担费用,据说是因为把横住医院介绍给津村的正是他本人,也因此被津村责备"为什么要介绍那种医院给我",伊原也心生内疚。

"医院的问题在于,津村民子死去时,院长和石津都身在医院外,没赶回去治疗……"

"这些就不用说了,刚才岸本来电话了,我已经都知道了。津村对他朋友伊原也表达出对石津他们的怨恨吧?"

"是的。伊原曾安慰津村说:'院长当时病倒了,这也是无可奈何的。'但津村坚称院长根本没病倒,肯定是在装病,他们俩就是嫌麻烦而见死不救。伊原连骗带哄地劝住了津村,说最终津村表示自己想通了……"

伊原贞夫自称知道的就只有这些。他是第一次听说津村从半个月前就没回过公寓,对津村的去向并无头绪。警方拜托他一接到津村的电话就立刻报警,他默默地点头了。

"不过这个姓伊原的人肯定还隐瞒了什么……当然,这只是我的直觉。"挂断电话前,调查的刑警这么嘀咕了一句。

外面的风吹得很厉害,这位上了点年纪的刑警的说话声中带着些许寒意。

刑警离开后,丈夫像是要逃避交谈似的埋头翻看晚报,伊原文代则默不作声地盯着他的右臂看。

尽管被毛衣遮着看不见,但她知道丈夫的右臂上有一道很大的 L 形疤痕,是很久以前受的伤——丈夫讨厌被人问到伤痕的来历,即便夏天也穿长袖。他大概是想忘却孤儿院时期的事,文代也尽可能不去提及。文代只知道丈夫的双亲在铁路事故中丧生,还有孤儿院里的孩子都叫他"大博"。丈夫似乎也不知道这绰号是怎么来的,但如今仍能从他胖乎乎的体形和眉眼中依稀看见顽皮模样,文代觉得这绰号也挺贴切的。

"这件事真的是津村先生干的吗?"文代鼓起勇气问道。

丈夫将视线从报纸上移开,抬起头来叹口气,回答道:"我也不知道。"

"可是津村先生真的很爱他太太啊……"文代嘀咕到一半,也叹了口气。

自从四年前因为流产而住院两个月以来,文代身上的大病小病就没停过。在医院疗养了两个月后确实算是康复了,但后来就离不开医院了。医生总说不是什么大病,她却很容易感到疲劳,去年秋天又住院了半个月左右,住院期间津村夫妇曾去探望过一次。文代与津村夫妇的关系称不上亲近,她觉得性格阴沉的津村很难打交道,但对笑容灿烂的民子很有好感。民子嘴上说着"只是凑合着过",却与津村情意绵绵的样子,显得很幸福。

那阵子，在报社工作的丈夫恰巧特别忙碌，难得来一次医院，文代正觉得被冷落了。望着民子的笑容，文代在一瞬间甚至想过：如果她也得病来陪我就好了。

谁知心中一语成谶。

民子没过几天就病倒了，而且民子死后才半个月，医生就告知文代不必经常往医院跑了，还打包票说她已完全恢复健康，仿佛是自己一瞬间的嫉妒将民子逼上了绝路，又仿佛是牺牲了民子的性命才换来了自己的健康。这让文代很是内疚……

"我都不知道该如何是好了。"文代的视线落在报上并排印着的两位受害人的照片上，"我也见过这两个医生好几次，对我特别亲切。你不也说那儿是个好医院嘛，所以才介绍给津村先生了，不是吗？"

"你少说几句！还没确定津村就是凶手呢。"丈夫怒喝起来。他的怒气也很反常，没准儿就是口是心非，下意识里已经断定凶手就是津村了吧。

丈夫在回答刑警的提问时说话吞吞吐吐的，看上去像在隐瞒着什么。是不是因为掌握了津村是凶手的确证，又没法开口告诉刑警呢？目前为止，最了解津村的人就是丈夫了。

铁丝？据说凶手在实施杀害之后，还在死者脖子上缠了铁丝，丈夫是不是对铁丝的来历有头绪呢？今晚他刚回家，就把挂在玄关墙壁上的小镜子扯了下来，怒气冲冲地说："怎么在这种地方挂镜子！"难道说那并不是冲着镜子发火，而是看到吊起镜子的铁丝才觉得不痛快呢……

半小时后，丈夫去了浴室，电话旋即响了起来。

文代提起听筒，就听见有个声音说："那家伙在吗？"

文代握住听筒的手颤抖起来，把丈夫唤作"那家伙"的就只有一个人。嗓音也不会有错……这让文代隔着浴室玻璃门呼唤丈夫的声音变得紧张起来。

裸着上半身跑出来的丈夫从她口中听见"津村"两个字后脸色骤变。"是我。"除了刚接过电话时打了声招呼之外，丈夫只有"是"或"不是"的回应，最后说了句"那就后天晚上九点"，然后挂了电话。

那一刻，丈夫似乎注意到她的视线停留在自己右臂上的L形伤痕上。他不动声色地扭转身子，把手臂藏了起来。

我缓缓放下话筒。

那家伙的右臂上还留有伤痕吗？出了孤儿院之后，我就一次都没见他再露出过手臂。但就算那家伙手臂上的伤痕消失了，我的记忆也不会消逝。这一回，我终将把昔日的L形伤口深深地镌刻在他的生命里。我已经杀害了三个人，这是为了给妻子报仇。但是复仇还未结束，还剩下杀死我另一个信子的人……我花了二十几年，终于把他逼到了死角。

那家伙应该还没注意到吧。听他电话里的说话声有点奇怪，说不定他已经意识到杀害横住和石津的凶手就是我。如果他对当初绞杀过一只老鼠仍怀有负罪感，那应该会明白缠绕在那两人脖子上的铁丝有何意义……但他肯定还没察觉到，我居然对他也抱有杀意。二十几年来，总有一只老鼠不停歇地在我体内鸣叫，而我一直在寻找复仇的机会，他又怎么会察觉到呢？没错，我只是在等待机会而已。而机会总算来了……

"津村真的坚信横住是装病，从而怠慢了诊察吗？"

深夜的搜查会议上有人提出了这个问题。

会议上已经明确将津村民子的丈夫津村庄一定为首要嫌疑人。但因为暂时还没有任何证据，不便公开嫌疑人身份，警方决定集结力量，先追查津村庄一的去向。

无疑，津村坚信横住在一月十七日晚上晕倒这件事是假装的。一名刑警通过多方打探，找到了一名案发当晚九点前后从横住遇害的游乐园旁边路过的公司职员，那名职员表示听到有男人高声叫骂"你骗我说生病了"。

"也只有津村自己这么想了。实际上，横住当晚真的病倒了，有院长太太和邻近医院的医生提供的证词。在这一点上，津村只能算是无故找碴儿。我认为津村杀害横住和石津，有其他更确切的理由。横住他们对凶手非常惧怕，还准备给他一百万现金。如果只是个来找碴儿的患者家属，横住他们顶多付之一笑。我认为凶手可能掌握着某个重大的真相——护士田原京子也极有可能是因此被津村杀害的。仅仅因为没能在电话里说服石津回来，这作为动机不够充分，感觉还另有隐情……"

关于田原京子这个人，目前只知道她从四五年前起就是石津的情人了，但刚巧在津村民子死亡的那段时间里两人断绝了关系。京子的同事说："是对方突然向她提分手，京子为此非常烦恼，刚听说她死了的时候还以为是自杀。"但他杀的可能性相比自杀还是更大。

假设津村真的故意用车轧死了田原京子，那么为何只有杀她的手法不同呢？有何原因呢？毕竟横住和石津这两个人是被完全相同的手法杀害的。

堀部看了看从工厂那里要来的津村庄一的照片。身材瘦削，双目黯淡，他的眼睛如同两道充斥着暗影的裂缝，瞳孔深处则闪烁着一束让人看不透的光……

"凶手的报复行为算结束了吗？"

"不，如果津村是在没头没脑地杀害与妻子之死有关系的人，那么除石津之外，参与过最后一次治疗的两位年轻医生也很有可能被他盯上。"

警方早已叮嘱那两人一接到可疑电话就立即上报，但在这一点上，堀部的推测出错了。

被凶手盯上的人，从风马牛不相及的另一处现身了。

次日清晨，嫌疑人的朋友伊原贞夫来到警视厅，要求与负责的堀部面谈。

伊原是一名报社记者，堀部警部原本担心他会借机卷入案件来炮制独家新闻，但只见伊原脸色苍白，支支吾吾了一会儿后，说出了令人意外的话。

"昨晚津村给我打电话了，我们约定明晚九点见面。津村打算杀了我，希望警方能保护我的性命。"

"为什么昨晚没联系我们？"

"我在文代——在我老婆面前，不太方便说。"

"这到底是怎么回事？你看来很确定津村庄一就是这案子的凶手了？"

"是。"

"他还准备把你杀了，是因为你介绍了那家医院给他吗？"

"也有这方面的原因吧。刚开始，他太太去大学医院做了检查，被诊断为脑肿瘤。津村本想让她直接在大学医院治疗，是我非要介绍横住医院给他……所以横住的医生们被杀害了，确实有一部分原因是津村对他们俩未能赶去进行治疗而心生怨恨……不过在这背后，还藏着另一个杀害两人的动机。"

"这话怎么讲？"

"您知道横住医生是白血病领域的权威吧？他在这几年里尝试了新疗法，成功延长了好几个患者的生命。横住医生说会在今年春天的学会上发表此疗法，但目前该疗法的详情只有他与石津医生知道。如果他们俩死了，接受了该疗法的患者会更早面临死期。而我的老婆，就是其中一人。"

"您太太……"

"我骗她说是另一种病，但其实四年前她就确诊是白血病了。不过接受了那两位医生的治疗后，一般而言只有一年的寿命已经延长了好几年，她最近的状况也挺好的，不出意外，兴许还能再活个三四年。津村觉得自己的老婆死了，就不容许我老婆独自活着。我也有不对的地方，在民子葬礼的那天晚上，我竟跟他说'我老婆倒还能多活几年'这种话。我个人觉得他太过于苛责那两位医生了，本想借由证明医生并不是坏人来宽慰宽慰他……可是仔细一想，这话倒好像是在说他老婆死了，但我老婆还能延命，对津村又是不折不扣的伤害。"

"是嫉妒吗？"

"也不是单纯的嫉妒。我曾经抢走过津村最珍视的东西，所以津村总对我珍惜的事物怀有憎恶。横住医生他们死了之后，也不知我老婆的病会怎么样，从昨天开始我就坐立不安，造成这种情况也是津村的目的之一。当然，不光我老婆，他还打算明天把我也杀了呢。过去，我曾经把津村悉心照顾的一只老鼠杀了。"

"老鼠？就因为过去死过一只老鼠的恨意，就要把你们夫妻俩的性命都断送吗？太荒唐了！"

堀部瞠目结舌，几近出口的笑声被伊原认真的眼神推回去了。

"您这么想，是因为您不了解津村这个人。小时候，津村知道是我杀了老鼠后，立刻就挥刀砍了过来。"

伊原踌躇了片刻，挽起右手的袖子。手臂上残留着旧伤痕，很像英文字母"L"。

"如果没人制止他，我真的会没命。每次见到这道伤疤，我就会想起那家伙当时的眼神……走上社会，再次重逢的时候，我们都显得云淡风轻，但我一直很害怕他的眼神，而他一直用当初的眼神盯着我。我在各方面都帮了津村不少忙，也正是因为这件往事。"

惹眼的伤痕处的肤色也有所不同，像一只动物，依附在伊原的手臂上。而事实上，津村源自孩提时代的杀意，经历了将近三十年，或许依旧在这道伤痕中存活着。

堀部想起了津村庄一的照片，他的眼睛没有颜色，仿佛是透过一个小孔窥探外界。没有表情，十分冷酷，让人觉得背后藏着些讳莫如深的秘密。那秘密也许就是因老鼠被伊原所杀而产生的绵延不绝的杀意。

"当我得知受害人的脖子上缠着铁丝的时候，就断定凶手是津村了。他的目标不是别人，就是为了要我和我老婆的命……"伊原说到这里，抿住嘴唇，又像坦白罪状一样说道，"我把那家伙的老鼠用铁丝勒死了。"

在石津家当保姆的中田昭代一大早就从自家赶来，来不及换衣服就先急着给神情恍惚的洋子送上一杯咖啡，又关注着她的脸色。

一晚上突然成了寡妇的洋子黑眼圈很重，脸色憔悴不已。

"您不舒服吗？"

"没什么……"

昭代走出房间，心想干脆直接找那个年轻帅气的刑警把事情都交代了吧。昨天搜查完房间要离开时他说明天上午还会来的，其实昭代也想先跟太太商量一下，但太太肯定会说别告诉警方。

五六天前的一个晚上，太太不在家的时候，院长打来一通电话找石津先生。在电话里，先生小声说道："不，爸，您不必担心，就算那家伙手上真握着证据，也没法把我们的罪行公布出去。因为被人知道的话反而是他自己更头疼。"他说的是什么事呢？这件事昭代在脑海中反刍了好几回，所以记得特别清楚。

虽然不知是否与这次的案件有关，但如果说了，那个年轻刑警一定会对我感恩戴德吧。但是喜欢偷听电话这件事还是别提了……对了，就说是偶然间听到的好了……

堀部并没有全盘接受伊原的说法，而伊原自己也在最后订正了证词，说："我可能是因为这案子，精神上受了太大的冲击，说了一堆胡话。就算津村真的想杀我，或许也只是因为我推荐了一家不负责的医院，因而对我怀恨在心吧。"

然而伊原的证词至少解释了受害人的脖子上为何会缠有铁丝，在这一点上，就不能纯粹归结为伊原的臆想了。

况且津村与伊原约定明天晚上九点见面的地点是神宫外苑，是个没什么人烟的地方，意在杀害伊原的可能性相当大。总之，就算并非怀有杀意，明晚津村也会在那里现身。

堀部立即叫来几名刑警，让他们准备好明晚九点在目标地点布防。

伊原贞夫面不改色地来到公司，推开了写着"社会部"三个字的门，熟悉的吵闹声钻进他的耳朵。

他暗自庆幸自己不属于围堵警察局的那帮记者，如果派他去警察局门口,他就得负责这案子了。同事们正在他的办公桌旁聊着案件的传闻,谁都不会想到他就与案件有直接关系。他已经拜托警方绝不要公布他的姓名。

他一如往常地开始工作,中午十二点十分,他刚想站起身休息时,桌上的电话响了。

提起话筒,刚答应了一句"喂,社会部",话筒另一边的人就心领神会地说:"是我。"原来是津村。伊原接着说"等一会儿",又转拨交换台,让接线员把线路切换到会议室去。

伊原赶忙走出办公室,进入会议室。没开暖气的会议室里甚是寒冷,窗外满是冬日的阴云,给周遭盖上一层灰色。

伊原抓起房间一角的电话,说:"是我。"

话筒中响起津村那熟悉的嗓音:"明天有点不方便了。"

声音从我的嘴唇之间滑出,流淌进话筒,又传入大博的耳朵里。

"大博,抱歉,能今晚见面吗?今晚七点。我不论如何都想在今晚见你。"没错,今晚总比明天好,趁那家伙还没有意识到的时候……

他沉默了。犹豫片刻之后他回答说:"那可不太行。"

"为什么?有什么特别的安排吗?"

"没什么……但是……"他的语气变了。他已经意识到铁丝代表着什么了吗?也知道我在杀了横住和石津之后,接下来就要杀他了吗?我犹豫了一瞬间,还是决定赌他已经发现了一切。

"大博,你已经察觉了吧?是我杀了他们。"

"果然是你啊……"

正如我所料,那家伙没有那么笨。我随口编了几句话来搪塞。

"我是打算杀完人之后去自首的，但在去之前，我想把真实想法告诉你一个人。之后希望你能陪我一起去警局……"

我已经习惯了扯谎。自从被医生矫正过之后，我的人生几乎充满信口开河。他不知是否该信任我，继续沉默不语。

"大博，求你了。我只有你一个人了。"我用八岁时的语气说道。我想说服大博的时候，总是会用上八岁时的语气。只要这么一央求，大博就会稍稍面露难色，最终还是会接受我的提议。

"我明白了。"大博答道。和刚才不一样，他也变回了完全信任我的八岁语气。

我仿佛能看到电话线另一边的他不知所措揉着眼角的模样了。自从宣誓重归于好之后，我们的关系就好得跟亲兄弟一样。

我说晚七点在国会议事堂前面等他，就挂了电话。

东京的天空暗沉沉的，随时都可能下雨。我看看手表，还有七小时……

在蒙骗大博的谎言中，只有一句是真的——"我只想把真实想法告诉你一个人"。

今晚，我要向他直抒胸臆……当然不是用言语，而是用手。

截至下午两点，堀部的耳中传入三条消息。

第一条来自带着津村庄一的照片去医院询问的刑警。有好几个医院相关人员在近半个月里看见过貌似津村的男人在医院门口徘徊。津村有可能在监视院长和石津的行踪。

第二条是来自最初为津村之妻作诊断的大学医院的教授。他作证说，以患者的症状，就算在大学医院就诊，结果恐怕也不会变。这么说，横住医院似乎完全无须对津村之妻的死负任何责任，而津村只是凭着无根无据的怨恨在作案。

关键问题在于第三条，在石津家帮工的十八岁保姆说，几天前的晚上，听到石津在电话里说了一些话。边吃着迟来的午饭边听年轻刑警报告此事的堀部不禁放下筷子，双臂交抱在胸前。

"石津在电话里称呼为'那家伙'的人应该就是凶手……但眼下也说不准。他还说凶手没法把横住的罪行公之于众，那么……"

"所以他才说了不必担心。"

"这个罪行，指的大概是医疗事故吧……凶手掌握了关于事故的明确证据，可是一旦公开，凶手自己也会陷入不利情况，是这样吧？"

"没错。只要保姆没记错的话……"

年轻刑警点点头，又学着堀部皱起眉头来。

不知不觉下起了细雨，让四面八方刚点亮的霓虹灯泛出彩色的光晕。将在雨后不久到来的黑夜，一定会遮掩住今晚七点在市中心一隅发生的另一起凶案。我缓缓看了看手表，下午四点二十分。还有两小时四十分钟……

堀部想洗一洗因为缺乏睡眠而写满疲惫的脸，于是来到走廊。忽见两个记者模样的人路过，很是不悦地小声嘀咕："大谷那浑蛋，肯定是在装病。"

大谷是个国会议员，正是近期沸沸扬扬的贪污案中的重要证人。新闻说他今天早上因为心肌梗塞晕倒，马上被送进了大学医院。堀部也怀疑他是为了躲避作证而装病，不过转念一想：那么大的心理压力，就算现在是装病，也保不准哪天真的会病倒啊……就在这时，堀部的脚步停了下来。装病？

没洗脸又径直回到办公室的堀部双手抱胸沉思了一会儿。

"我去一趟横住医院,有件事想亲自调查一下。"他留下这句话就出门了。

一小时后,堀部在医院里找到横住四年前的诊疗记录,并搜索出一名叫松本静的女患者,往她家打了个电话。

"什么?死了?松本静去年年末去世了,是吗?"

他朝着话筒大声呼喊,接着说"我这就到您府上拜访",旋即挂掉电话,看了看医院候诊室的挂钟。

还差两分钟就七点了。

七点整,大博横穿马路走了过来。我们在孤儿院中总是遵照那生锈的铃铛声来行动,所以非常守时。

大博在议事堂正门前环顾四周,我让车灯闪烁三次,给他发去信号。他的身影鬼鬼祟祟地向我靠近,我喊了声"大博",打开副驾侧的车门。大博一坐进来,我就说了句"抱歉"。

"我不敢一个人去自首,总是在给你添麻烦。"

大博拂去肩膀上的雨水,冲我露出一个安慰的笑容。

"我从头到尾讲给你听。"我说着,不动声色地驱车来到远离车流的暗角。

"你什么时候买了车?"

"租来的。我跟他们说过了,明天早晨到警视厅的停车场来收车。"

其实这是半个月前托熟人买来的二手车,没挂我的名字。我就是用这辆车杀了那个护士。

警视厅这个词让大博放下心来。

"为什么要杀他们?给老婆报仇吗?"

我默默点头。

"那为什么在他们的脖子上缠铁丝？"他忧心忡忡地问。

他果然没忘记自己在孩提时代犯下的罪行。

我不作答，只是用略显落寞的微笑回应大博的目光。经历二十余载，我终于将害死小鼠的家伙逼到了如此绝境。

"好像有风漏进来，是车门没关紧吗？"我说。

大博扭转身子去查看。在这一眨眼间，我握紧藏好的扳手，向大博的后脑勺挥下。

两次、三次——

大博来不及回头，甚至来不及发出叫声，只是条件反射般地伸出右手按在侧窗上，像是想抓住窗外的什么东西。不一会儿，他的手从玻璃上滑落，窗外是耸立的议事堂。

夜幕中的城市下起冰冷的冬雨，车灯照出淅淅沥沥的雨珠，一柱亮光飞向远方。街景仿佛被框在曝光过的底片中，看上去一片死寂。

我从口袋中取出铁丝，在大博的脖子上缠绕两圈，双手用尽全力勒紧，为这长达二十多年的复仇故事画上了句号。我保持姿势很久，当最后一丝力气从我的双手传导到铁丝，我的全身仿佛已被掏空。我终于从憎恶中解脱了，大博仰起的脸倒在我的左肩上。

我们像两具尸体一样，一动不动。远处的街灯在大博的脸上勾勒出光影，他睁着眼睛，嘴唇扭曲成怪异的形状。我细细端详，想从那形状破解出大博在最后一瞬间想喊却喊不出声的那句话。他大概是想说"原谅我"吧。

我用蛮力强行让他把嘴闭上，即便如此，大博的脸看上去还是扭曲的，就像我小时候没捏端正的橡皮泥人。大家都笑了，而我倒还挺喜欢那歪歪扭扭的形状。如果大博没杀了我的小鼠,我们或许能建立起一段截然不同的关系。因为我们都孑然一身,唯有携手才能生存。

"大博——"

我再一次以八岁时的口吻呼唤他,那也是我对他说的最后一句话。大博的嘴里已经冒不出任何回答。不过无论回答与否,大博都从未向我袒露过真心。我从大博嘴里听到的唯一真情流露,就只有二十几年前被我手中利刃吓到而发出的尖叫声。

我推倒座椅靠垫,在大博的尸体上盖了一条毛毯。他的右手臂从毛毯下滑了出来,手表表盘上,已经与大博毫无关系的时间还在流淌。

我解开他袖口上的纽扣,卷起袖管露出他的手臂,点燃打火机凑近一看,却发现他的手臂上没有丝毫伤痕。

我又用打火机照亮自己的手臂。很久以前,我们为了重归于好而进行了有点孩子气的宣誓仪式。我先对着大博的伤痕说了句"对不起",然后让大博握紧小刀,说着"给我来条一样的吧",同时伸出右臂。

二十余年的岁月让大博右臂上的伤疤消失了,但我的右臂上还残留着 L 形的刀痕。

堀部八点半才回到警署,他拍拍正捧着晚饭狼吞虎咽的年轻刑警的肩膀,叹了口气,让疲劳沉重的老腰沉陷到座椅中。

"我们可能犯了一个天大的错误……凶手大概不是津村庄一啊。"

"为什么……"

"因为津村的老婆已经死了啊。"

"可不就是因为死了才要报仇吗……"

"不，你听我说。让我百思不得其解的，就是横住和石津为什么会对凶手掌握的把柄那样害怕。石津在电话里对横住说不必担心，可那只是因为凶手因为某些情况而无法把他们的过失公之于众，他们对凶手掌握的证据本身还是非常害怕的。"

"石津的确在电话里对横住说凶手掌握了确证……"

"没错，这就是症结所在。假设凶手是津村，并且他的妻子是因横住等人的过失而死亡，那他能够掌握到确切的证据吗？若是尸体还在就另当别论了。尸体上留有医疗过失的痕迹是合理的，可以当作有力的证据。可是津村妻子的尸体已经火化了，相当于彻底湮灭。没了尸体作证，横住和石津就有无数条借口可以脱罪，为什么还心惊胆战的呢？于是我产生了这么一个想法：横住和石津害怕的会不会是医疗过失的证据依然存在——也就是那具尸体还活着呢？"

"尸体还活着？您是说尸体还留着没被火化吗？"

堀部点点头，道："但目前看来，在医院病死的患者，没有还未火葬的。也就是说，尸体不仅仅没被烧掉，甚至还活着。"

"这究竟是怎么一回事？"

"假如因横住和石津的过失而死的患者其实还活着，那就能理解凶手为何苦于无法将证据公开了。因为凶手不想让还存在于世的那个人知晓真相。如果医疗事故公之于众，那个人就会意识到，由于横住等人的过失，自己成了已被残杀的行尸走肉——凶手害怕的是这个。他害怕尚且活着的妻子意识到自己已被宣判死亡。凶手不想让妻子知道，自己在为她报仇雪恨。"

我将大博的尸体用绳子捆起来，绑上重石，去晴海码头抛入之前处理横住的车的地点,接着回到有乐町。

我来到报社附近,把车停在用假名租借的停车场,坐地铁回家。

从窗户能看见家里亮着灯,灯光透过窗帘显出几分绿意。在冬日的冷雨之中,那真是一抹幸福的色彩。事实上,在这灯光的包围中,我们的婚姻生活也真的很幸福。直到那一天——

我穿过雕刻着伊原贞夫和文代的姓名的仿大理石大门,按响门铃。不一会儿就听到里面传来开锁声,门开了,妻子一如往常笑着迎接我。

妻子信子,我的一只小鼠。

五个房间、黄色的地毯、风景画复制品,还有铺着白纱的沙发,这里如同我八岁夏天的那个库房,是我作案之后的藏身之所。在这个家里,妻子还活着,谅警察也不会察觉到这里住着一个复仇之鬼。连妻子也一无所知。妻子不知道我刚杀死了大博,也不知道我为她杀害了三个医院相关人员——甚至不知道自己寿命无多。

妻子还不知道我真正的过去。尽管我不认为说出真相会改变她对我的爱,但我实在无法开口讲述父亲杀死母亲的惨剧。于是我把大博的经历当成自己的往事讲给她听了。我把这事告诉大博时,他说:"没关系,我们不是朋友嘛。"于是我对妻子说在孤儿院里被人叫作大博,妻子回答说"大博"这绰号很适合我。

事实倒也正如此,相比瘦骨嶙峋又眼神阴郁的真大博,壮得像头牛的我才更适合这个绰号。

"既然津村庄一不是凶手,那凶手是谁呢?"

"引导我们认为津村是凶手的人,也就是我们今天早晨见过的那个男人吧。"

"伊原——可是伊原的太太不是靠横住延长了寿命吗?"

堀部叹了口气。

他还未断定伊原就是凶手,这些暂时不过是推测。明天晚上九点,如果津村在神宫外苑现身,就说明他的推测是错的。但堀部愿意打赌津村不会来。恐怕津村已经被伊原杀害了吧。他会不会将尸体藏匿起来,让警方永远追查一个早已丧生的凶手呢?

"你肯定也装过病吧?我小时候就装过好几次,有一次大人说要带我去医院,当时我真的巴不得自己身上有病呢……横住也做了同样的事。"

"您说的装病,是指津村民子去世那晚,横住在自家病倒那一次吗?"

"不,津村和妻子民子跟这桩案子毫无关系。院长他们对津村民子的死也不需要负责任。伊原只是利用了她的死来伪装身份作案。根据我今天去医院调查到的信息来看,伊原的妻子文代第一次接受院长的诊疗是在四年前的一月初。一名医生从症状判断她有可能患上了白血病,就转交给院长处理,而院长在亲自问诊检查后,诊断她为白血病。然而刚巧同一天,有一个名叫松本静的女人也入院接受了检查,她获得的诊断仅仅是营养失调。可我往松本静家里打去电话,对方却说她在四年过后,也就是去年年末死于白血病。据说松本静并不认同横住医院的诊断,又去大学医院接受了检查,在那里被诊断为白血病——可以据此推测,横住有可能在血检之类的环节,将伊原妻子和松本静两人的诊断结果搞错了。"

"误诊……"

"没错。而横住意识到错误的时候,恐怕早已告诉伊原文代的丈夫诊断是白血病,并开始治疗了。所以横住没办法开口再对伊原说自己误诊了。"

"这是为什么?"

"因为伊原是报社的记者。横住想,误诊这件事肯定会被他写成报道登报。身为白血病领域的权威,他可能因为这一次微小的失误而断送终生。如果诊断成常见病的话,也许只需要假装治疗一阵子,让她出院就行了。可偏偏诊断成了生死攸关的大病。即便治疗后身体完全恢复了,患者也有可能察觉到医院误诊。据说松本静后来就又去找内科科长石津,请求重新检查。当时松本静已经接受了大学医院的检查,听说石津掏了一大笔钱,拜托她:'在我们医院检查过这件事,不论是对大学医院还是对其他人,都请保密。'可伊原的妻子那边就无计可施了。不,有一种方法……只有一种可以逃避误诊这一事实的方法……"

刑警瞪大了眼睛,堀部点点头。

"没错,就是让她真的得上这种病。从四年前的一月起,横住他们对住院中的伊原之妻所做的并不是治疗,而是令她发病。"

"那要怎么做到呢……"

"大概是让她暴露在辐射下吧。治疗癌症通常会用到放射线疗法,听说放射过量就有引发白血病的风险。当然,他们肯定会小心翼翼地控制放射量,以确保人不会死,但患者等于任人宰割。不论医生在做什么,只要说这是治疗方法,患者就不得不全盘信任。不仅仅是文代本人,横住他们还利用自身的地位,对院中所有人保密,最终达成了目的。我刚才说医疗过失的证据就留在活着的文代体内,指的就是接受辐射的痕迹。我猜测文代体内一定留有某种印记,这对横住他们来说就是致命危机。因为诊断为白血病的患者是绝对不应该接受放射治疗的。"

"但是,就算接受了辐射,只要不是立即致死的程度,应该也不会很快就出效果吧?"

"没错——耗费了四年。去年秋天伊原文代住院了,我想当时就是四年前辐射效果的明确显现。伊原文代终于得上了真正的白血病,横住他们一定松了口气吧。四年来,他们俩一直等得战战兢兢的吧。"

刑警的表情都扭曲了。

"与其用那么残忍的方法,为什么不干脆在四年前直接杀了她呢?站在院长的立场考虑,也可以伪装成病死来杀害她吧?用这种手段好歹还痛快一点……"

"不行,虽说文代是因为流产而身体状况不佳,但毕竟没有生病。把几乎称得上健康的人伪造成病死,是一场相当大的赌博。还不如假装为文代治疗,营造出她能活下去全靠医生医术精湛,反倒能给她丈夫卖个人情。他们打的主意是,一方面提高自身评价,另一方面把可怕的报社记者伊原拉拢过来。事实上,昨天伊原贞夫在我们面前讲述的那一番对横住的感谢之情,恐怕就是他不久前的真情实感。接下来的完全是我的猜测:护士田原京子知道了院长的秘密,又因为被石津抛弃而心生怨恨,就把一切都告诉了伊原——而这一系列仇杀就是从此开始的吧。"

堀部深深地叹了一口气。

"横住在公园被杀害的时候,有证人听到疑似凶手的人大喊'你骗我说生病了',对吧?我认为那是指'你骗我说我老婆生病了'。凶手声称横住和石津是杀人犯,所言不假。横住和石津把伊原的妻子逼入了死亡的绝境。可以说,从四年前开始使用放射线时起,杀人案就已经发生了。因为就连横住他们也无法避免受害人走向死亡。伊原是为妻子之死而实施复仇计划,只是我们压根没料想到,这是一起受害人还活着的仇杀案,于是只把视线聚焦在已死亡的患者身上。凶手在横住和石津的尸体上披上白大褂,不仅仅是为了告发他们身为医生而不尽责,也许更是在用白血病的'白'来表达控诉。"

津村太太葬礼结束后的第五天晚上,我回到家,妻子正静静地熟睡着。那天傍晚,突然有个叫田原京子的护士造访我的报社,告知了我真相。她失去了石津的宠爱,为了报复石津,希望我把这件事完完整整写成新闻报道。

"还不光是让她接受辐射,等她发病呢。因为必须让她显出生病的状态来,他们就谎称治疗让她经常往医院跑,来消耗她的体力。各种各样的方法都用过了……简直就像在搞人体实验啊。"

护士说着说着,连聆听者是患者的丈夫都忘记了,越说越得意。当然了,我只是用冰冷的眼神盯着她看,所以她也无法理解我听到那番话时受到了多么剧烈的冲击吧。就在盯着她不放的那个瞬间,我已经下定决心,要杀了横住和石津。

我也决定把面前的女人杀了。妻子住院的第十天,石津就发觉她得的并非白血病,便立即找横住商量,计划让她真的患上白血病,而田原京子全偷听到了。那么她就应该阻止那两人才对。可她这四年来都无动于衷,事到如今被男人甩了才肯吐露真相。然而我并没有问"为什么不早说"来责备她,我心想,不必靠言语了,要不了多久我就会用双手来表达狂怒。

"我近期会再联系你的。"我让她先回去。目送她的背影远去时,我就开始打算伪装成一起不会让横住和石津起疑心的意外来把她杀了。毕竟她已经知晓了一切,有她在就会阻碍我杀另外两人。

回家的路上，我就定下了利用津村太太——也就是大博的妻子之死来实施计划的各种细节。我决定杀死大博，是为了让警方把死去的大博当成凶手来追查，好扰乱他们的搜查计划。更不必说我心中有一只鸣叫了二十多年的小鼠，它的声音驱使我本能地去执行计划。听着田原京子诉说时，我的脑海里就浮现出"鼠"这个字来。

对院长他们来说，我的妻子与实验用的小白鼠没什么区别。我告诉自己，这一次的复仇，同时也是为了二十几年前的那只小鼠。当天晚上，我在回家的路上就买了铁丝。

黑暗中，妻子那苍白的脸庞十分鲜明，她如同平日里那样，眼皮微睁、嘴唇微启，正酣睡着。她的嘴唇仿佛在向我求救。直到那一刻为止，我们真的很幸福。四年前，当横住嘴里说出"白血病"三个字时，绝望让我眼前一黑，但最终我还是认命了。我以为只需要在不多的时日内享受完一辈子的幸福就好——可这原来并不是命运。是那伙人把我们逼上了死路。尽管妻子还活着，但她已与被杀害无异。遍布妻子全身的杀意化作坏血，已经开始侵蚀红血，啃食她的生命，没有一个人能阻止结局到来。

我第一次在妻子耳畔呼唤"信子"，发誓绝不会忘记妻子这天晚上的容颜，并从次日开始着手执行计划。

我先把一切都告诉了大博，说自己想在报纸上曝光他们的罪行，并用钱委托他在医院附近租一间屋子，帮忙监视他们的动向。这做法毫无意义，只是为日后将大博捏造成凶手而埋下的伏笔。

大博因自己的妻子死去一定也对他们怀有怨恨，他很同情我，二话不说就接受了我的委托。反正大博从二十几年前起就对我挥舞的小刀心怀畏惧，只会一味讨好我，我的请求他必定会有所回应。我每晚给大博新租的房间打去电话,在听取他无意义的报告的同时,暗地里把田原京子送上了绝路,并给横住打去电话,宣告我已经知道了一切……

三天前,我指示大博暂停监视,随便编了个"下周就写文章"的借口。并说想见一面,让他两天后的深夜给我家打个电话。昨晚,电话如约而来,大博畏畏缩缩地说:"我看过报纸了,那两个人都被杀了。"下杀手的人当然是我,但我只是随便附和了几句,并约定在两天后见面。就在这时,我发现妻子的视线停留在我手臂的伤痕上。我不由自主地扭转身体藏起手臂,接着缓缓放下话筒。那家伙的手臂上是不是还留着伤痕呢?好不容易把大博逼到这个地步,万一他怀疑是我杀了横住和石津该怎么办?我的脑海里都是这些问题。实际上,大博确实起了疑心,也意识到了铁丝的含义。他大概会认为和我见面很危险。我本打算当天傍晚再打个电话给他,结果下午他先打电话来我公司了。我把线路切换到会议室后,话筒中响起了他那熟悉的嗓音:"明天有点不方便了。"

接着,这句话从我的嘴唇之间滑出,流淌进话筒,又传入大博的耳朵里:"大博,抱歉,那能今晚见面吗?今晚七点。"就在两小时前,我杀了大博。

如此这般,我的整个复仇计划结束了。剩下的就只有明天去神宫外苑赴约,对因为津村未现身而疑心重重的刑警说出我的借口。"津村一直在监视我,他应该是发现我去了警察局,逃跑了吧。"

一切都简单极了。在这将近二十天的时间里,我仿佛在履行义务一般,只是毫不犹豫地付诸行动而已。那是我从八岁在库房发现小鼠的尸骸起就背负的义务。而今晚,我终于将自己与二十几年前的记忆之间纠缠的那根铁丝斩断了。

我只犹豫过一次。被诱骗到游乐园的横住看到我掏出手术刀时求饶说:"我死了,您太太的寿命也会缩短。从几年前开始搞的研究出成果了,暂时还没写出来,我死了之后,您太太的寿命就只剩半年了。但用我的治疗方法,肯定能延长好几年的。"我在为妻子延命几年与复仇之间犹豫了一瞬间,结果还是选择了复仇。这个恶魔的研究或许能拯救更多与我妻子一样痛苦挣扎的患者,但我的手在那个瞬间直接选择了复仇。毕竟我只能走在自己的人生道路上。从很久很久以前,在我懂事之前,在父亲杀死母亲的那一刻,就注定了……

事到如今,我仍不觉得游乐园那一瞬间的选择有什么可后悔的。既不觉得后悔,也不觉得自己能逃出法网。我让大博当替罪羊,无非是在送走妻子之前,不想让她知晓真相罢了。一切都是为了在残存的岁月里享受最后一段幸福时光……之后的事我从未考虑过。

我敲响房门,妻子开了门。我被雨淋得湿漉漉的,躲在卧室不出去,她的眼神显得有些担心。她用毛巾擦拭我的头发,问道:"去警察局把津村先生打来电话的事说了吗?"我说"什么都不必担心",将妻子搂到身边。妻子坐在地板上,我坐在床上,她把脑袋靠在我的膝头,柔软的发丝缠在我的腿上。什么都不必担心。你什么都不必知道,就像平常那样微笑吧。在给横住打电话时我首先就命令他:"跟我老婆说她已经完全恢复健康了!"相信他所说的话,绽放出微笑吧。你的脸庞只适合笑容。什么都不必担心。我已经把你埋葬在无人能及的内心最深处……信子,我的一只小鼠啊,把你的温存传递给我吧。让我听听你的呼吸、你生命的脉搏,还有你仍存活于世的证据吧。尽管留给我们的时间已经少之又少,但我们在此刻、在这一瞬间,也许就是最幸福的人。信子,最后再和我玩耍一次吧。回到那个库房,再玩一次属于我们俩的游戏吧……谁都无法打扰……这一回,真的就只有我们俩了……

二重生活

"为什么？今晚不是能放松一下嘛？就是为了你，我才请假没去店里呢。"牧子注视着镜中已穿上外套的背影说道。

修平走出淋浴间后，才发了两三分钟的呆，就立刻开始穿戴。镜中映着夕阳的余晖，把四十六岁落魄男人配条纹西服的模样照得更丑了。他比牧子大十六岁。牧子时常也搞不明白自己为什么会被这个老得能当爹的男人所吸引。六年前，牧子在上班的夜总会第一次见到修平时，他已经有几根白发，且格外显老。

即便如此，一向自诩防线坚固的牧子在第一天晚上分别时，只因一句"明天能不能再见一面"，就顺了他的意。次日在酒店见面，修平从浴室走出来开始穿戴的时候，牧子也说了和此刻相同的话。"为什么？今晚不是能放松一下嘛？就是为了你，我才请假没去店里呢。"

过了六年，还在说同一句话。面对这样的自己，牧子在感到可悲的同时，更觉得可笑。六年的岁月简直毫无意义。自己被睡过多少回了呢？可六年之后的如今，这个男人依旧是从那晚算起的第一个客人。知道牧子与修平之间关系的同事都劝她分手。"你这么年轻，为什么偏要傍着那个老头啊。就算你喜欢年纪大的，也应该找个更有钱的啊。"就连牧子自己也想问为什么。如今她已经三十岁，六年前她浑身水嫩的肌肤上还闪耀着青春的余光呢。与那种肌肤相称的，莫过于年轻小伙们的嘴唇。身旁是个头发发白的老男人，简直就像鲜花插在牛粪上。牧子也搞不明白其中的缘由。

唯一的答案就是"爱"这个词语了。可它在岁月流逝的过程中也已被撕得粉碎，如今已变成只能称之为"恨"的晦暗感情。不，可以说现在能维系牧子与修平之间关系的就只有恨了。

有一段时间她也曾考虑冲着钱去。有件事她对其他人是保密的，修平虽然衣着寒酸，但拥有常人不敢想象的雄厚财产。他会写文章，时不时用"相模一郎"这个笔名在周刊杂志上发表一些杂文，但靠写作赚来的收入算不上什么，其实他在东京都内拥有售价总额不下两亿日元的房产。他还在荻洼有一套称得上豪宅的大屋子，现在牧子住的这套公寓，以及她对店里同事谎称假冒货的宝石，也全都是他出钱买的。修平也劝牧子别去店里上班了，可牧子去店里抛头露面其实只是为了散心。这男的把女人一个人养在一间过于宽敞的屋子里，每周只来按个两三次门铃，一次就待一两个小时，牧子可没有天天干等着的耐心。

每月都能收到四十万日元现金和钻石、皮草——

但牧子的身上仍有那身为女人的部分，光凭这些东西是无法填满的。

牧子最为讨厌的，就是从修平披上外套到走出门，这不满一分钟的时间。在这一分钟里，牧子不得不联想到荻洼的豪宅里有个专为修平烹饪菜肴、清洗内衣、在他身旁过夜的女人。那女人比修平还年长一岁，年纪大得与牧子的母亲相仿，牧子会突然间对她产生嫉妒之情，心情纷乱。她曾悄悄去往荻洼，躲在暗处偷窥过一次。那女人身穿色泽沉稳的结城绸和服，在老宅的厚重氛围下显得优雅华贵，怎么看也不像已经四十七岁。

她的美貌让牧子明确产生了敌对感。

然而，倘若这是女人间的战争，牧子很明白，从一开始她就输了。凭对方的阅历，想必早已品尝过人生的酸甜苦辣，牧子在她眼中不过是个小丫头片子。牧子相信修平总有一天会断了关系，像纸屑一样把自己抛弃。

实际上，修平在一年前就提过"想分手"，刚巧是去年深冬的这阵子。牧子没说话，修平说"给你一千万"。"这不是钱的事，我不分手。"牧子嘴上如此回答，心里对这男人尚存的几丝爱意已荡然无存。起初，牧子是真的爱上他了。"小牧你小时候就没了爸爸，对吧？所以你才把父亲的形象重叠到他身上了。"平日里无话不谈的老板娘是这么评价的。而牧子觉得自己是真心爱过他，也曾有过一段幸福无比的时光。可那一段回忆也随着"一千万"这句话消失得无影无踪。从那个瞬间开始，修平也成了敌人，牧子凝视修平的眼神里开始燃起阴暗的火焰。这个把自己的青春毁得粉碎的男人，这个像对待玩具一样摆弄年轻躯体、妄图用一千张万元钞票把人当成纸屑抛弃的卑鄙之徒——没错，如今联系修平与牧子的就只剩下憎恨了。

当然，牧子憎恨的不止修平一人，还有在修平身后戴着优雅面具的结城绸女人⋯⋯

一年前，牧子下了一个决心，但她还没找到行动的好机会，所以只能用"不想分手"这句话，将旧日的关系延长了一整年⋯⋯

"抱歉，我还是很担心静子。"镜中那右肩耷拉的背影带着点不耐烦说。

"担心什么？"

"一星期前，她突然举起刻刀要往自己喉咙扎，我跟你说过了吧？根本没吵架，我看着报纸呢，她就突然⋯⋯"

"她真想寻死就不会在你面前做这些了——都是演戏。"牧子直勾勾地盯着修平的背影，像要用视线刺穿他的身体，"你不想刺激到她又为什么来我这儿？还和平时是同样的时间来。她肯定早就察觉到了。"

修平背对牧子，默不作声。他的头发还是湿的，坐出租车回荻洼这段时间根本不足以吹干。嘴上说着担心，头发上却原原本本留着和牧子私会的证据，简直就像是故意的……

"你其实就是想刺激她吧？故意让她心神不宁，然后心里偷着乐。你脑子里就只有折磨女人这一件事。"

"我也是很痛苦的。"

一股怒火烧到了牧子的指尖，她用颤抖的手抓起香水瓶，绕到修平面前。

"那就再多痛苦一点吧。"

牧子一手勾住修平的肩膀，从香水瓶的小孔中流淌出液体，滴落在他的耳垂上。茉莉花香的液体顺着与大富豪身份毫不相称的薄耳朵向下，沿着凸起的颈骨流淌，最终消失在衣领中。

牧子略带打趣地笑着，可修平只是默默避开视线。此刻她的想法是：不能再等下去了。已经等了一年，再也等不下去了，没有其他办法了……

修平根本没注意到牧子的情绪，不，也许是注意到了却假装不知。他如往常那般面无表情地走出了房间。

枕头旁的烟灰缸里还留有修平刚抽剩的烟蒂，冒出的白烟与即将笼罩天空的暮色交织在一起，仿佛尚在燃烧。牧子把烟熄了，伸手向电话机，拨动数字盘。

运气不错，接电话的是那个熟悉的男低音。

"是我……今晚来一下。"

"哎呀——今天晚上……不太方便啊……"

从语气中已经大致能听出他有什么不方便了。

"没关系，你应该能来的。八点在我房间见。"

不等对方回答，牧子就挂断了电话。或许是房间里太过晦暗，小指上残留的红色指甲油显出几分锈色。她的手指还在因愤怒而颤抖。再也等不下去了，没有其他办法了……只能把那两个人葬送了……

透过茶屋的镂空处看去，只见位于院中踏脚石另一边的玄关大门半开着，露出一个女人的背影。

"原来太太您比丈夫还大一岁啊？真看不出来。太羡慕了，您太显年轻了。"

"只是我先生太显老了。"

跪坐在地板框①前的静子咧开嘴唇微笑着。修平一开门，方才的女人立即压低嗓音。"啊，回来啦。"她将街道板报递给静子，向站在松木盆栽旁的修平微微低头，走了出去。修平跨脚走向屋内时，静子的脸色就出现了微小的变化。她的表情扭曲了一瞬间，便转过脸去，修平沿着直通院子的长檐廊走向里屋的浴室。明明没风，香水味恐怕还是飘到了静子的鼻前。

静子走进客厅，台灯照着矮桌上的一朵金属花，泛出银光。静子这几年的兴趣是雕金。花朵旁边摆着一把刻刀，反射出灯光，显得锋利无比。听说那朵花是受朋友所托才雕的。朋友有一件当丧服穿的纯黑连衣裙，但想在平日里穿，于是委托静子做件装饰品。"雕朵银花反倒更像是要去葬礼呢，不觉得太凄凉了吗？"一周前，修平曾这样说过一句。静子什么都没回答，过了一小会儿，当修平放下报纸时，就在那一瞬间，静子突然紧握刻刀，就要往喉咙扎去。正如牧子所说，那恐怕不是真的想寻死，她是等丈夫放下报纸的瞬间才握紧刻刀的。与其说是扎向自己的

---

①指日式住宅中，玄关处，进入铺榻榻米的屋内之前的一块地方。

喉咙，不如说是想一记捅穿修平的心神。这几年来，他在两个女人之间来来往往，一点决心也下不了，只是摇摆不定，而一把闪着冷光的刀刃就是在逼问修平的决心。修平感到不寒而栗，从那瘦削的手中夺走了刻刀，静子瘫在了矮桌上。静子的嘴唇压在金属花上，气喘吁吁，吹得银屑飘舞起来，看上去仿佛是将这几年心底里被削落的情感碎屑都喷吐了出来。

"去洗澡吧。"

修平正脱着上衣，静子在他背后说道。然后就折叠起金属花，立即开始用铁锤敲打刻刀柄。

等待洗澡水烧开的时间里修平一直蹲在檐廊上，眺望暮色中看不真切的宽阔庭院。这天气有着不似冬天傍晚的安稳，一丝风都没有。即便如此，修平还是看到檐廊尽头的南天竹果有几颗掉落到蓄水盆中。

南天竹躲在细竹的身后，叶片蒙着阴影，果子看上去犹如黑暗中冒出的几颗红色结晶。红果子在暮色下无声无息地坠落，又被浑浊的水面吸走。

修平突然发觉，让果子从树枝上掉下来的，正是在静谧之中响彻四周的凿刻声。声音更响的时候，红果子确实会多掉落一些。有几颗撞上蓄水盆的边沿儿，掉落在檐廊地板上。尽管没出声，但它像颗冰雹一样粗犷地弹跳了几下，仿佛能感受到一种愤怒。修平心想，一星期前，静子喉头那将流未流的鲜血，或许已化作这虚幻的血珠子，流淌了出来。

那就再多痛苦一点吧——牧子说的这句话是针对修平还是静子呢？而说出这句话的牧子本人也同样痛苦不堪。这段三角关系里，三人各有三种痛苦。细细一想，三人的苦恼还形成了一种不可思议的均衡。两个女人都没有快刀斩乱麻的勇气，各自忍受着如坐针毡的疼痛，但在某种意义上，又自甘自愿地维系着苦恼的均衡。这让修平觉得这样的关系还能持续一阵子。一年前，他对牧子说出"想分手"的时候，有一半是发自真心，另一半则是为了听到牧子回答"不分手"时所获得的释怀之感。今天也一样，修平没擦掉牧子的香水就回到家中，正是因为不想破坏这种痛苦的制衡关系。牧子有多痛苦，就必须让正在雕金的静子感受到同等的痛苦。修平觉得内心深处藏有一种连自己都无法解释的感情。

当然，他并不觉得这种平衡能永久延续下去。

自己、妻子、情人……

三人中只要有任何一人的痛苦超出现状，三角关系就会向一个危险的角度崩塌，恐怕三人会一同沉入毁灭的泥潭。从现状来看，大概不会由他来打破平衡，而在于哪个女人率先发难。是挥着危险的凶器演出一场好戏的静子呢？还是把香水当作忍耐几年的泪水泼洒在自己身上的牧子呢？

"洗澡水已经烧开了吧。"静子嘀咕的时候，凿刻声依然没停。

修平不耐烦地"嗯"了一声，往浴室走去。

泡在浴缸里，香水味随着水汽升腾起来，浓重的气味熏得修平头晕目眩，闭上了眼睛。气味冲进鼻子，像火烧一样疼。牧子想借如此刺激的味道控诉些什么呢？

有什么东西随着热水掠过肌肤，修平睁开眼，发现有几颗红点随着水波向脖颈处袭来，在白雾缭绕之中，颜色显得黏糊糊的。修平一惊，赶忙站起来。几颗南天竹果化作血珠子，从脖颈顺着瘦骨嶙峋的苍白胸口滑落了下去。

静子从胸前的口袋里掏出南天竹果，视线直勾勾地投向那片鲜红，嘴角自然地露出一抹微笑。唇边的笑意未消，静子就将果子两颗三颗地抛落在镶嵌银花的凹槽中，接着用刻刀将果子刺破。鲜红的果皮绽开，流出白色的汁液，腥臭的气味直冲到鼻腔。随着一阵恶心，腹中之物一口气爬到了喉咙口，而静子仍然笑着。她觉得只有这股苦涩的气味，才能让玄关飘来的香水味淡去一些……

到今年冬天为止，也不知像这样刺破了多少南天竹果呢。去年冬天、前年冬天，也没什么两样……

一到冬天，这个过分宽敞的大屋子就会被寂静所冻结。几乎每天都有两小时，静子会被抛下，在这寂静中独处。从修平的脚步声从玄关消失，到脚步声回到家中为止，她就在原地等着……上周她试着用刻刀刺向喉咙，却依然无法阻止这两小时的外出。今天就更过分了，不光头发比平时更湿，他身上还带着比平时更刺激的香水味，仿佛是要让她再加倍痛苦一些。他的所作所为简直就是在催促静子真的把刻刀刺进喉咙。

但上周那次只是在演戏——静子更用力地刺破南天竹果。她丝毫没有寻死的意思。为什么我非死不可呢？那个叫牧子的女人去死还差不多。"她也是很痛苦的。"修平曾经替她辩解过。她还年轻得很，想找多少个年轻男人都不成问题。但她要是真的爱上了一个年纪够当爹的男人，还为此感到痛苦，那就去死啊。根本不存在真爱，只有钱。她只是舍不得每个月都能领到的钞票，才不肯分手罢了……

电话响了。

静子停下手上的动作，抬头望向与房梁颜色相同的旧挂钟。傍晚六点……

其实没必要看钟的。当银行职员的都守时得很，比钟摆锈得沙沙作响的挂钟还要准得多，时间一到电话铃就响。前天在酒店门口分别时，静子说："星期天我丈夫大概会在那女人家过夜，你六点打电话给我。"

"您好，我是东都银行的。"静子接起角落的电话，传来熟悉的嗓音。

见过他在床上如饥似渴的样子，更难以想象他的嗓音是如此神经质般的尖细。不过这嗓音倒是与他身穿蓝西服、身上一点起伏都没有的干瘦模样很相配。任谁第一眼看都会觉得他在银行上班，但在床上的猛烈劲儿却与平日样貌简直判若两人。

"不好意思，他回来了。明天四点，方便的话就在酒店老地方见。"

"明白了。那么明天四点再给您电话。"

大概是在办公室打的吧，还用毕恭毕敬的商务敬语来收尾呢。他这种商务作风可不光是在电话里。静子再怎么显年轻，毕竟也是大他十六岁的女人。每周跟老女人上床两三次，只不过是为了两千万日元的定期存款和每月二十万的储蓄预付金。不管他追求得多么热烈，在他生猛的欲望背后，依旧总能看到一张冷冰冰计算着预付金指标的银行人嘴脸。但静子从一开始就知道这些了，她只是陪着这个尚能称之为青年的男人演戏，假装自己是个饥渴的中年妇女，夸张地叫喊出欢声而已。不如说骗子其实是静子自己。

静子跟这个年龄上能当弟弟或者说儿子的男人上床，理由只有一条——为了向那个叫牧子的女人报仇。

大约两年前，静子瞒着所有人，去信用调查所找人把牧子的人际关系查了一番。静子心想，她还年轻，不可能光有修平一个老头子就能满足的，肯定还瞒着修平跟其他年轻男人有关系。经过一年半，总算在今年夏天得到了意料之中的结论。

这个男人名叫古桥铁男。据说古桥是春天偶然去牧子工作的酒吧喝酒，两人便亲密了起来。牧子当然没把和修平的关系告诉古桥，调查所的报告上写着，他们俩正打得火热呢。

不过静子并没有把牧子背叛他的事告诉修平。静子对此事守口如瓶，相反地，一星期后，她给在银行上班的古桥铁男打了个电话，说"是熟人介绍的，我想存两千万左右的定期"，并指定在某酒店的房间交接钱款。这两千万当然是瞒着修平，从其他银行偷偷取出来的。

古桥从一开始就有所预料，刚进入酒店房间就别有用心地盯着静子看。他把手伸向装了一千万的小箱子时，静子抓住他的手说："在打开这个之前，能不能先把我打开？"对方便问道："是田所夫人介绍的吗？""是啊，她出发去美国之前介绍的。"静子撒了个谎。

通过信用调查所的调查，她早已知道有一位姓田所的大型纤维公司的高管夫人，通过存款的形式与古桥发生了关系。当然，她根本没见过这个田所夫人。古桥用熟练又带点商务气质的动作脱下衣服。"等等。"静子取出一捆钞票，全力朝男人的身体上掷去。这捆钞票像皮鞭一样打在古桥裸露的肩膀上，发出脆响，又在半空中散落。静子将钞票捆接二连三地抛掷出去，双手因愤怒而颤抖，而男人也许只认为静子有着异于常人的性癖，在从天花板洒下的钞票雨中露出猥琐的笑容，猛地将静子扑倒在床上。静子发出夸张的呻吟声，内心却冷静地听着将两人身体覆盖的钞票发出落叶般的窸窸窣窣声。

这一切都是为了向那个牧子复仇，同时也是向修平复仇。当天晚上，静子用残留有干燥的钞票气味混合古桥的体臭的身体与修平上了床。不仅是那天，只要修平去找牧子快活两小时，静子就会把古桥叫到酒店或是家里缠绵。直至今日，已经有五个月了……

浴室里传来依稀的水声，又融化在黑夜的寒气中，显得有些含糊。

此刻泡在热水中的男人，正在两个女人之间来回摇摆。古桥也在两个女人之间来了又回，同时，那个叫牧子的女人也向两个男人敞开身体。每个人都背叛着一个人。

但是，比这三人背叛得更加决绝的，是自己。

静子的嘴角再度渗出微笑，用比刚才更响的声音敲打起刻刀。

八点整，古桥铁男推开牧子的房门。因为按了门铃没反应，他便转了转门把手，然后发现没上锁。

屋内被黑暗笼罩，只有卧室门口微微透出些灯光。

"你在吗？"

铁男招呼了一声，打开卧室门，差点儿没忍住叫出声来。只穿了一件衬裙瘫在床上的牧子看上去就像死了似的，她的腿胡乱地弯曲着，衣衫凌乱，以无法形容的样子静止不动。

"我要做……就这样做。"牧子注意到了铁男进门，看也不看一眼，只用冷淡的侧脸对着他说道。

"你这是怎么了——"

"别说话，抱我。"她的声音中略带愠怒。

铁男的意志像被她的话束缚住了一样，身体随之被拉到床上。在解衬裙束带的时候，铁男忽然发现枕畔小桌上放着一个烟灰缸，里面还留有几个烟蒂。牧子是不抽烟的。

是男人……

铁男的直觉告诉他，在自己来之前，有另一个男人在这个房间里和牧子做过。盖在牧子那冷淡侧脸上的乱发、残留在肌体上的疲惫，都是那个男人造就的。牧子是故意用沾染了那男人体臭的身子来让我拥抱。在惊讶和怒火爆发之前，铁男首先感觉到了刺激。他粗野地抓住牧子的头发，全情投入地将自己的嘴唇压在牧子的嘴唇上。她的舌尖仿佛还带着一丝香烟味……

牧子还有别的男人，这件事也不难猜到。六月份，铁男跟上司去银座的夜总会喝酒时邂逅了她，当晚就发生了关系。开车送她回公寓后，两人带着醉意一起进了卧室。"才没有其他男人呢，只有你一个。"牧子总爱说这句话。但是，就算她是在一流的夜总会工作，光靠工资也不足以支撑起这种生活。水貂皮大衣、钻石戒指和CK的香水都说明了一切，更何况，在触摸牧子白皙的肌肤时，铁男有好几次都感觉到了另一个男人的身影……

当然了，铁男起初也只是带着玩玩的心态，不管牧子在外面有什么男人，都不是很在乎。为了达成储蓄指标，铁男不得不陪香取静子那个中年妇女玩床上游戏，他只是想在牧子美丽的躯体上发泄积蓄的郁愤之情。那个悠闲的贵妇人怎么看也不像年近五十了，但她毕竟不是足以匹配铁男的欲望的年轻女人，铁男必须做各种努力来填补年龄造成的沟壑。静子看上去心满意足了，可铁男的亢奋都只是在演戏。在香取静子身上无法彻底释放的那团欲望，需要牧子的肌体来冲刷。

刚开始时确实只是那样，但次数多了之后，铁男渐渐迷上了牧子的身体。不仅是身体，铁男甚至觉得牧子这个人像锁链一样，将自己的内心也缠住了。他本是个一心只为出人头地，视线从不离开现金账目的人，可现在有几天没与牧子缠绵，饥渴感便侵袭而来，让他无心工作。这么一来，独占欲就油然而生，也开始在意牧子是在和哪个若有似无的男人交往了。"真的除了我就没别人了吗？""没有啊。""那你嫁给我吧。""我讨厌结婚啦，这样的关系有什么不好？"牧子依旧明确否认有其他男人存在。而事到如今，牧子却突然把另有男人的证据甩到了自己脸上来。

嫉妒化作兴奋，铁男激烈的爱抚让牧子的身体扭动不已，她以前所未有的激情给出回应。

在比平日更深的结合之后，铁男才缓缓离开牧子的身体。他从丢在地板上的外衣口袋里取出香烟，点上火。充盈感和疲劳感交织在白烟中，升腾到吸顶灯处。夜风敲打着窗户，房间里有点凉。牧子像是被寒冷冻结住了一样，把脸埋在铁男的肩头，一动不动。

铁男想把香烟熄灭，却又停住手。烟灰缸里留下的烟蒂是外国烟，让他想起了大概一个月前的一次对话。"我身上有没有香烟味？我丈夫总是在床上抽乐福门，完事之后我都会用肥皂洗一遍，可那味道怎么洗都洗不掉。"香取静子让铁男爱抚着胸部时如此说道。铁男对静子的丈夫没什么嫉妒之心，只觉得她是个爱抱怨的女人。而此刻眼前烟灰缸里的烟蒂就是乐福门，仔细一看，枕头旁的床单上还有星星点点的烟灰痕迹。今天来过这间卧室的男人也曾抱着牧子抽乐福门……

想到这里，铁男终于回忆起今天傍晚牧子打来银行的那通电话。静子早先说过今晚她丈夫会在外过夜，让铁男去她家里，所以铁男本打算拒绝牧子的邀约。"没关系，你应该能来的。"但牧子那时说话的口气就好像已经知道静子的丈夫会取消在外过夜的计划。不——现在想来，牧子的的确确就是知道。

铁男转过身，打量着牧子，想说些什么。可牧子的嘴唇在铁男开口之前先动了起来。

"你下次什么时候见香取静子？"

"为什么……"牧子面无表情吐出的冷酷话语让铁男的视线震颤起来。

"两个月前，我偶然看到你们俩从酒店出来……我不生你的气，你就直说吧，你和她是什么关系？"

铁男沉默了一小会儿，终于实在受不了牧子的视线，把情况简略地说明了一遍。

"但是我在那个富太太身上从来没感受到过什么爱情……只能说是类似生意场上的关系……"

"那个富太太……"牧子有点落寞地低声道，"果然是这样啊，你和那个富太太……"

"我觉得很对不住你，所以也想尽快和她断绝关系……"

"你对谁都没做什么坏事。对那个富太太也好，对她丈夫也好，对我也好……你对她没有爱情，对方也是一样的。那个富太太是为了报复她丈夫和我，才接近你、玩弄你的。夏天的时候有人来调查过我，应该就是那个富太太吧。看到你们从酒店走出来的时候我就猜想是不是这样……你知道她丈夫的名字吗？"

"香取修平——钱都是以她丈夫的名义存的。"

牧子的嘴角露出笑意。

"他跟我认识很久了……"

果然是这样。牧子的肌肤和那中年妇女身上沾染的是同一个男人的香烟味。铁男不禁咋舌，又深深叹了口气。

"原来我就是个被玩弄的小丑啊……你和那富太太什么都知道，还向我投怀送抱。"

"谁还不是小丑呢？我也知道是富太太在搞鬼，却还继续和你上床。香取修平应该也隐隐约约感觉到老婆在外面有男人了吧。不过我想他还没意识到你我之间的关系……你也猜到我有别的男人了吧？大家都只是在演戏……"

"我对你可不是演戏……就算你和那富太太的丈夫还有联系，我也不打算和你分手。"

"我也不想分手啊。但是就像没法和你分开一样，我和他也分不开啊。"

"为什么——"

"我说分手就会被杀啊。去年冬天，刚好一年前，我说想分手，他就用刀刺过来了……就是这道伤。"

牧子的右边乳房下方有一道紫色的疤痕，铁男已见过无数次。之前问的时候牧子只说是受了伤，没想到还藏着这个秘密。尽管跟这个叫香取修平的中年男人一次都没见过，但他暗沉阴湿的脸庞已经浮现在铁男的脑海中。

"再提分手的话就真的会杀了我——他瞪着吓人的眼睛对我这么说来着。不是普通的威胁……我跟你的事要是被发现了，也不知他会做出什么事来……而且你也很难跟那个富太太分开吧？"

牧子的话跟铁男在心中默念的话几乎一样，我也没法跟那富太太提分手……香取修平用杀人来威胁牧子，而静子也不落下风。"除非彻底腻烦了，否则我一定要跟你把关系维持下去。你要是敢提结束，我就把你筹集存款的秘密公之于众。"她上个月就说过一番近乎胁迫的话。铁男早已疲于被静子呼来唤去，正盘算着如何编造一个借口来断绝关系。就算心里憋着不说，也会呈现在表情和态度上，但已经到嘴边的"分手"一词却被静子制住了。不光是言语，从她凝视着铁男的眼神中也能看出，这绝非寻常的示威。

从牧子嘴中听闻事实真相，知道自己只是被利用后，铁男深感这个叫静子的中年女人实在恶毒。如果把两千万存款退回去就能了事的话，他一定会立刻退还。

但已经太迟了。静子靠着两千万现金，不单钳住了铁男的身体，就连他的未来也牢牢握在手中……

"难道就没办法了吗？"铁男这句话一半是在自言自语。

"是啊，没办法了。"

牧子伸出小指，指甲顶在铁男的胸口。只有这个指甲上涂了红色指甲油。红指甲在铁男的皮肤上游走，好像在写什么字。

"只有一条出路……"牧子添了一句，又注视着铁男。

她长长的睫毛投下阴影，眼中闪出暗暗的光芒。

红指甲又一次像要刻入铁男胸膛似的，写下了"死"这一个字。

说自己差点儿被修平杀了，其实完全是撒谎。胸口上的伤痕是她自己一年前亲手握刀扎出来的。就在一年前，修平说出"想分手"的那个晚上。

握住刀的时候牧子是真的想死，并不是香取静子在一周前那样的演戏。但是，当她望着自己身体渗出的血，意识到这血与他人之血没什么不同时，她突然改了主意。此刻自己死去，只会让那两个人拍手称快。他们恐怕会为这愚蠢的三角关系得到清算而如释重负吧？为什么只有我成了牺牲品呢？一股近乎愤怒的情感涌上心头，她不顾一切地联系了认识的医生。

对修平她也谎称是在浴室脚滑受的伤。"你瞧我粗心吧？"牧子微笑着说。而修平听到这句谎言时，未曾意识到牧子带笑的眼神中暗藏着一个决心。没错，她是在那时下定决心的。从那时起，她就明白只有一个办法了。必须尝尽痛苦的是那两个人——将牧子年轻的身体糟蹋殆尽的老男人，还有名字看似娴静内心却无比冷酷残忍的女人。

对铁男说爱他也是谎言。今年夏天，牧子的内心实在空虚无比，就随便找了个男人排解寂寞罢了。铁男倒是挺认真的，可牧子一次都没产生过爱情。只不过有好几次听到"嫁给我吧"的时候，她想过也许能利用一下这个男人的爱情。模糊的构思有了确切的形状，还是因为两个月前偶然看到铁男和香取静子从酒店走出来。牧子当时惊诧不已，但很快就明白那是对方对自己的复仇。她给酒店前台塞了点钱，询问他们俩是从何时开始在酒店开房的，发现恰巧与信用调查所的人查探自己的生活的时间点一致。再有，也与铁男谈成一笔将近两千万的存款而大喜过望的时间相符。为了向牧子复仇而接近并玩弄年轻肉体的女人撩起凌乱的头发，露出心满意足的微笑，而一无所知的年轻男人冲她报以猥琐的微笑。

牧子一想到铁男的微笑，就决定把这个男人也卷进自己的计划中来，让他成为共犯。铁男的卑鄙与为一步登天而跟大自己十六岁的女人上床的自我宽恕精神，都成为了牧子的赌注。

这场赌局成了。

"有个简单的办法哦。"

听到牧子的话，铁男毫不犹豫地点头问道："什么办法？"铁男如此轻易就表示同意，着实让牧子很吃惊，但她转念一想，又记起方才提到静子这个名字时，铁男的眼神因痛苦而扭曲的模样。这个男人想必也对那中年妇女恨之入骨了，想分却分不了，要是有什么好办法，他甚至都能痛下杀手。没准儿他心里真是这么想的……

"什么办法？"

铁男又问了一遍，而牧子从里屋取来了一瓶葡萄酒。

"这是外国进口的高级红酒，东京也基本上买不着。他们俩……香取修平和他老婆，睡前都会喝这种葡萄酒。现在他们俩睡同一个被窝呢，我实在忍不下去，想着在葡萄酒里加点安眠药送过去。这是还傻乎乎爱着他的时候想的主意……"

"为什么呢？"

"哪怕一晚上也好，我真的希望他能把老婆给忘了。最后当然是没给他，不过安眠药倒是装进去了。换了新的软木塞和封印，恢复成原样，真是费了一番功夫呢……现在想起来觉得蠢透了。但这个应该能派上用场。"

"安眠药可喝不死人吧？"

牧子不置可否地笑了。

"他们俩会在十一点左右喝葡萄酒，然后进被窝。但是修平还会在被子里看书到两点左右，然后关掉暖炉的火再睡觉。他家卧室的暖炉跟我这房间的一样，都装着报警器。他说也有因为太粗心，忘关火就睡着的时候。如果喝了安眠药，大概就想不到要去关火，直接睡着了。所以只要让火熄了，就能伪装成意外或者自杀。"

"可要怎么办到呢……半夜偷偷潜入他家去关吗？"

"家里门窗都紧锁着，不行的。不过门锁着反而能消除他杀嫌疑……别担心，我不是说有种简单的办法吗？"

说到这里，牧子把很久以前就构思好的计划详细说给铁男听。

铁男一时失语，盯着牧子的眼睛听她讲完，才叹了口气。

"听着好像能成功，不过……"

"一定会成功的。"

话音刚落,牧子就抱紧铁男,把嘴唇送了过去。舌头触碰到铁男的舌头,牧子能感觉到,每一次触碰,他的舌头就会变得更烫一些。牧子想,如果铁男真的爱着自己,那他一定无法忽略这舌尖的触感,必定会回答"我明白了"。

"我明白了……"当牧子的嘴唇终于离开,三十一岁的银行职员才把这句话说出口。

沉默数秒之后,他又像工作要延长一样,用商务人士的语气补充了一句:"趁早办为好。明天晚上吧……我和那富太太约好明天四点在常去的酒店见面了……"

挂钟敲打了四下,修平把外门锁上,走出家门。今天的静子一如往常,一大早起来就叮叮当当地敲打刻刀,到了三点左右却急忙换了身衣服,说:"我出个门,可能会晚点回来。"连去哪儿都没说就走了。修平看着在走廊一路小跑开去的静子,发现背后印着黄玫瑰纹样的束带是从没见过的。也许是最近刚买的,泛出崭新的光泽。花朵般艳丽的色泽随着静子的背影摇晃着,渐渐离去。目送她走远的修平不禁想,静子说不定有别的男人了,可能还是个比她小的年轻男子。因为她最近出门的次数变多了,每次出去穿的和服花纹都不同,而且和服的配色与脸上的妆都一点点变得浓重起来。不过她有这么一个男人反倒更好。原本是两个女人和自己——两段岌岌可危、只能勉强维持均衡的关系,有了这个男人的存在反倒显得更安全了。修平思索着这些,又坐在檐廊上,像昨天一样盯着南天竹的红果子看。突然电话响了,是牧子打来的,她用疲惫的嗓音说:"昨天一点都没睡着,好像又失眠了。能不能替我去趟朋友家,照老样子给我带一周用的安眠药过来?"修平披上外套,在玄关正准备穿鞋时,发现鞋尖上沾着些飞溅的污泥，之前一直都没注意到。雨是几天前下的，这说明静子从下雨那天起就没擦过鞋。静子非常爱干净，就算修平不外出，每天早晨她也会仔仔细细把鞋都擦一遍。看着鞋面上已经风干的灰色污泥，修平心想，静子肯定是有男人了。不过关于此事，他并未更深也细想。

修平走到大路上，打了辆出租车，先去高中朋友经营的医院。他让车子在门口等着，配好平常用的药。朋友担心地说："还是别吃太多了。"这一年里已经来这儿配过五六次药了，修平谎称自己失眠。

继续坐车到公寓，按下门铃，牧子穿着睡袍就出来开门了。她头发散乱，眼睛充血，整张脸憔悴至极。修平将视线从她脸上移开，把药递给她。

牧子只泡了杯红茶就说："我吃完药就睡，今天你就先回吧。店里也得请两三天假了。"

看她急匆匆想上床躺着的模样，修平只好从卧室往外走，可她又像想起什么似的说："抱歉，能帮我瞧瞧暖炉吗？老是点不上火。"

修平把点火开关转了好几回，没发现有什么故障。

"是嘛，昨天我就没点上火……另外一只炉子没事吧？"牧子漫不经心地问。

修平立刻理解了"另外一只炉子"的意思。去年冬天，静子说卧室太冷，就买了只暖炉。因为能加装报警器，挺安全的，他就给牧子也买了一只同款的。修平对两边都没提过这事，但年纪轻轻就直觉敏锐的牧子曾在凝望着刚点着的蓝色火焰时小声嘟囔："你在荻洼的屋子里也买了一样的暖炉吧？卧室里点着一样的火吧？"直到今年冬天，修平每次给暖炉点火时都会想起这句话。

"嗯……"

修平搪塞一句就出了房间。关门的时候修平心想：牧子说暖炉出故障了，会不会是撒谎呢？牧子是不是只想确认另一只暖炉有没有坏掉呢？

车窗外闪动着六本木的夜景。驾驶席上，古桥的侧脸凸显在流淌着的霓虹灯光之上，看上去比平日更端正。这个年轻人也许真的爱上我了。今天在酒店时，他的动作是那么激烈，在餐厅时，他时不时流露出柔和的眼神。哪怕起初是冲着钱来的，可现在也许已经开始变作真的爱情……而自己也……

不——静子在心中否定了这个想法。我没有爱上这毛头小子，只是演戏，是对那小丫头的复仇——我只是有点醉了。只因为他今晚有点过分温柔了……

在某个街角，古桥忽然把车停了下来，就停在一家有名的进口杂货店门口。古桥从钱包里掏出两万，突然说道："有个叫'格兰佩桑'牌的葡萄酒，能帮我去买两瓶最贵的来吗？桃红酒，要包装纸，不用装盒，直接买回来就行了。"

静子心里嘀咕了一声，还是照他说的下车走进店里。

回到车里，把买来的东西交给古桥，他戴着手套握住酒瓶，对着淡粉色的瓶中液体打量了许久。

"买这个是什么意思……"

"没什么意思。"

古桥把两瓶酒装进手提包，发动了汽车。古桥买了夫妻俩每晚上床前都要喝的红酒，静子觉得这不是纯粹的巧合。但见古桥闹别扭似的一言不发，侧脸上甚至透出几分恼怒的模样，静子也没能开口问，只是静静地听着车载收音机中播放的浪漫歌曲。

"就在这里放我下来吧。"

在靠近自宅的阴暗处,静子让古桥把车停下。古桥向后座探出身子,在黑暗中摸索了一会儿,掏出了一瓶葡萄酒。他把酒瓶塞进正要下车的静子手中,让她握紧。

"从今晚开始,和您先生喝这个吧。"

"你怎么知道……我们每天晚上都喝这种酒……"

"您先生的笔名是叫'相模一郎'吧?我记得在周刊杂志上看他写过就寝之前会一起喝这个,还说味道非常好,一个人睡的时候品不出滋味……"

"是嘛……他还写这种东西呢……我从来没读过他写的东西,完全不知道。"

所以呢?静子用眼神发问。

"从今天晚上开始喝这瓶吧,之前剩下的都扔掉……我想让你喝用我的钱买的酒。如果喝完了,就再联系我,我来买。"

"为什么?"

"从今晚开始,我在睡前也会喝一样的红酒。希望你喝的时候想的不是和丈夫一起,而是和我在一起。"

黑暗中,青年的双眼闪闪发光,光芒中藏着怒意。你是在吃醋吗?静子差点儿脱口而出,又把话咽下去了。他是在对着从未谋面的修平吃醋呢——他从睡前同饮一杯红酒的行为中感受到了超越性爱的激情。他果然逐渐爱上我了。静子胸中涌出一股难以言喻的快感,嘴角浮现出一抹微笑。行啊,从今晚开始就喝这瓶了,跟你一起喝。但这不是为了你,只是为了报复修平……

"行啊,我答应你。"

静子说完下了车,隔着车窗摆摆手,送去微笑,在回家的坡道一路小跑下去。

围墙上的门像是把冬夜锁在了家中，静子停下了推门的手，把手绕向后颈。

但不是为了整理脑后的头发，而是故意弄乱了一些……

开门前，铁男脱下手套看了看手表。八点二十七分，几乎准点，秒针精准的移动让铁男倍感安心。

牧子在客厅里梳着乱糟糟的头发，等待铁男回来。她面前摆着两瓶葡萄酒，昭示着一切进展顺利。铁男在车中对静子说的话当然全都是计划好的，从昨晚到今晨，铁男与牧子两人在床上细细斟酌好了台词。递给静子的酒瓶早就装在后座的包中，是掺了安眠药的那瓶，给她的时候趁暗掉包了。

牧子说她那边也很顺利，还给铁男看了安眠药包。总共有七包，和给静子那瓶酒里装的药量相同。

铁男让香取静子去买了红酒，而牧子让她丈夫去取了药，这样一来，就算警方事后调查，也只会发现红酒和药都是本人获取的，死亡就会被归结为自杀或者意外。杂货店的店员会记住静子买高价红酒时连包装都不要，而那位医生也会作证说修平今天傍晚来取药了……

"你肯定是把装了药的那瓶给她了吧？"

"没问题，绝对没错。"

牧子点头道："剩下要赌的就只有一件事了。"也许是真的太过紧张，她的微笑有些僵硬，长睫毛下的瞳仁也显得有些黯淡。

"不过现在还来得及收手。"

"不……"铁男带点不悦地打住了牧子的话。

走到这一步，就不可能中止。只要是决定好的事，铁男就绝不允许计划被打乱。现在他的脑海里就只有按照昨晚制定的时间表来行动。铁男没再多说话，只是频繁地看手表，冷静得连他自己都不敢相信。但即便如此，他还是会时不时地怀疑秒针的嘀嗒声出了错，内心被无来由的不安所侵蚀。自从在银行工作以来，他已与秒针的嘀嗒声共生了好几年。只有秒针般的精准，才是铁男所认可的正确的人生。

手表指针指向十点整时，铁男站起身走出了房间。关门的时候，牧子无言地给了他一个眼神，并微微点头。

把车子停到犯罪现场附近十分危险，所以铁男乘坐了国营电车。十点四十二分，他走出电车，沿着不久前刚驾车经过的马路走了十四分钟后，到达了大宅门前。

冬夜，四下一片漆黑，只有屋子左侧的卧室窗口亮着灯。铁男在香取修平外出的时候进过这宅子好几次，对屋子里的结构很熟悉。看着宅子里毫无生活迹象，只有那厚窗帘透出微弱的灯光，铁男甚至觉得里面的两个人已经死了。

三分钟后，窗帘后的灯光灭了，只有看似是台灯的位置还有一点昏黄的亮光。是香取修平上床读书换成了台灯呢，还是要和老婆云雨一番？不论答案如何，只要在进被窝之前喝过那瓶葡萄酒，五分钟后他们一定会坠入梦乡。

铁男等了十五分钟，绕到后门，翻过低矮的石围墙，来到昏暗的院子里。他靠近厨房的凸窗处，从口袋里掏出小手电筒，点亮。淡淡的灯光驱走一层阴暗，照亮了凸窗下方从墙壁通到地面的细铁管。铁管中间有个方形的突起处，那是煤气的总开关。

铁男又从口袋里掏出一把扳手，把总开关彻底拧紧了。这么一来，送进大宅里的煤气就停了。隔了一小会儿，铁男又将开关松开。

这两个小小的动作，会先让家中燃烧着的火焰熄灭，接着又开始释放出危险的煤气。如果今晚那卧室里的炉子烧着,而修平没关火就直接睡着,那么半小时后报警器就会响起。可是不论是香取修平还是他妻子,恐怕都听不见那响声——铁男当然明白这是场赌博,不到天亮就不会知道结果。如果今晚卧室中没有点上暖炉的话;如果静子没有信守约定,他们俩没有喝下那瓶葡萄酒的话……

不过反过来说,如果成功的话,牧子和自己都能重获自由。有放手一搏的价值。况且就算失败,静子来质问为什么给我一瓶装着安眠药的葡萄酒,也能借牧子的话来辩解。"哪怕一晚上也好,我真的希望您能忘记丈夫的身体。"

手表上的夜光指针指向十一点二十二分,比预计的时刻还要早七分钟。铁男像是照着脑袋里的时刻表调整行动一样,慢吞吞地翻过围墙,不紧不慢地沿着昏暗的夜路走到了车站。

回到牧子的公寓是十二点二十分。

坐在卧室床上的牧子正把酒杯送往唇边的手停住了,酒杯的光芒映在她的瞳孔中,而她则注视着铁男。

"成了。"

铁男说完,牧子没应声,只是往酒杯里注入葡萄酒,递给铁男。

"刚刚把总开关松开了……"

听到这句话,牧子将自己的酒杯碰在铁男的酒杯上,露出微笑。干杯时清脆的响声伴着微笑在房间中回响。

铁男一口气饮下粉红色的酒液。酒液飘散出甘甜的香气,顺着喉咙滑落,在胃的深处点燃了炽热的火焰。被那火焰所驱使,铁男将牧子的身体推倒在床,忘乎所以地将他因寒冷而发青的嘴唇贴到牧子的肌肤上。牧子的肌肤冰凉无比,可激烈的欲望贯穿了铁男的全身，让他根本顾不上这些了。

"一定能成功的……"牧子的双唇中发出声音。

"当然了……"铁男应道。

结果不到天亮是不会揭晓的。如果顺利的话，此刻那间卧室里的两人正一步步走向死亡。但铁男此刻什么都不愿去想，他只想沉溺在这个女人的温柔乡中。他只想将如苦痛般熊熊燃烧的欲望之火，彻底倾泻在这个女人身上。

"到了明天，就成两具尸体了。这样一来警方肯定不会判断为意外或者自杀，而会认为是他杀吧。"

"他杀？"

"只要一调查，警方就能很简单地搞清楚我们四人的关系。而且他们肯定会这么想：他们两个人认为另两个人很碍事，所以痛下杀手。"

铁男缓缓将嘴唇从牧子的肌肤上移开。牧子的话语传达到意识还需要一段时间。不，尽管他清楚听见了牧子所说的话，却无法理解话中的含义。

"你在说什么？"

牧子试着冲趴在自己身上的铁男挤出一个微笑，然而眼泪却取代微笑充满了眼眶。一转眼，大颗泪珠就顺着脸颊滑落下来。牧子的脸因伤心而扭曲。这女人忽然泪流满面的容颜，在铁男看来仿佛是初次谋面的陌生人。

"因为要死的是我们……"牧子低语道。

她的声音是冰凉的。

"你给香取静子的那瓶酒没装药，装了安眠药的是桌上的那瓶。就在你回来之前我放进去的……"

铁男掀翻了桌子，不，他只是想要去掀翻。因为下一个瞬间，他的脑袋就像被什么东西按住了一样向下垂去。他想着还要再抱住牧子一回，可睡意已经像浊流一样开始吞噬意识。他想要叫喊，嘴唇却纹丝不动，只有耳朵里残余的一点意识勉强接收到了牧子的声音。

"明天早晨，如果我们的尸体被人发现，警方肯定会逮捕他们俩的。警方会认为这瓶葡萄酒里的药物是他们俩亲手放入的……我实在没办法原谅他们。他们俩一直把我当作碎纸屑一样摧残到了今天。"

不经意间，秒针的声音变得尖锐起来，在听觉被黑暗吞噬前，铁男听到了牧子的最后一句话。

"修平的妻子，明明是我……"

这就是牧子向丈夫和情人实施的复仇。也是一年前的冬日夜晚，牧子盯着从胸膛流出的鲜血时断了自杀念头的原因。就算自己死了，也只会让他们两个更快活——想到这里，牧子的心态就变了。想死随时都能死，哪天死都无所谓，但死时一定要报复他们俩，要把他们俩彻底葬送，牧子下定了决心。两个月前，看到那个女人和古桥铁男一同走出酒店时，牧子就觉得离这一天不远了。那个女人不仅从我身边夺走了修平，还贪得无厌，想把古桥铁男也夺走。只因为我是修平的妻子就憎恨我，想把我的一切都夺走——牧子怒不可遏，甚至想当场就把静子杀了。但她唯独不想让自己成为加害者。杀一个人很简单，但是弄脏了自己的手之后，不论用怎样的言语来控诉至今所受的苦痛，这个社会也还是不会认同杀人犯，而是对受害者施以同情。自己要成为受害者，弄脏他们俩的手才对。更何况受害者本就是自己，只是所有人都反过来嗤之以鼻地说："这就是小牧你不对了，为什么非得缠着那种人啊？拿一笔赔偿金赶紧离婚吧。"她们一点也不理解牧子的苦楚。明明真正的加害者是他们俩，而自己只是受害者。牧子很想让所有人知道，三人在直至今日的几年里的真正关系为何，想让世人知道他们俩是加害者而自己是受害者。这或许也是让牧子下定决心引发这次事件的根本原因。只有以杀人案的形式把时至今日的真正关系展露给别人看，他们才能幡然醒悟。这样才能让别人理解他们俩真正的可怕之处，理解自己遭遇了何等凄惨的境遇。

事实上，最近几年里，他们俩玩弄和伤害牧子的残忍程度早已超越了死亡。

六年前，牧子与初次来店的中年客人发生了关系并结婚了。提结婚的人是男方，那男人说"还是第一次考虑结婚"。在庞大财产庇护下自在生活的他，说遇到牧子之前曾以为年纪一把还结婚，只是给自己找麻烦。他买了套公寓，与牧子开始了新婚生活。他说荻洼的老宅子太大了，怕年轻的牧子不喜欢，可以卖掉。牧子起初觉得很幸福，不论旁人说些什么，她都爱着这个父亲似的丈夫，而丈夫对牧子也很温柔。但幸福只持续了半年，转眼间丈夫就意识到了这场婚姻的失败之处。相比丈夫的年龄来说，牧子太年轻了。他认为一起生活的内人过于年轻，还是应该找个年纪相仿的女人。果不其然，丈夫与大自己一岁的亡友遗孀发生了关系，还把那个女人养在了荻洼的大宅子里。这么过了半年，结婚满一年的时候，立场竟完全倒转过来。丈夫直接住到了那个女人所在的宅子里，只有想起来的时候才来找牧子，按响本应是婚姻生活归属之所的门铃。

香取静子的一举一动都仿佛她才是修平正妻的模样。她向邻居介绍说修平是自己的丈夫，还把修平唤作香取修平。她开始对修平的财产管理指手画脚，对修平与年轻妻子间的关系下各种命令。"她不肯离婚只是冲着你的钱。""不肯辞掉店里的工作只是为了享受男人的追捧吧？真不懂最近的年轻女孩都在想些什么。"这样的话劈头盖脸地抛向修平。香取静子还做出一副自己才是受害者的模样，她假装是发自内心爱着修平，还假装痛苦得要自杀。牧子的确只是个年轻姑娘，面对年龄够当母亲的女人时，在战斗中自然会落下风。牧子在这场无谓的战争上整整耗费了四年，而四年后，丈夫终于说出了那句话——"分手吧，我给你一千万"。

那个女人终究伸手想夺走牧子唯一的武器——妻子的身份了。真正冲着修平的财产去的肯定是那个女人，修平被那女人的假面具所骗还不自知。不仅仅是修平，连古桥铁男也信了那女人的谎话，以为她才是修平的妻子。这也是没办法的事，牧子在夜总会工作，而获洼的宅子比她的公寓宽敞多了。香取静子在那宽敞的大宅子里死死霸占住一席之地，几乎完全将修平二十四小时的生活捏在了掌心——没错，她才是加害者。

牧子将俯身倒在床上、深深陷入睡眠的铁男翻了个身。牧子即将豁出性命去完成一场犯罪，而她的共犯正露出一副假正经的商业精英表情酣睡着。这个男人或许真的爱着自己，但牧子对他却没有丝毫爱慕之情。只不过两个月前知晓他与静子的关系时，觉得如果能和他死在一起，说不定可以让静子的罪过更重一些。一个能把人生用金钱来衡量的银行职员与牧子之间，除了同样年轻以外就没别的共通点了。牧子一度曾想过，假如把计划告诉这个爱着自己的男人，他也许会愿意共同赴死，但最终还是决定让他彻底蒙在鼓里。他也许愿意牺牲他人的性命，但绝不是敢牺牲自己性命的男人。不过让一个毫无罪过的男人跟着陪葬，也实在有些残忍。

于是乎，为了这一点，牧子指使铁男在今天晚上进行了一场虚构的犯罪。修平和静子都不是那种会不关炉子就上床的草率之人，但刚好能借此试探一下铁男的本性。牧子觉得，假如铁男是个胆敢犯下杀人之罪的恶人，那么让他陪葬也心安了。果然，铁男毫不犹豫地同意了杀人计划，并愿意亲自执行。拧两下煤气开关并没有实质意义，但这一行动证明了铁男是个不折不扣的恶徒。

"成了。"铁男回到房间，面无表情地说出这句话时，牧子心中对送他上路的内疚也完全消失了。

牧子等待最后一滴泪风干，伸手拿起电话机。她拨了银座店里的号码，让老板娘接电话。牧子只对老板娘毫无保留地讲述过四人之间的关系。

她故意用欢脱的语气说："抱歉啊，老板娘，今天我没去店里，其实是因为前天和老公大吵了一架，他放狠话说要杀了我，我挺受打击的，就在床上躺了一天。不过晚上九点时老公来找我道歉了。刚喝了老公拿来的葡萄酒，准备一起睡觉呢。不，不是和老公，是和铁男啦。说件有意思的事，铁男跟那女人也大吵了一架呢。她说想和铁男分手，可铁男还不愿意呢——很好笑吧？我和铁男还真是同病相怜啊，在他们俩眼里都是碍事鬼。不过碍事鬼之间暂且还算是和睦相处……好，我明天肯定去店里。到时候再细说。"

牧子挂了电话，去浴室洗了把脸，擦干泪痕，接着喝下了葡萄酒。粉红色的酒液很快便渗透全身，但刺骨的凉意一点都没变。

牧子用衬裙的下摆当作手帕，隔着布转动暖炉的开关，不带火焰的煤气喷了出来。傍晚时编了个借口让修平在开关上留下了指纹，这些指纹和打给老板娘的电话，一定能把他们俩彻底逼入绝境。警方一定会认为丈夫在送来葡萄酒并离开之后，半夜又回来操作了暖炉的开关。修平在这个房间是出入自由的，因为这个屋子才是修平真正的家。

这样就行了，一切都结束了，这几年来受的一切苦痛都结束了……终于能战胜那个四十七岁的女人了……

牧子爬上床，放下精疲力竭的身体，躺在看似已经死去的男人身旁。

天花板上的灯比平日里更耀眼。

在黑暗降临之前，牧子主动闭上了眼睛。

替身 ────

1

三点四十六分,光号①一分钟都不差地驶出新大阪站的站台。

会在三小时又十分钟后——六点五十六分到达东京。

尽管已经在站台挂钟上确认是准点发车,我还是又看了一次手表。秒针已经向着下一分钟滑动了好几秒。

计划完全按照时刻表开始运转了。我松了一口气,同时又略微感到忐忑。也许我的内心还在期盼着新干线在某处发生延迟,让计划彻底泡汤。车窗外的景色仿佛在衬托我的忐忑,大阪的街景铺陈在下方,而天空中满是黄昏时分的那种暗云。我深吸了一口烟,想把胸中的忐忑连同烟气一同吐出去——没什么好担心的,计划是完美的。过去不也是这样吗?我在演艺圈连最危险的坎都迈过去了,所有赌局都赢了,这一次是不可能失手的。

新干线最后几节的自由席车厢里只有零散几个乘客,这样就不必担心有人认出我了。不,就算挤满了人,也不会有谁注意到身穿破烂工作服、蹲在一边的男人,会是在电影和电视上大出风头的热门演员支仓竣的。谁会想到呢?每周五黄金时间出现在电视上、身穿进口西装、伸出长腿踢飞恶棍、用低沉甜美的嗓音告别成群的美女并留下冷酷背影的支仓竣,居然会穿着一身流浪汉的衣服坐在自由席的一角。更别说两个月前才在电视访谈节目中与妻子大秀恩爱、纪念结婚十周年的那个支仓竣,居然会为了杀

---

① "光号"是指在日本东海道新干线和山阳新干线行驶的特快列车班次。

害妻子而返回东京。况且我还用比平时戴的颜色更深的墨镜将支仓竣最标志性的特征——如野兽般危险、又如少年般天真的灰色眼眸——隐藏了起来。

女售货员走进车厢，我还记得这姑娘的卷发和脸颊上的大黑痣。半个月前，乘坐同一辆光号回东京的时候，这姑娘还让我在手帕上签名呢。将手帕还给她时，我说着对女人不感兴趣，并在嘴角处流露出一抹虚无缥缈的微笑，如今那一幕一定还深深烙在这姑娘的心中。她与半个月前判若两人，胡乱塞给我一罐啤酒，满不在乎地走过我身旁。我只能用啤酒的苦涩将差点儿笑出声的冲动从喉咙口咽回去。半个月前身穿白西装坐在绿色车厢①的男人和此时买啤酒的男人居然是同一个人，谅这姑娘也不可能相信。连我也不信。半个月前坐在绿色车厢里被周遭的视线盯得浑身不自在而只好眺望窗外景色的我，也未曾想到自己会为杀死妻子而坐上同一辆新干线列车。

短短半个月里，一切都变了。全都是因为那个男人的出现，有着和我相同容貌的男人。车窗外的云层显得更低了，黄昏时分般黯淡的窗户上映出了我的脸，我不愉快地拉上了窗帘。虽然心里还在纠结那个男人的事……但已经不必再担心了，他说到底也不过是想要钱。今天晚上他依然会为了两百万现金，在大阪完美地演绎我交给他的角色。说白了，他就是个为了钱什么都肯做的人。况且他既然收了钱，就成了我的共犯……什么都不必担心……还是稍微睡一会儿吧，真的什么都不必担心，一切都会进展顺利的……

可是闭上眼睛，就会立刻浮现出他的脸庞。他的脸……人气

---

① 类似商务车厢。

王支仓竣的脸，我的脸……刚才我在大阪的酒店里给他预付了一半的钱款，一百万。我和他之间完全只是生意上的关系而已，可为什么我还是对他的存在如此纠结呢？为什么……他只是和我长了同一张脸，仅此而已，那为什么呢……

2

收到洛杉矶的凯莉夫人寄来的有关那个男人的信是在三个月前，今年春天快结束时。凯莉夫人是我结婚次年出演一部日美合作战争片而住在美国时，照顾了我将近半年起居的年轻寡妇。妻子撩子在那段时间来洛杉矶玩了两三次，跟凯莉夫人相处得很融洽，之后每年都要通两三封信。

——今年四月份我遇到了一个经常进出爵士音乐房的客人，长得和阿竣你一模一样。我上去搭话，才发现不是你，但就连发现我认错人后的反应都和你一样。我简直要产生错觉了。因为那次搭话，我们有了些来往。其实他最近正打算回日本，想在日本随便找份工作做做。他离开日本很多年了，无亲无故的，我很担心他能不能找到工作。所以我就得拜托你了，能不能帮他随便找一份工作呢？他想在美国永住，可是办手续需要一大笔钱。他在美国是赚不到那么多的，所以说得先回日本一阵子。

信是用她那台破打字机打的。

"外国人看我们东洋人的脸感觉都是一样的，其实肯定没那么像吧。"我和凯莉夫人睡过好几次，她至少应该认识我脸上的几条皱纹，但我还是对老婆这么说。不过全情投入阅读信件的妻子根本没把我说的话听进去，立即就回信了。当时，我们夫妻俩因为某个原因，正在寻找一个和我长相酷似的人。

凯莉夫人很快又来信道谢。

"听说刚好有不错的工作，他很高兴。我让他一回国就跟你的事务所联系。"

光看信上写的，仿佛他立刻就要从洛杉矶飞来，实际上隔了一个半月都没一点消息。我不像妻子那么关注这件事，很快就忘了，可她却不肯死心，从今年开春起就往我借口出外景时住的酒店打过好几次电话，问那个男人有没有联系过。之后她还往洛杉矶寄了两封信，但凯莉夫人好像没回信。

"不如放弃另找一个吧。"妻子最终还是说出了这句话。可正在那时候——准确地说是从现在往前数十三天前，那个男人突然出现在了我的面前。

恰巧是傍晚时分，事务所的其他人都外出办事了。一阵粗暴的敲门声之后，我打开了门。一个体格魁梧，足以把门框都填满的男人站在我面前。我立刻就想起他是谁了。我掩住嘴巴，盯着他的脸细细打量一番。他向我递来凯莉夫人写的介绍信。日本已经入夏，他却穿着厚重又脏兮兮的夹克衫，仿佛衣缝中还残留着西部干燥的沙尘。

起初，我只是和他进行了大约十五分钟、类似面试的事务性对话。

他自称高津伸也。从大学退学之后，在新宿的爵士咖啡厅当过一阵子乐手。之后为了系统学习爵士乐而前往美国，从西海岸爵士开始学起，两年左右之后飞去了纽约，但还是没什么起色。于是兜兜转转，两年前再次回到了位于西海岸的洛杉矶。接着在今年春天邂逅了凯莉夫人。

墙上贴着我的海报，他恰巧就坐在海报的正下方。那幅海报是近十年前拍的日美合作战争片在日本宣传时用的，我的脸是最大的。头戴军帽，一脸忧郁地望着天空，又蓄着络腮胡，我最喜欢这副扮相了。他仿佛在模仿照片中的我一样，脸庞微微侧转。确实很像。他的下巴比我要窄一些，鼻梁没我端正，但眼睛可以说是惊人的相似。我的眼睛充满个性魅力，几乎决定了我整张脸的风格。正因为眼睛像，所以他给人的感觉像极了我。他不像我那么勤于锻炼，长了一身赘肉，但体格近乎相同。要说和我不同的地方，就是他笨重得像头牛。我本以为是因为在外国住久了，但听说他出身于T县的山麓地区，或许是与生俱来的。他身上透出一股乡土气息，傻不愣登的，没什么表情。

其实这头一次碰面，我的视线只在他的眼睛上停留了几秒，大部分时间都用来捕捉交谈中感受到的细枝末节的印象了。他的嗓音比我更低沉，说起话来像是慢速播放的磁带一样，右脚尖会在对话过程中以一定的节奏敲打地板。

那似乎是他的习惯。只有两个拍子的单调又执拗的响声，让我的耳朵苦不堪言。

他没有主动提起任何事。纹丝不动的眼珠和厚重的嘴唇掩盖住了一切表情，他甚至没问是什么工作。而我也只是随便扯了个谎，说从秋天起要拍一部电影，想找个替身演员。毕竟我的真实目的并不是初次见面就能聊的话题。

不过，当我问完话想站起来的时候，他像是突然想起了什么，问道："为什么您给凯莉夫人的信里，连我的血型都要问？"

我搪塞说可以通过血型来了解性格，又添了句"明天再联系"，把给他订的酒店名告诉了他。我需要尽快把他支走。

可他一点站起来的意思都没有，苍白的面孔迷离地冲着半空。我觉得有点发毛，就说现在有点事，先请回吧。隔了几秒钟，他终于站起来准备离开，中途却又折返回来。他面无表情，大脸凑到我鼻尖处。

我条件反射地向后退了一步。

"能给我签个名吗？"他唐突地说。

我松了一口气，在手帕上签了名递给他。我的签名和普通明星不一样，龙飞凤舞的。几年前，撩子特别沉迷笔迹占卜之类的玩意儿，还请专家给我写了一个。不过那粗野又草率的笔迹让我觉得很中意，之后就用它当签名了。他接过签名，一点满意的神情都没流露出，匆匆把手帕塞进口袋就走了出去，连声招呼都不打。这男人挺不讨人喜欢的，但终究是个对名人低三下四的乡巴佬。在美国过了几年自由的日子，把待人接物那一套都忘光了吧。

要是事务所的人回来就不方便聊这个了，我赶紧给撩子打了个电话。我只告诉她，那男人比预想的更像我。光从电话里的声音就能听出撩子很高兴。

"条件也完全符合。无亲无故的，只要赚到钱就会立刻回美国，再也不回来了，对吧？他想要多少钱？"

"两百万。"

"那算是市场价吗？"

她的口吻像是在谈生意，叮嘱我赶紧把这事谈妥，接着挂了电话。我刚把听筒放回去，就不禁用手掩住了嘴巴，就像最初见到那男人时一样。

有什么东西缓缓地涌到了喉咙口。

我第一眼看到他那张脸的时候，感觉到的便是一阵作呕。

* * *

接下来的四天里，我每个晚上都会把他叫去酒吧喝酒。我是想用酒麻痹他，从他嘴里套出话来，挑的都是些避人耳目、开在旅馆底下的闲散小店。我给了他一副墨镜，遮住眼睛之后，络腮胡浓密的下巴与满头乱发就让他变成了另一个人。他还挺爱酒的，喝了也不失态，和起初的态度没什么两样。

我给他讲了不少电影界内幕，还假装很想听他聊聊美国和爵士乐的话题，可他依然像嫌麻烦一样不肯多说一句，始终寡言少语。面对我的提问，他甚至会一声都不吭。

就算他对我的知名度和号召力没兴趣，也至少该对一张酷似自己的脸表示出一点关注啊。可他都没怎么正眼看过我。

即便如此，墨镜下的那双眼睛还是时不时地停留在我的浪琴表、镶钻领带夹和皮尔卡丹的领带上。这些我都默默记住了，看来对钱他还是有充分的欲望的。他也不问工作的内容，只是一个劲儿地问："工作什么时候开始？""有多少报酬？""除了这份工作还有什么好门路？"从他嘴里主动冒出来的也就这些了。

不过，在第三天晚上，他频繁地盯着我的脸看了好一会儿。

"有那么像吗？"我问。

"——嗯？"

"你那样死死盯着我，肯定是因为长得太像了，心里觉得很古怪吧？"

"没有啊，怎么看都觉得不太像，所以才觉得怪嘛。"从第二天晚上开始，他就总说些没头没脑的话，"真的很像吗？在美国也从来没人说过啊。你的脸在美国也很吃香吧？后来我照了好多次镜子，都不觉得像。"

"光看镜子是没用的。我在银幕上第一次看到自己的脸时，也觉得是另一个人呢。镜子里是左右相反的，照不出真的脸来。我们的脸肯定变得更严重。八成是因为左右两边区别太大了……"

我打趣地笑了。可对方只是支吾了一声，注意力早被刚进来的女顾客吸引，两只眼睛藏在墨镜后面，用露骨的视线从腰舔舐到腿。

他只对女人和钱感兴趣，这反倒方便了我，但这副爱理不理的德性让我很难抛出话题。撩子每天晚上都会打来电话询问进展如何。

第五天晚上，我终于下定决心，打算把能说的姑且先说出来。那天我外出的时候，撩子接连打来了三次电话。而且那天晚上，他的心情显得莫名愉快。尽管还是那副冷漠的样子，但至少第一次往我的空杯子里斟了酒。

"你和凯莉夫人睡过吗？"我从这里开始丢出话茬。

昔日爱着我的凯莉，一定从这个男人的脸上看见了我，而他也不可能放过凯莉那般的美女。

"她借我房间住了。"他的回答中不带一丝造作。

"回国之后跟日本女人睡过吗？"

"没有……"

"那想不想跟美女上床啊？算是笔生意，由我出钱。"

他并没有表现出多大的兴致，侧过脸，吐出一口烟。

"你很想要钱吧？"

"夫妻俩一唱一和可真有意思。你太太也这么对我说，还问我是不是要钱呢。"

"嗯？"

"今天早晨,我被你太太叫出去了,在咖啡厅见了面。"

"撩子叫你去的?"

"她说你太磨蹭,等不及了。又说'付钱让你睡个美女,又不会有什么损失'。"

撩子下午给我打电话一定是想说这个,想来也是,现在的撩子很可能会作出这种冒进的行动。

"那你……觉得如何呢?"

"光从样貌上看,的确够漂亮的,和她睡倒是挺不错……"

"我问的是交易。"

"没理由拒绝吧?我回日本就是为了赚钱——不过你们这活计可真够怪的啊。"

我无话可答。撩子想出来的这场交易,我比任何人都觉得古怪又令人不快,没觉得古怪的恐怕只有撩子了。他干脆地接受了交易,暂且算是皆大欢喜,但我宁可被他拒绝呢。话又说回来,撩子越过我擅自和这男人谈判,这件事也让我心里很是别扭。

"脚上的声音能给我停一下吗?"我有点生气了。

那天晚上,他的脚尖也一如既往地单调地敲打着地板。

3

"离婚"这件事是妻子撩子在今年刚开始没几天时提出的,当时我只是不耐烦地说了声"好啊"。自从我们的独生子辰也在去年一场交通事故中丧生,我们就失去了维系夫妻关系的最后一个理由。如果没生孩子,我们肯定早离了。我和撩子的关系从十年前结婚的第一天就宣告失败了。

我和撩子是在A县湖畔的一家酒店认识的。我为了拍电影住在那家酒店里，而撩子则是跟大学同学组了一个富家千金旅行团，在一场奢侈又无聊的旅行途中。在露台餐厅里，她们来找我要签名。当时，我第一次主演的动作片票房大热，正是我人气的顶峰。全日本的女人都对我的荧屏形象狂热无比，我身边总是聚集着一大群年轻姑娘，互相争抢着要签名。

那群富家千金也想让我在手帕或者衬衣上签名，但很不巧，谁都没带笔。正为此头疼时，有个姑娘从包中取出一支口红，有点冒失地丢给了我。我用那支口红依次签完了名，最后向那个姑娘伸出了手。当然了，我想她一定也想要我的签名，可她只是轻蔑地看了一眼我伸出的手，立即不知趣地把脸歪向一边。尽管她的侧颜有一种冷艳的美，但我偏不信有女人能拒绝我伸出的手，于是我蠢兮兮地把手停在半空，就那么站着。

"她上个月刚失恋了。大家就是为了安慰她，才约出来一起旅行的。就算今天有支仓先生在，也入不了她的法眼啦。"一个姑娘说道。

那闹别扭的姑娘依然侧着脸没动。她的眼睛望着我之外的男人。屈辱与愤怒在我的胸中翻滚，可我还是若无其事地蹲下来，把口红递还给她。在桌子下面，我碰到了她的手。她一瞬间惊慌地直视了我一眼，而我则立刻转身走了出去，手上依然握着口红——我没有把口红还给她。

以还口红为借口，我半夜里造访了她的房间。她没拒绝，自己脱下了衣服。但即便是在做爱的时候，撩子依然如此前那样侧着脸，视线躲开我。赤身裸体的她仍戴着耳坠，耳坠上的小玻璃珠如同一串葡萄，随着我的爱抚而摇晃，发出清冷的响声。

两个月后我们结婚了。结婚后，我的人气并未如预想的那样波动。电影业走下坡路之后，我立马创建了独立制作公司，在摩天高楼中占据一席之地，有了个事务所。我在电视行业找到了出路，转眼成了占领客厅的男主角。十年来，事业上的成功一直被我攥在掌心。

唯一失败的就是婚姻生活了。撩子是汽车领域巨头高层的独生女，或许是因为从小在钱堆里长大，性格中有骄横的一面，以自我为中心，不把任何人放在眼里。不管面对谁，她总是戴着一副高贵冷艳的面具，独自活在高傲的城堡里。刚开始，我以为她不愿敞开心扉是因为还舍不得那个让她失恋的男人，后来才发现不仅对我这样，她对所有人都很冷漠。人人都赞颂撩子的美貌，提起她的性格就纷纷闭嘴。

我很快就想和她分手了。但结婚第二年时，辰也出生了，我们姑且算是有了一个家庭的模样。

撩子对辰也很溺爱。她那投入的劲儿，仿佛将无法对他人表达的热情全都重重压在了辰也小小的身躯上。因为她凡事过于盲目，我提醒过好几次，可她毫不理会地说："我就是这么长大的。"不过，撩子把所有心思都倾注在辰也身上，我倒是能自由地出去玩，也睡过不少女人。等到辰也懂事的时候，我们早已不再同床共枕。她那样无情地拒绝了我，拒绝了大明星支仓竣，我就要让她不服也得服。我是纯粹出于傲慢的占有欲而娶她为妻的。结婚之后，撩子当然也曾回应过我的爱抚，甚至有时还带着意想不到的欲火主动对我发起攻势。可与撩子共度的夜晚终究让我痛苦不堪，我的耳畔总能听见第一晚那耳坠发出的清冷响声。

简而言之，我们就是社会上所谓"夫妻关系靠小孩维系"的典型。所以在去年，刚满七岁的辰也因为一场意外而离去的那一刻，我们的家庭也破碎了。

"我想离婚了。""好啊。"他人听来如同玩笑一样的对话，对我们来说就是最终的诀别了。我们夫妻俩十年里没一件事是相互理解的，可一提到"离婚"这个词语，顿时达成了共识。

但是撩子给离婚加了一个意想不到的条件。她说想在分开前要个孩子，怀上孩子就立刻离婚。我目瞪口呆，无话可说。为了离婚还得生个孩子，简直超出了常识，更何况撩子早就知道我这身体是没法生孩子的。撩子或许是挺容易怀孕的体质，在辰也之前她堕胎过一次，流产过一次，也就是在将近一年半的时间里怀孕了三次。可她说孩子要一个就好，一生下辰也就劝我去接受了特殊手术。

"想要我的孩子？难道你对我还有爱情？"

"不是的，我只是还想要一个辰也。我想再一次抱着辰也啊。真是不走运，辰也长得跟你很像，那当然只能生一个你的孩子了——然后啊，我打算这就上街找找有没有像你的男人。"

"考虑到孩子的将来，至少得要个名分。只要你肯给我们母子俩名分，我立刻就跟你离婚，也不要补偿金和抚养费。"撩子又补充说。我内心很惊诧，但是想起撩子在失去辰也时那惊惶无措的样子，倒也觉得情有可原，不算太出格。这几年来，撩子都靠着母性的支撑过活，而辰也的死进一步扭曲了她对辰也的执着，让她内心燃起了熊熊烈火。她往各家孤儿院跑，寻找跟辰也相似的孩子，每晚都会在梦呓中呼唤辰也，几乎陷入了一种病态。为了找到辰也的替代品，她甚至没头没脑地搜寻起我的替代品。这也许是撩子最后拼死一搏的手段了。

"就算能找到像我的男人，他也不见得会接受这种异想天开的要求啊。"

"只要给够钱，谁都肯接受的。"

不知金钱得来不易的撩子坚信任何人都能用钱来驱动。

"如果生出来的是女孩，或者不像辰也，你又打算怎么办？"

"到时候再说。我明白这是场赌博，但为了再抱一次辰也，不管是什么赌局我都敢下注。"

撩子的语气中透出一股不容分说的气势，我没有再反驳，况且我有把柄被她抓在手上。去年秋天，我在赤坂的夜总会认识了一个叫衣绘的女人，很快就开始考虑跟她结婚的事了。我跟衣绘的关系撩子知道得一清二楚，或许是因为对我的爱情已经完全冷却，她连一句怨恨的话都没说过。既然离婚可以成全我和衣绘，那么我也理应尽可能地满足撩子的需求。不过对这件事，我怎么都认真不起来。我跟数不清的女人睡过，在演艺圈里，更加不自然的男女关系都只当家常便饭，可面对撩子这样把生孩子都当成纯粹交易的想法，我实在是跟不上节拍。撩子把我的无言当作默许，开始沉迷于自己的计划。她又是去明星模仿秀剧组打听，又是让信用调查所去寻找符合要求的男人。长得像我的男人出乎意料的多，但有的拖家带口，有的血型不同，怎么都找不到完全满足条件的人。辰也死后，撩子的神经的确有点不正常了。找不到合适的人选反而让她对这诡异的计划更执着。后来，她连想生一个辰也的替代品这最初的目的都忘了，只是对寻找我的替代品燃起了异于寻常的热情。

凯莉夫人的信来得正是时候，于是乎，一个陌生男人在我的人生中闪亮登场。他是完美符合撩子所说条件的男人。会发生如此偶然的事件，只能说撩子对辰也的执着终于连人的命运都推动了。

撩子应该没有把这些情况都告诉他，好像是说希望能找回从前一家三口其乐融融的生活。

"你们需要的条件我刚巧完全吻合，不是挺好的嘛。"

他说完，墨镜下的嘴巴歪了歪，笑了。我不由得转过脸去，因为他的微笑与支仓竣在荧幕上那冷酷孤独的微笑如出一辙。十年前，我在镜子前面反复斟酌出的微笑，他生来就自然会用。

"总之你先照着撩子的指示行动吧。虽说是一场交易，但身为丈夫的我在立场上还是挺尴尬的，你明白吧？这阵子我的工作也很忙……"我编了个借口，站起身来。

而他开口说："你要回银座的酒店的话，能不能让我搭个顺风车？"

"不，我们方向相反。"

我给他订了新宿的一家小酒店。

"你太太让我今晚就过去。还说从今天算起，一星期的时间刚刚好——她没告诉你吗？"

我吃惊地注视着他墨镜下的眼睛。再怎么说这也太心急了吧？对撩子来说，想尽快把这桩交易了结确实符合逻辑，但我还没来得及彻底相信撩子是认真的，这一切就要变作现实了。这让我觉得有点恐怖。

但我还是事不关己地说："是吗？"接着让他上了出租车。

虽说只是一场交易，但丈夫叫车把人送去跟老婆睡觉，真不知是脑袋里缺了哪根筋。

夜色下的城市下起了雨，风很大，街灯融在雨水中，流淌下来。那男人节奏单调的跺脚声充斥在狭小的车厢中。到达公寓的时候，他已经张着大嘴，呼呼睡着了。

我把他晃醒，说："总之，就照她说的做吧。"

他打了个呵欠以示回应，下了车。我看着他从门口一步步往里走的背影，总觉得他的腰身处充满乡下老农的气息。我抬头看看三楼，窗口透出灯光，越来越猛烈的雨水把灯光打成碎片，朝楼下洒来。

我没来由地想见衣绘，便让车开去衣绘的公寓。

衣绘刚从店里回来。

衣绘很爱我，但仍顾虑撩子的立场，对踏入婚姻这一步很犹豫。我不太清楚衣绘过去经历过什么，只听说她离过婚，前夫好像被一个陪酒女抢走了。她受过这份苦，又反过来成了第三者，这让她内心很是矛盾。

她是个绝不亚于撩子的美女。正因为如此貌美，店里一定也有许多人在追求。我也曾怀疑过她对结婚如此犹豫是否是因为除我之外还有别的男人，但衣绘明确地否认了。更何况她在房间里贴满了我的照片、海报和剪报，又怎么会有其他男人出入呢？

当天晚上，我不知为何特别激烈地向衣绘求爱。脑海中都是方才从窗口逸出灯光的景象，还有玻璃耳坠的响声。我像是要逃避这一切，比平日更深地投入到衣绘的身体中，就在这时——我的眼睛不经意间捕捉到床头墙壁上贴着的一张褪色的写真照。尚未成名的我，嘴角泛着得意扬扬的微笑。那不是我。不，那的确是我的照片，但我脸上绽放的笑容是属于那家伙的。

我的身体转眼间就冷却了。

那天晚上，我第一次在衣绘的身体上遭遇挫败。

4

第二天，撩子往我酒店打来了电话。

"我敢肯定昨天晚上怀上了。很难跟你形容，但明显有感觉了。辰也那次也感觉到了——但为了确保成功，我让他这星期每天都过来。把昨晚扣除，从今晚开始还有六个晚上。"

撩子通过描述精准的天数来强调这是场交易。

"那男人真的可信吗？怀上孩子之后不会来纠缠不休吧？"

"没关系的。就算他说什么，也没法轻易证明。你做结扎这件事也只有我熟悉的医生才知道。更何况他只是想要在美国生活的钱。他好像跟凯莉夫人勾搭上了，满脑子都是尽快回美国去呢。"

我挂断电话，心想这件事就全交给撩子吧，我再也不想跟那男人见面了。如果再见面，我大概会真的呕吐出来，或者把他揍趴下。可三天后，我却给他打了个电话，让他到酒店来见面。

那天下午下着雨，他推开门的瞬间，我就感到一种撞上镜子的奇妙冲击。他把头发梳得一丝不乱，戴着一副雷朋墨镜，穿着气派的蓝西装——是我去年特别中意的一套进口西装。

"这是干什么，不是说尽可能跟我打扮成不同的样子吗？"

"是你太太的命令，你不是要我照她说的做吗？她说进出公寓的时候如果被人看见就麻烦了，所以让我装成你——这衣服挺好的嘛，我很喜欢。"

他双腿岔开着往椅子上一坐，脚尖马上又开始敲打地板。

"把脚停下来。吵死人了。"我怒喝。

我的衣服配他的体格简直分毫不差，更激起我的无名之火。我穿着偏长一些的袖子却正适合他。我从房间里取来一套便装让他换上，他讶异地看着我坐立不安的样子，坦然脱下了西装。

手臂处白皙的赘肉堆出了褶子，带着腋毛往下垂。腋下是我最敏感的位置，过去在爱抚之时，撩子一定会用力咬那里。咬痕会残留两三天，而他的腋下并无痕迹。即便我对撩子已无任何念想，但还是感到了一点欣慰。

明明是我把他叫来的，却马上就想逃离他。我说有些急事要办,他就百无聊赖地"唔嗯"了一声,慢悠悠地出了房间。在门关上的瞬间,我就后悔为什么没揍他一拳。他的鞋子好像吸了雨水,在地毯上留下了湿答答的足迹。

三天后,约定满一星期的次日早晨,撩子打来了电话。

她用沙哑的嗓音说昨晚全都结束了,孩子肯定怀上了。她说让那男人上午来我的酒店了,让我把钱交给他。

他十点就来了。尽管已经是最后一面,我却不想多看他一秒,很干脆地给出了两百万现金。那男人把钱塞进口袋,立即站起身。

"你几时去洛杉矶?"

"两三天内吧——毕竟这是交易,我就不道谢了。不过,要是没怀上孩子,随时再联系我吧。"他说完,意犹未尽似的走出了房间。

不过,在门即将关闭的瞬间,他又回过头来,说了句莫名其妙的话。

"你可要小心提防那位太太啊。"

"这话怎么讲?"

他的嘴巴半张着,但只是用舌头舔了舔嘴唇,就直接关上了门。我再也不必见到这男人了,想到这里就觉得如释重负,可他最后的表情却不知为何黏在我的脑海中。那一瞬间,他的舌头仿佛在舔舐我的脸。他说到嘴边又咽下去的话也让我很在意。

因为心烦意乱,我下午在片场为鸡毛蒜皮的小事跟年轻的新导演大吵了一架。导演来道歉之后,我心里的坎还没过去,连我自己都无法解释自己的愤怒。晚上,我喝了个酩酊大醉。

给衣绘打了个电话,她好像还没到家。于是我趁着酒劲,去见撩子了。事到如今,木已成舟,我才意识到自己听信撩子的花

233

言巧语后做出了多么荒唐的事。总而言之，我要找撩子做个干脆的了断。

"怎么了？早晨不是打电话叫你别来了吗？"

撩子只是瞟了我一眼，就冷漠地转过脸去。我想说些什么，手却比嘴更快地抱住了撩子。

"干什么啊？我们不是已经结束了吗？"

时隔数年，撩子又一次开始抵抗我，而我却更加用力地把她按在客厅的沙发上。

"我明白了，你稍微等一会儿，我先洗个澡。"

她把我的身子推开，坐回沙发，背对我，让我解开了衣服。尽管仍带着冷漠，但我从未见过撩子流露出如此傲慢的态度。撩子和别的男人睡了一星期，就仿佛变了个人。她放上一张爵士唱片，进入浴室。我立刻把唱片停了，走进卧室。我很讨厌爵士乐。只披了一条浴巾就走出浴室的撩子坐到了化妆台前，还哼着歌。我看了镜子中撩子的脸庞，她确实并非过去的撩子了。从这微小的变化中，我嗅到了那个男人的体臭，直至昨夜还逗留在此的男人味应该还渗透进了卧室的角角落落。

"不先脱了吗？还有，别忘记把手表摘了。"撩子一边把香水喷到滚烫的身体上，一边说道。

我一时之间没听懂她的话。撩子应该很清楚我从不佩戴手表，也很讨厌香水……

下一个瞬间，镜中撩子的脸上闪现出另一张脸，映入我的眼帘。一个男人筋疲力尽地坐在床边，双肩耷拉着。他头发凌乱，穿着蓝西装……

是那家伙。

此刻的我，刘海长长地耷拉在额头上，穿着四天前那男人脱在酒店里的蓝西装——我并不是我。

撩子认错人了。任凭我拉开衣服拉链也好，播放爵士乐也罢，还有"我们已经结束了"那句话。撩子仿佛变了个人，是因为她把我认成另一个人了。

撩子回头时，我条件反射般地关了房间里的灯。我转念想让撩子将错就错下去。

撩子打开台灯，松开浴巾，赤身横陈在床单上。灯光白得炫目，打在女人的胴体上，泛出高光。我透过那家伙的眼睛看到了撩子的身体，十年来，我头一次对这身体产生了欲望。

台灯一灭，我就如袭击猎物一样扑到撩子那融化在黑暗中的身躯上。

"你今天从他那里收到钱了吧？"

二十分钟后，我们在黑暗中肩并肩躺着。撩子尚未意识到真相。

"你什么都没说吧？这件事暂时还不能让支仓知道……我想要孩子的真正原因……"

我侧过身，在黑暗中寻找撩子的轮廓。

"他也太蠢了，连那种话都信以为真了。其实跟辰也压根儿没关系，我想要孩子，只是因为不想离开支仓。只要他承认我们母子的名分，我就一切尽在掌握了。虽然我对他一丝爱都没有，但他的钱、知名度，还有身为名人之妻的身份，可是难以抛弃啊。怎么能让区区的陪酒女抢走了呢？"

我屏息听着撩子继续说。

"不过你也快回美国了，这件事跟你也没关系。这回真的是最后一次了——你赶紧回去。我该睡了。"

能感觉到撩子翻身背对我。我不知该生气还是笑出声来，只是默不作声盯着暗处。我深知自己被撩子欺骗，却又仿佛做了个噩梦一样，心情还没跟上备受震撼的感觉。我坐起来，穿上衣服，打算听从撩子的话，先回去。

当我穿上衬衫的时候，感觉到腋下一阵刺痛。打开台灯，发现腋下有一道齿痕。从齿形看来，是硬生生咬进了我的肉里。

我不由得回头看了一眼撩子。撩子知道拥抱的是我的身体，因为那男人的腋下是干干净净的。

从一开始，从打开门的瞬间，撩子就心知肚明。她明知是我，却故意假装认错了人。她是将错就错，对我吐露了心声。

撩子冷漠地背对着我，沉沉睡着。如同在正式拍摄时听到错误的台词一样，我错愕地站在原地，很想对着撩子的背影辩解几句。

可最终我还是没有开口，默默离开了房间。

我背过手，关上房门。

心里盘算着，下一次再打开这扇门的时候，就是杀死撩子的时候。

5

我开自己的车到达衣绘的公寓时已经将近零点。我看电梯刚好从衣绘住的那层楼往下降，就选择了爬楼梯，我可不想和楼里的居民打个照面。

衣绘的房门开着一条缝，我带着疑惑打开门。玄关到客厅都暗沉沉的，衣绘在电话机旁，只穿了一件衬裙，像亡灵一样呆站着。她表情僵硬地注视着我，抓起电话听筒。

"你又来了吗？我真的要报警了！"她的声音在颤抖。

我走近一步，衣绘就脸色发青地后退一步。

"怎么了？衣绘——"

我大喊一声，才让衣绘回过神来。我抱住衣绘，她却尽力不让我凑近。

"是你吗……真的是你吗？"她像念咒一样反复问。

"到底怎么了？"

衣绘蹲坐在沙发上，像在驱散某些不祥的想法般晃动一头长发，嘴唇哆嗦着，一字一句开始讲述发生了何事。

衣绘是在大约一小时前回到家的，因为太累忘记了锁门，然后直接就去冲澡了。走出浴室时，她见沙发上侧坐着一个男人，正抽着烟。当时只开了浴室的灯，她便误以为是我。毕竟这时候会来的也就只有我了，服装和容貌也正如平日里的我。衣绘递出一杯白兰地，那个一声不吭的男人伸手接过去，一转眼就和衣绘抱成一团，嘴唇从脖子游走到肩膀。就在这时，衣绘才察觉到有点不对劲。她将脸收回一些，看了看埋在自己肩膀上的那张面孔。尽管脸被头发遮着，但看着确实很像我，可她就是觉得不太对劲。她不由自主地推开了男人，质问道："是谁？你是谁？"男人笑了起来。衣绘尖叫出声，男人就转身逃了出去。而我几乎是与他擦身而过，进入了房间。

"他真的不是你，对吧？那他是谁？必须得……报警了。"

我制止住正要站起来的衣绘，现在还不能把我们俩的关系公之于众。而且我知道那个男人是谁，刚才从衣绘家的楼层坐电梯下楼的，肯定就是那家伙。这一晚，我假装成他和撩子上床，而他却假装成我欲图侵犯衣绘。

我叮嘱衣绘把门锁好，不要让任何人进来，便冲出了她的房间，驱车前往新宿。我在他下榻的旅馆附近给他打了个电话，可他好像还没回房间。

我在旅馆大门旁停下车，像打盹儿似的在方向盘上趴了一会儿，继续思考一件事。

他从出租车上下来时已经过了两点。正当他横穿马路朝旅馆走来的时候，我打开了车灯。他沐浴在车灯中，停下了脚步，左右张望，寻找灯光的源头，这才注意到是我的车。于是他浅笑着朝我走近。

我让他坐在副驾驶座。

"你为什么要去衣绘那儿？"

他依旧一脸浅笑，并不回答，而是叼起一根香烟。我粗暴地将香烟从他嘴中夺下，他才稍稍面露认真之色。

"我知道。是撩子委托你去的吧？"

"我也是没办法。她让我再多干一件事……我说过要小心提防你太太了。"

"她让你装成我，把衣绘睡了，对吧？你拿了多少钱？"

"刚才你是想把我杀了吧？"

"嗯？"

"打开车灯的时候……你是不是想就这样把我轧死？"

他说的也许并不假，我的脚在无意识间已经踩在离合上了。但把这男人杀了也无济于事，这男人不过是撩子的提线木偶，只是个为了钱什么都肯做的小恶棍。我笑了笑以示安抚。后视镜中浮现出一张笑脸，一瞬间，我甚至分辨不出那是我还是他。我将脸转过去，避开镜子。

"拿了多少钱？"

"二十万……"

"那我出十倍吧。"

"什么?"

"我也还有个额外的请求。明天我要去大阪,因为后天要出外景,我想让你跟我去一趟大阪。没什么大不了的,你只需要在大阪帮我一个小忙就行了。两百万,你一定会接受吧?"

我居高临下地提出要求,这还是我第一次对他如此强硬。他困惑地思索了一会儿,垂下了脑袋。

"明天早晨我会给你打一通电话。你听着,之前的事都忘了吧,你不会再去见撩子了吧?"

"她也不想见我呢。你太太觉得我跟你很像,对我恨得牙痒痒呢。"

他下了车,面孔掠过后视镜时又露出一抹微笑。那不会有错,就是我的脸,我的微笑。

我把我自己拉拢成了共犯。

6

于是乎,此刻的我正坐在新干线上,为杀死妻子撩子而前往东京。一路上都很难入睡,但途经名古屋的时候还是犯起了迷糊,醒来时已经过了小田原。呼呼一觉之后,随着列车靠近东京,天空也敞亮起来,方才心中的忐忑不安已经烟消云散。他果真是为了钱什么都肯做的人。我用清醒的头脑又盘点了一遍从今晨开始的行动有什么不妥之处。

今天早晨,我给那男人打了个电话,告诉他在大阪入住哪家酒店以及集合时间,我则率先单独前往了大阪。外景是明天开拍,今晚我的原计划是在大阪吃吃喝喝。他是否真的会来,是我最后的赌局。

下午,他照着约定的时间来了,敲响酒店房门的时间只晚了三分钟。他是从员工用的后门进来的,也穿着我指定的朴素装束。我给了他一套跟我身上一样的西服和领带,这是过去为了长时间拍摄而定做的替换套装。

我让他穿着这身衣服,从今晚六点半到七点,去大阪一家名叫"紫苑"的店里喝酒。当然了,他是作为我的"替身"前去的,这个男人的存在价值不就是这个吗?也就是跟我长得像。"紫苑"是一家昏暗的小店,我只在几年前去过一次,所以声称是我影迷的老板娘一定会上当的。我将最近与我有关的各类信息仔细地告诉了他,为了以防有人找我要签名,还给了他五张签过名的手帕。因为他跟我的嗓音不太一样,我叮嘱他不要主动说话。经纪人会在七点从东京打电话到店里,通知明天外景拍摄的开始时间,我让他在电话里只说一句"知道了",说完就从店里出来。

"你什么都不问吗?"

"光这点小事就能拿两百万,想想都不太现实。总之,万一出了啥事,我就说什么都不知道就接受了委托呗。没问题,肯定能办得比你预计的更漂亮。"

他似乎已经察觉到了我的计划,但即便已察觉到,还是当作纯粹的交易接受了。我先给了他一百万,并承诺剩下的一百万和明天一早飞往洛杉矶的机票会在凌晨一点回到这里时交给他。

之后我下楼来到前台,询问有没有电影院在上映我想看的一部外国片,接着去了那家电影院。我故意给检票的姑娘留下了印象,接着去厕所换了身破衣服,混在影院换场的人潮中来到了外面。然后我就坐上了这趟列车。我的计划很简单,我家浴室的瓷砖特别滑，之前也曾经向管理员抱怨过，而撩子暂时只是铺了张垫子来防滑。只要把那张垫子收拾一下，再让撩子的脑袋猛地磕在浴缸边上，就能把她杀了。脱光她的衣服，布置成正要入浴的样子就行了——警方肯定会当成一场意外的。万一有他杀的嫌疑，那个男人也已经在大阪为我创造了不在场证明。"没问题，肯定能办得比你预计的更漂亮。"他如此说着并关上门时，面露微笑让我放心，那便是令我一跃爆红的《漂泊者》的最后一幕中我所展露的微笑。身为漂泊者的我，面对要亲自射杀的恋人，露出了冷酷的微笑。这也是让全日本的年轻女孩为之狂热的微笑。我心中略有不悦，但头一次从他身上感到了一种亲切。他终究成了一个为钱而甘作杀人帮凶、贪得无厌、又卑鄙下流、又有些可悲的男人。还有五分钟，列车就要到站了。东京的街道倾斜着出现在左边窗口，只消一个小时，一切就都结束了。肯定会进展顺利的，我从未失败过，我是绝对不会失败的……

我的失败之处在于从未考虑撩子会外出。列车按照既定时刻到达东京站，而七点十五分，我来到了空空如也的客厅。正是夏日，外面的天还亮着。我的身体投出一条长长的影子，好像把灰色的地毯烤焦了。化妆台上放着没盖好的口红。屋里的空气很凉，我有一种误入他人房间的错觉。事实上，十年里，我确实只算个外人。我就像在华美的斗牛场中央吐着白沫的牛，又像赛场上被击倒的拳击手一样，只能默默咀嚼败北的滋味。在这空荡荡的屋子里，没有属于我的角色——不论是丈夫还是父亲，我都未曾真正扮演过。这一次，我打开门，迎来的仍是一片空白。

等了五分钟，我死心地站起身。再等下去就要赶不上八点二十六分的新干线末班车了，计划不得不中止。无论如何，我也算是放宽心了。我是真的想杀了撩子吗？我是否只是想扮演一次杀人犯的角色呢——哪怕一次也好，想在这个房间里让撩子尝尽痛苦啊。还是回大阪考虑更现实的解决办法吧。给那男人的两百万就算打水漂了，如果能让他从此封口，倒也不算太贵。

伸手去开门时电话响了，我犹豫了一会儿还是接了。既然计划已经中止，回东京这件事被人知道也无所谓。

"你果然在那儿呢。"

十分意外，是撩子的声音。

"你怎么知道我会在这里？"

"别管怎么知道的了，出大事了。我现在和衣绘在一起，你赶快过来。"

她说完这句话，就静悄悄地挂了电话。我慌忙赶往衣绘的公寓。撩子硬闯到衣绘家里去了，听她刚才那紧张的语气，肯定闹出什么乱子了。此时我已经彻底忘记自己是为杀撩子而回东京的了，现实朝着意外的方向发展，现在我满脑子都是该怎么处理这些问题。我冲上楼梯，按了门铃却没人答应。我用备用钥匙打开门，出乎意料——我隐隐约约地察觉到了——房间里理所当然般地空无一人。撩子在电话中说话的感觉与这间屋子的气氛不符，而是更安静、更冰冷的。

她们俩是在我到之前就出去了吗？还是说两人约在另一个地方见面，而撩子忘记说地点了呢？抑或是我听漏了？总而言之我决定先等一会儿。七点四十五分，我给经纪人打了个电话，尽管已经没有意义，但我还是想知道那男人有没有按照约定完成他的工作。

"刚才多谢给酒吧打来电话，我回酒店了，不过醉得有点厉害，忘记明天的时间了，你再告诉我一遍吧。"

"导演病倒了,明天外景取消了……已经跟您太太好好交代过了呀。"

"太太?"

"您太太不也在大阪吗?刚才给酒吧打电话就是太太接的吧,她说您醉倒了。"

"呃啊,是这样呢……抱歉了。"

我也只能这样搪塞过去,挂掉了电话。起初我猜测是那男人带了个站街女进了酒吧,但经纪人总不会听错撩子的声音。也就是说,撩子人在大阪。而且还和那个男人在一起。

门铃响了,我心想衣绘回来了,连忙打开门。但站在走廊上的是个我从未见过的、一看就是陪酒女的四十多岁的女人,她一看到我,化着浓妆的脸上就露出惊诧之色。

"衣绘她……在吗?"

我将脸藏在门后面,小声回答她不在。

"这到底是怎么回事呢?她傍晚还打电话来说有重要的事情找我商量,让我七点四十五分准时到……我还把店里的工作都推掉了呢。啊,我是衣绘的高中学姐,名叫敦子。就是我把她介绍到现在这家店里的……您听说过吗?"

我也只能缄默不语了。

"真奇怪啊,是遇到什么急事了吗?请问,您是这家的主人吧?一个月前刚从美国回来的……"

今天晚上真是接二连三的突然袭击啊,是我身边的一切都发了疯,还是我自己发了疯?听到的净是些莫名其妙的话。但我没空为这个大惊小怪了,我必须把此时的困境克服过去。我稍稍动了动,连我自己都不清楚那算是肯定还是否定。

"衣绘要找我聊的肯定就是那件事啦……前年,衣绘一个人从美国回来之后，就一直在烦恼该不该和您分手，但是衣绘终究还是爱着您的。她只是嘴上说要分，可如果真的想分，也不会和您一起在美国生活了八年吧？"

女人似乎意识到自己说了多余的话，连忙住嘴，留下一句话说让衣绘回来后给她打个电话就走了。

走之前还笑嘻嘻地说："没想到您真的挺像演员支仓竣的，看到照片的时候就够惊讶的了。"

我关上门，浑身僵硬了好一会儿。我想要大喊，却不知该呼喊些什么。我的整张脸都扭曲着，仿佛被人勒住了喉咙。我不知自己是怎么走回卧室的。我用尽全身的力气将海报扯下来，撕成碎片。可不光有海报，整个房间的墙壁上不留空隙地贴满了我的脸。无数双我的眼睛凝视着我，视线相互纠缠、重叠在一起，让我陷入疯狂。我从角落开始撕毁这张脸，可再怎么费劲去撕，墙壁上还是充斥着我的脸。插入墙面的指甲流出血来也无法让我停止，那些都不是我的照片，不，那些无疑就是我的脸，但被衣绘认作我的，分明是另一个男人的脸。就是那家伙——十年来，一直扮演着衣绘丈夫的男人。

脑袋一片混乱，也不知我是如何意识到时间的。

我在八点零三分冲出了房间，并在发车的最后一刻跳上了光号。

我把头靠在暗沉沉的车窗上，继续思考。

只有一件事是明确的，衣绘爱的人不是我，而是那家伙。他们俩在十年前结婚并移居美国。从那家伙的言行来看，两人的婚姻生活应该算不上有多幸福，即便如此还是持续了八年，只因为衣绘性格比较擅长忍耐。但在两年前，他们的婚姻终于还是走向了破灭。衣绘一个人回了国，接下来发生了两件巧合。衣绘开始在艺人经常出入的赤坂的夜总会工作，从而邂逅了我；而留在洛杉矶的丈夫结识了凯莉夫人，凯莉夫人在一无所知的情况下把那男人介绍给了我。他一个月前就回到了日本，却没有立即出现在我面前，想必是和衣绘之间存在某些问题吧。

昨天晚上，他们俩在衣绘的房间里发生了争吵。男人夺门而出，而我立即又进去了。衣绘不想让我知道丈夫的存在，就胡说八道来骗我。坐电梯下楼的男人在门口看到我的车，就在我离开后又回到衣绘的房间，质问衣绘。之后与我见面时，他配合着衣绘的谎言，也撒了谎。

那么今晚究竟发生了什么呢？撩子和那男人一起出现在了我的不在场证明现场，而撩子又在电话里说和衣绘在一起。照这么说，莫非衣绘也在大阪吗？

想到这里仍是一头雾水，不知为何，我觉得自己和那男人的角色在某些地方混为一团了。我们隔着事务所的门框面面相觑的那次其实不能算初次会面，在很久很久以前，他作为衣绘的丈夫，早已存在于卧室墙上的无数剪贴照之中。他在我的脸上登过场了。

"不好意思，您脚上的声音能停一下吗？吵得人睡不着。"旁边座位上的中年女人说道。

一时之间我甚至都没注意到这是对我说的。

那女人的眼镜掉在了我的脚边。

而我的鞋尖正敲打着车厢的地板。

节奏迟缓又单调……

是那家伙的脚。鞋上的灰尘也好，单拍子的恼人节奏也好，有气无力的说话声也好。

"快把那声音停下来！"

我忘记了那双脚就连在自己的身体上，无法自控地喊了出来。

回到大阪的酒店时已经过了零点。衣服是在酒店附近的公园换的，我一走进大堂，正在前台说说笑笑的两位服务员突然间变了脸色，毕恭毕敬起来。那两人正在谈论晚上地下餐厅有一对男女为感情争吵的事。让他们给我钥匙时，其中一人讶异地说："您七点多回来时已经拿过钥匙了呀……都没注意到您又外出了呢。"

我没作答，坐上了电梯。转动房间的门把手后门直接开了。我伸向电灯开关的手指停了下来，因为我立刻注意到了一件异物。

床头柜上的台灯倒在了床上，罩子掉了，电灯泡在异物的腹部散发出清冷的光芒。后仰着的脑袋几乎触到被漆黑笼罩的地板。我很快就明白那是个女人，同时是具尸体。我缓缓地向她走去。她的脸朝着角落，只能看见昏暗的地板上散落着她的头发，但从坚挺的胸膛能看出是衣绘。她的脖子画出一道轻盈的弧线，显得非常修长，我头一次发现衣绘的脖子右边有颗小小的黑痣。缠绕在她脖子上的领带是我的，也正是此刻佩戴在我脖子上的领带……总觉得自己是在拍摄现场扮演了一个角色。

我同时感到正被镜头注视着，便回头看去。一个男人背靠房门站着。是我。他穿着和我一样的衣服，长着同一张脸。我已经什么都叫喊不出来了，如同过于单纯的算式，我明白地理解了一切。总觉得从一开始就料到事情会发展成这样，就如出场前在镜中确认自己的仪容那样，我甚至对另一个我露出微笑。

他和我的区别只有一处。

另一个我的脖子上，没有领带。

7

一言以蔽之,人是我杀的。杀的不是撩子而是衣绘——不在东京而是在大阪。六点半时,我跟妻子及另外两人去了大阪的"紫苑",七点多回到酒店,醉得相当厉害。衣绘——她从很久以前就缠着我,逼我和她结婚,这回甚至追到了大阪来。我们三人在大厅偶遇,结果去地下餐厅争风吃醋大吵一通,怒上心头的撩子独自回了东京。我把衣绘带回了房间,最后怒火彻底爆发。我深爱着撩子,跟衣绘本就是玩玩婚外情,没想到她还当真了,我便觉得她无比碍事。再加上我烂醉如泥、神志不清……于是乎,此刻就有一具女尸瘫倒在我身旁。

我甚至忘记那是一具尸体,抱头呆坐。他所说的剧情梗概是很通顺的,我压根儿没回东京,而是在大阪杀死了我所憎恨的衣绘……

事实上,没有任何人能证明我回过东京,因为我是假扮成路人回东京的。在东京见过我的只有一个人,也就是造访衣绘家的那个自称敦子的学姐。我把这件事告诉他,他仍一动不动地站着,用冰冷的目光俯视着我。我的脸上遍布阴云,被这个男人的影子盖住了。

"但那个妈妈桑一定会这么作证吧。七点半时,我——也就是衣绘的丈夫,毫无疑问就在东京。因为把她叫去衣绘房间的就是我们,我和撩子——撩子假装成衣绘,趁妈妈桑外出时打了个留言电话。"

"你也配叫她撩子吗?才睡了一星期,你懂什么?"

我猜测他和撩子勾搭上就是在这一个星期的时间里。昨天晚上,我在车中委托他到大阪展开行动时,他应该已经看穿了我今天作何打算。我本想利用他来制造不在场证明，却被他反过来利用，制造了属于他的不在场证明，并杀死了衣绘。

"配不配叫她撩子？我还想问你呢。你嘴里净说些我想说的话啊。前几天晚上，你说'让我'和撩子上床，对吧？那本该是我对你说的话，我可是十年前就把撩子施舍给你睡了呢。"

"你在说什么？"

"十年前，我在周刊杂志上看到你们结婚的消息时立刻明白了。原来撩子和我的替代品结婚了啊。撩子本来就是我的女人。"

接着，他说出了难以置信的话语。他和撩子相识，是我们在A县湖畔酒店邂逅的半年前。当时他在新宿搞乐队，而撩子是混迹爵士咖啡厅的有钱有闲大小姐。我花了几年才得以亲近撩子，而他们一个月就上了床。爱慕虚荣、态度冷漠的撩子在他的面前宛如奴隶。

可他很快就厌倦了撩子，后来和衣绘结婚，去了美国。正如我在新干线上所想的那样，他和衣绘的婚姻生活并不算幸福。两人住在洛杉矶的后街，某一天，他与在爵士音乐房结识的凯莉夫人发生了关系。不仅如此，当时的我正在出演日美合拍电影，撩子以探班的名头跟到美国，又与他旧情复燃。时隔一年，撩子和他背着我，在洛杉矶市郊的小酒店里又抱在了一起——而且还怀上了一个孩子。

"你听到我名字的时候都没注意到吗？我叫高津伸也，撩子是从我名字里抽了两个字[①]来给孩子起名的。辰也当然跟我是一个模子刻出来的，所以长得也很像你。"

我想大喊这是谎言。跟我那么相像的辰也，模仿我的荧幕形

[①]日语中，"辰也"使用音读时，发音与"伸也"相同。

象时会露出叛逆微笑的辰也……他居然……但是，若说辰也是这个男人的孩子，倒也有充分的可能性。假如辰也是他的孩子，至少能解释憎恶我的撩子为何会那样溺爱相貌如出一辙的辰也了。我最终还是没叫喊出来，我面前的选择无非是全都为真或是全都为假。而不论选择哪一边，我都只能高呼上当受骗。

凯莉夫人和撩子——他的女性关系已乱到无法收拾的地步，同时他在洛杉矶也快混不下去了，于是带着衣绘逃往了纽约。他在纽约待了六年，这六年里，撩子带着辰也去见过他两次。后来，他在纽约也断了生计，再度回到洛杉矶，并与衣绘分开了。衣绘孤身回到日本后，他开始认真考虑和撩子之间的关系。他和撩子用信件制订了计划，到了今年春天，他们伪造了一封来自凯莉夫人的打印信件，寄给了我。

凯莉夫人——那个总是随性地披着一头齐肩金发的女人真正爱着的也并非是我，而是高津伸也。凯莉夫人认识他是在我们相识之前，她几乎绝望般地爱着这个女性关系糜烂、家中还有老婆的男人，高津伸也。她那无法得到满足的爱，全靠当时偶然寄住在她家的我来填补。就如同衣绘追求我，不，是追求酷似丈夫的容貌那样……

高津伸也从口袋里掏出我的签名手帕，丢了过来。

"没用到，还给你。"

"你为什么不用？不是让你分给别人来强调是我吗……"

"因为没必要啊。在酒吧里我是亲手给大家签名的——手帕上的签名也是我的笔迹啊。撩子第一次来洛杉矶的时候，让我写了你的名字，当时只当是开玩笑的，没想到你真的拼了命去练习。你现在写起我的笔迹来，甚至要比我快好几倍吧？"

我已经没在继续听他说话了。墙壁上映出了我的影子，不，那也许是他的影子。我的脑海一片混乱,求救似的望着他的脸。我和他仅仅在两周前初次会面,但在更早的时候,恐怕在十年前,我在北国湖畔酒店的餐桌下传递一支口红以图幽会、却无言对望之时起,他就已经在我的人生中登场了。撩子、衣绘,还有凯莉夫人,他出现在三个女人的眼中、回忆中,出现在她们对我热烈却又暗藏冷漠的爱情中,已不单是藏在衣绘房间墙上的照片中。还有辰也,这位与我一模一样的小小英雄露出的轻率微笑中、我签名时略有些歪斜的古怪线条中,他隐藏在我人生的每个角落。而且,我在荧幕上露出的表情中也藏着这个男人。归根结底,我大受欢迎和作为明星的魅力之一就源自那个表情,就是那对女人不屑一顾的冷酷微笑。已经太久远了,我甚至想不起是何年何日,我曾经对着镜子无比投入地力图营造属于自己的魅力之处,而微笑着劝我作出那副表情的人便是撩子。"再把右边的嘴角抬起来一点比较好。不,再来一点。"——不知不觉间,我在撩子的指挥下模仿起了他的微笑。两周前,我雇了这个男人作为我的替代品,而实际上我才是他的替代品。我是谁?被全日本女人所追捧、世界驰名的大明星支仓竣。而我所做的一切,不过是扮演着一个男人的替角。一个无人知晓、走在街上也不会吸引任何人视线的男人的替代品。三个女人所爱之人的替代品。辰也父亲的替代品。并且也是我自身荧幕形象的替代品。大众为我欢呼喝彩,是因为从我打造的微笑之中看到了另一个男人的面貌。我的微笑是人造之物,而他的微笑是浑然天成。大众——对一切事物都趋之若鹜的愚蠢大众,他们追求的终究不是我,而是这个男人。而故事的最后,今天晚上,我在东京的衣绘家,还在扮演这个男人。

我为了杀死撩子而利用了这个男人,但实际上,被利用的人是我。今晚，为了让一个女人在东京的衣绘家目击到衣绘的丈夫，我的脸被利用了。这十年里，我模仿这个男人，还为模仿他而艰苦训练，仿佛全都是为了今天。最滑稽的是，直到此刻这个瞬间，我都丝毫未曾意识到自己被另一个男人改写了人生，而是相信着自己的脸、自己的魅力、自己的一切。

他伸手向胸前的口袋，我知道他要掏出什么东西，恐怕是我在欧洲买的勃朗宁十三连发手枪。我即将在这个房间里扮演一个因发狂误杀情妇，然后后悔自杀的蠢货。正如我所料，他掏出枪来指向我，我一点都不觉得惊讶，倒是这样的自己让我有点惊讶。我不知道自己离死亡还有多远，不知道人生还剩下几分钟，不，还剩下几秒。处刑的瞬间来得太快，什么都来不及思考。不，就算他大发慈悲给我充裕的几个小时，我也不会再想任何事了。

"起初只是想让你给怀上的孩子一个名分。你给了孩子名分，到时候就能问你要一大笔赔偿金，我和撩子两人，不，加上孩子是三个人，就能靠这笔钱幸福生活了。可是衣绘发现了我的计划，想把这些事全都告诉你——那我也只能选择这么做了。"

他用辩解般的口吻说着一些对我来说毫无意义的话语。他的脚尖敲打着地板，就好像在计算扣下扳机的最佳时机——他从我这里模仿去的就只有跺脚声。他为了让我越发焦躁，故意模仿了我这寒碜又低贱的坏习惯。他一早就计划用这单调的跺脚声将我践踏死——可我直到刚刚才发现自己有这样的习惯，因为我总爱把自己误解成他人嘛。

我忘记自己正被枪口指着，细细打量他的脸。还真的很像。他的嘴微微抿着，因为过于像我，反而让我觉得很陌生。我究竟像这样注视过多少次镜中的自己呢？在摄影棚，在电视台的休息室，我时不时会像这样，在镜中发现一张不属于自己的脸，并盯着另一个我入了神。看着荧幕上的那张脸，我也总觉得那是与真实的自己迥异的另一个人——我终于知道原因为何了，而我却要死了。手搭在我大腿上的一具冰冷女尸、透过窗户能看见城堡的酒店房间、透过凯莉家的房间窗户看见的拼成"BAR"的霓虹灯管、在好莱坞摄影棚露出引以为豪的微笑、导演在镜头后面发出狂喜的叫声，说着"That's OK，支仓，just OK"、今天傍晚在东京打开的那两间空无一人的房间——还有一个陌生男人的面孔。他的手指扣下了扳机，在最后一阵混乱中，我对这男人产生了一种相见恨晚的亲切与怀念，向他伸出手去。紧接着，我的胸口爆发出真正的枪声，在身体飞向身后一米处的墙壁上时，我笑了。

就这样，我和我的人生倒地不起。

在我坠入黑暗之前，听到了好似鼓掌的声音。而那是对倒地的我鼓掌，还是对最终放倒我的另一个我鼓掌呢？这就不得而知了。

魂断湾岸城

说是雨，其实更像雾。

码头的景致像隔着一层薄纱，处处都蒙上了灰色。大海与天空都湿漉漉的，融化在一种色彩中。

风时不时给雨的色彩带来一些波折，也将停泊在浅海的货船和客船驱走了。每当雾笛声响起，海鸥们就呼应般地吵闹一会儿。只有贴在海面上低空飞翔的海鸥的翅膀与直通向海中的栈桥上激起的浪花，给这灰蒙蒙的景致加入白色的点缀。

不单单因为雨雾和暮色，从这旅馆窗户望去，港口本就没什么颜色。尽管这座港口城市位置偏远，但作为贸易港在战前就小有名气了，至今仍和外国人有贸易往来。到了夜晚，从港湾吹来的风，会让各处的霓虹花灯飘摇起来。

这家做船员生意的旅馆正对着繁华街道，不过我住的房间在背面，只能望见码头。远处地平线的另一边，就是本州了。港口是这个城市的门户，可从窗边看来，倒不如说是城市的死角，大白天也是灰不溜秋的。

五天前，第一次在这房间睁开眼睛时，我以为自己还在牢里呢。一个月前，踩着夏天的尾巴，我出了狱。从窗口望见的灰色港湾跟监狱的中庭很像，傍晚时下起雨来看，就更像了。天空沿着海平线无限延展开去，我却觉得跟监狱差不多，像被无形的灰色混凝土墙封锁在内。

我本质上仍然被关在那扇铁窗之中。我花了六年服完原定七年的刑期，出狱了，但六年前的案子还没作清算。我是为了给案子做个了断才来到这个城市的。

从楼下传来了口哨声，大概是白天在食堂见到的黑人船员因想起祖国而吹的吧。也不知是牛仔歌曲还是黑人灵歌，我只记得旋律，不知曲名。口哨声时不时被雾笛声打断，却还是飘在灰色的雨中。

黑人说他出国已经满半年了，表情中带着怀念与听天由命。我在牢里的时候，也是半年就认命了。唯独让我无法释怀的，就只有那桩案件和那两个人。不，就连这些也在一年之后死心了。我只是没能把这些事彻底忘记。

奇怪的是，监狱里最难熬的日子竟是最后一个月，也就是临近出狱日的今年夏天。我如此渴望呼吸外头的空气，还是六年来头一遭。在天窗透进的白光与令人倦怠的闷热之中，我想起了那两个人的脸。他们俩的脸一刻都未曾远离过我的脑海，与其说是憎恨，倒不如说怀念更多一些。到了晚上，我再次因为被警察追捕的噩梦而呻吟起来。刑警的脸越凑越近，警车的警笛声，还有手铐——我拼命辩解说人不是我杀的，但嘴巴发不出声。警车的窗外是围观的无数面孔，其中就有那两个人的脸。他们俩都用怜悯的目光远远望着我。我想呼唤那女人的名字，却想不起她叫什么。在痛苦之中，我醒了，可就算醒来，也仿佛仍在梦中，没法立刻想起女人的名字。不论如何我都要和那两人再见一面。我追着那两人来到了这个城市。

口哨声还在继续。夜的气息先是让海面变暗了，接着各处亮起灯光，其中一部分流散向浅海，看来是巡逻船。

房间里也变暗了。为了看清时钟，我点亮了床旁的小提灯。五点半。提灯那积了一层灰的灯罩上原本停着一只苍蝇，这时开始在房间里飞舞。尽管刚初秋，北国的港城却仿佛已经入冬，凉飕飕的。苍蝇有气无力地飞了一会儿，发现地板上有个闪着点点金光的玩意儿，就停在了那上面。是一条金色的链子，大概是昨晚带回来的女人丢下的项链吧。我向地板伸出手，这时电话响了。

"是你吗？"

原来是昨晚那个染着红发的女人。昨天晚上，我在码头对面的酒馆认识了她，还不知道姓名。

"你要找的女人，我查到她的住处了。不是有条通向教堂的坡道嘛？那条坡走到一半，会看见一条最近刚冒出来的酒吧街，叫作'新港小路'。其中有家叫'彩虹'的店……她在店里用'理惠'这个名字，一条腿有点跛，应该不会错吧。今晚你还来吗？"

"今晚不行。再过两三天去。"我补充道，"你项链忘拿了。"

"我是故意丢在你那儿的，我不想昨天一晚上就结束嘛。啥时候想起我了就送过来呗。"

女人挂断了电话。

我又看了一眼时钟。现在出门还太早，等夜再深一点更方便行事。我已经等了六年，没必要急匆匆的。

即便如此，一想到终于能再见到恭子，我的心中就莫名激动起来。我取来挂在床头的上衣，从内袋中掏出一把手枪，微微颤抖的手指在握住手枪时镇定住了。进监狱后，每当想起恭子，我的指尖就会微微颤抖。为了止住这颤抖，我经常用手指假装成枪，做出射击的动作。同一牢房的狱友还问我出去之后想找谁报仇，我什么都没回答，于是被人当成了一个寡言又阴沉的人。出狱后，在寻找他们俩的下落之前我先拜访了一位老朋友，买了把手枪。手枪是我在铁窗和混凝土墙之中唯独没放弃的最后一个梦想。

1

六年前,我还在新宿的一个小帮派里。表面上挂着土木建筑业的执照,实质上是个愚蠢透顶的暴力团伙。我才刚三十岁,虽然没当上头目,但在年轻人里面也算是混了个脸熟。小喽啰们都叫我大哥,走到哪里都有点面子。

征二也是叫我大哥的,他比我小四岁,与当时和我同居的恭子是同一年生的。我最宠爱征二,因为他单纯鲁莽,是个仿佛为黑帮而生的男人。他参加集体就职[①],从九州到了大城市,对霓虹灯的色彩着了迷,之后毅然决然地走上了这条不归路。我自己身为道上人,有时却也会鄙视黑道。但被如此荒唐的世界所鄙视,让我产生了一种快感,同时我也鄙视身在其中的自己。跟我相比起来,征二就是个与生俱来的黑帮苗子。他走路时甩着上衣袖子,在街角会戏弄年轻女孩,还很热衷跟普通人找碴儿打架。他有时血气过盛,却又容易动情,很讨人喜欢。帮派里经常有人嘲讽他脑袋不灵光,但没人真的讨厌他。他爱耍滑头,很擅长惹人发笑,仅凭着一种动物似的本能来嗅探周遭的变化。我对征二怀着几分艳羡的感情,去哪儿都要带着他,而征二也像一只野狗一样时刻紧跟着我。

和恭子同居的时候,征二经常来我们的屋子玩。我和恭子都不太爱说话,除了在床上的时候,很难处理好感情关系,而征二一来,房间里的气氛就明朗起来。恭子在征二面前会难得地放声大笑,她把征二当成弟弟来疼爱,她说征二很像在她小时候死去的弟弟。恭子柔嫩的肌肤闪着白皙的光泽,可总板着脸,一副

[①] 日本经济高速成长期时盛行的一种雇用形式,初高中毕业生集体前往大城市的企业就职。

老气横秋的表情。童颜的征二和她并排在一起时，即便是相同年纪，看上去也得年轻个四五岁。恭子说起死去的弟弟时，征二用手臂抹着泪，痛哭不止。

征二非常自然地融入了我和恭子的关系之中。我们外出旅行前，会没来由地提起征二，然后带上他一起去。我有事要忙的时候，就主动让征二去陪恭子看电影或是购物。

那天晚上，我们正打算带上征二，三人去横滨吃顿饭。七点钟，我在组里等征二时，只见他从办公室窗外露出一张脸，没进来，而是用手指敲打玻璃窗，给我使了个眼色。来到小巷，征二就一脸担忧地说："谷泽大哥叫您去。"据说谷泽这天的脸色特别差。

谷泽是头目之一。我们的组织说是黑帮，其实也不过是以守旧的老爷子为核心，大伙儿像一家人一样互相帮扶关照的小帮派，头目大多是豪爽之人。唯有谷泽这人是例外。当时的谷泽和现在的我年纪差不多，特别爱耍大哥威风，总是对着下面的兄弟耀武扬威。他高高的颧骨上留着一道枪伤的痕迹，有三次前科，总说我们组的做派太过心慈手软，无论什么事都想用暴力来解决。

谷泽尤其讨厌我，总是找些鸡毛蒜皮的理由来找碴儿。"别以为你是大学退学的就能嚣张了！"他怒喝我的这句话都成了口头禅。挨他的打也不是一次两次了。

征二担心谷泽会不会又随便找个借口把我狠狠修理一顿。我让征二半小时后到谷泽的公寓楼门口候着，心里还盘算着待会儿再回家叫上恭子，三人一起去横滨。

我知道谷泽为什么会叫我去。前一天晚上，我在池袋的酒吧里偶遇了谷泽。谷泽一看见我，很是吃惊，背对着我、和谷泽说话的男人便回头看了一眼。那是新英会的一个头目。我佯装不知，很快就离开了那家店，但心里明白得很。谷泽肯定是背叛了帮派，跟新英会勾结了。我们的组织和新英会原本都是从安川组派生出的支系，但从两年前起围绕着主干道上一家叫"海角天涯"的夜总会展开了地盘争夺。新英会想通过说服年轻的安川第三代当家来夺取"海角天涯"，并借此调停纠纷。可是"海角天涯"被夺走的话，我们组会连给安川组的上贡钱都凑不齐，也就相当于要把整个组拱手让人。老爷子放话说无论如何也不能让帮派毁了，组里的人也都深表赞同。可只有谷泽一个人唱反调。"既然新英会已经说动了安川第三代当家的，我们也是无计可施，还不如狠狠心把'海角天涯'交给新英会呢。"他跟其他头目甚至闹到了撕破脸皮的地步。可这一个月，谷泽忽然什么都不说了。众人都认为谷泽的沉默必有蹊跷。而我目击到谷泽跟新英会头目密谈的时候，刚好是风口浪尖，想必谷泽是要抛弃组织，投身到新英会去了。那天谷泽突然把我叫去，也证明了这一猜想。谷泽是想让我封口。

果不其然，我刚进入公寓的客厅，就看到谷泽在台灯昏暗的光线下皱着鼻头，挤出了猥琐的笑容。他拿出酒，用肉麻的声音讨好我，让我别把昨天看到的事情告诉别人。还不仅仅这样。"新英会打算近期下出最后一步棋了。你待在这没出路的组里难免会头破血流，弄不好连性命都可能不保。怎么样，要不要和我一起去新英会？凭你的器量，在新英会也能越混越好的。"谷泽如此劝诱道。

我回以明确的拒绝。要不要背叛组织暂且不谈，我看到眼前这个男人就倍感厌恶。正当我想默默站起身时，谷泽收回了笑容。

"你以为我会这样放你回去吗？"

谷泽说完这句就迅速掏出手枪，将枪口对准我。谷泽说这可不是开玩笑。我交替看了看枪口和谷泽的眼神。我当然明白这不是玩笑，恐怕他一开始就有此打算了。他也明白我不可能接受邀请，肯定已经上下打点过，就算将我射杀，也不至于自己来承担罪名。谷泽从沙发上站起来，膝盖撞到桌子露出破绽的当儿，我扑了上去。

谷泽后仰倒下，我拼尽全力将他按在地板上，并试图去夺他手中的枪。可无论体格还是气力，都是谷泽占优。当我们身体位置交换时，在两人手中你争我夺的手枪同时释放出了闪光与枪声。

感受到冲击力的是我。一瞬间，我还以为自己被射中了，发出痛苦的呻吟。几秒之后，我才发觉谷泽不知为何身子往后翻，喉头不断痉挛，而手枪被我死死地攥在手心。谷泽嘴唇颤抖着，好像要说什么，而我扔开手枪，冲出了房间。

没在大门口看见征二，盛夏的热气弥漫在都市的夜空，繁华街道的喧嚣毫无顾虑地扑面而来，我从未感觉新宿的霓虹灯像此刻这样鲜艳欲滴。我的右手和身上的白衬衫上都沾满了血，于是挑了一条小巷，去往恭子正在等候的公寓。

关上门时，恭子正对着镜子。

"怎么回事？回来这么晚，现在出发，到横滨都要九点多了。"

她快活地哼着歌，回过头来看到我时愣住了。恭子穿着一件胸口缝了三朵花的紫色衣服，还绣了华丽的花边，口红也比平时更浓。她停止微笑，露出难以置信的神情盯着我衬衫上的血渍。恭子尚未意识到，这摊血不仅毁了当天晚上的计划，还将把一切摧毁殆尽。当然,我也对将来一无所知。恭子误以为是我受伤了,说:"我这就叫医生来。"

"那么……谷泽死了吗?"我把情况说了一遍后,恭子战战兢兢地问。

我摇了摇头。我也不清楚,我只记得倒在地板上的台灯和谷泽往后翻时晃动的油腻头发。谷泽倒在了沙发背后,我来不及确认子弹打在了哪儿,就冲出了房间。

我心想征二这时候应该已经等在谷泽的公寓楼门口了,便拜托恭子让征二去谷泽的房间确认一下。

恭子急匆匆出了门,半小时后无力地爬上楼梯回来了。她拖着右脚走的老毛病那时听得比平时更清楚。

在我发问之前,恭子就默默摇了摇头。

我早做好了心理准备,倒也并不很惊讶。在等待恭子回来的时间里,我已经细细考虑过。假如谷泽死了,我就立刻去组里把情况都交代了,然后找警方自首。我的行为是正当防卫,应该是可以证明的。房间里留有打斗的痕迹,手枪上也有谷泽的指纹,何况还是谷泽的手枪。"没什么好担心的。"我说着站起来,而恭子抓住了我的手腕。

"逃走也行的……就这样,和你……一起逃……"恭子说。

那是像呢喃一样轻微的声音。她的侧脸被长发所遮盖,仿佛不是对我说,而是在向远方的某个人倾诉。她的手却拼了命地把我拉住,像是要我把心思留在原地。

"没事的。"

我推开恭子的手,她瘫倒在铺席上,紫色的花边在我的视野边缘延展出美丽的纹样。我没再和恭子说什么,就离开了房间。

征二等在钢梯下面,正百无聊赖用脚踢着钢梯。此时我才注意到征二右手缠着绷带。七点在办公室后面谈话的时候都没察觉，大概是因为那时他把手插在口袋里吧。我问了之后征二回答说，昨天晚上和人打了一架，一拳砸在玻璃上了。我提醒说绷带松开了，征二只是看了一眼绷带，似乎想开口说些什么，但看到我沉默地向前走，便闭嘴跟在我背后。

把真相说给组长和大哥们听之后，他们都对我表示同情，纷纷安慰说是谷泽的错，罪不在我。我带着征二一起去警察局，并在门口道别。踏进警局大门时，我回头望去，征二双手插在口袋里，几乎是背对着我，用鞋尖踢着人行道边缘。

我对刑警说出事实，并主张是正当防卫。刑警认可似的点头道："确实算是正当防卫，不过仅限第一发的时候，也就是擦过右腹部的那一枪。另外一发，当你射出命中心脏的那发子弹时，应该有杀死谷泽的明确意图了吧？"

"两发？"我笑了。

我射出的子弹只有一发。虽然当时已经不顾一切了，但打了几枪还是能记住的。然而刑警给我看的照片上，谷泽光着的身体上确实有两处枪伤。一处掠过右腹，而另一处直接在心脏上开了个黑洞。"掠过腹部的那颗子弹在地板上找到了。"刑警用沙哑的嗓音说道。那大概就是我和谷泽扭打时误发射的一枪吧。谷泽当然不可能因为那点小伤而死，他只是疼得脸都歪了。之后的第二发子弹则带着明确的意图，要了谷泽的命。但那不是我射的，我射出的第一发充其量只能算是擦伤。警方还没查明是哪一枪先发射，但从情况判断，命中心脏的那枪很明显是之后发射的。也就是说，有人在我冲出现场后又进入房间，发现了倒在地上的谷泽，用同一把枪杀害了他。我不觉得这是个偶然，凶手射出第二枪的意图与其说是杀死谷泽，不如说是想让我背黑锅啊。

我坚持主张自己是清白的整整三天。第四天，刑警听取了恭子和征二的证言。他们俩异口同声说我从现场逃回来时曾这么说："我杀了谷泽。射了两发子弹。"我对刑警大吼大叫："把恭子叫来！""叫恭子那女人来啊！还有那小子，也叫来！"我有生以来第一次倾吐出那样暴烈的怒吼声。听说"恭子不想见你"的时候，我已经完全丧失了自我，甚至向刑警挥拳。我狠狠抓着墙壁，脑袋不住地往上撞。那一整晚，我都在用脑袋和手腕敲击着铁栅栏，像野兽一样嘶吼。次日的早晨，在一片白光之中，我承认了所有的罪行。

我在法院见过恭子两次，又见过征二一次。恭子在第二次作证的时候，仿佛突然想起我也在被告席上，转头看向我短短一瞬间，视线又躲闪开，继续用干枯的嗓音作伪证。而征二则一眼都没看过我。我在他那天不怕地不怕的侧脸上，第一次看到了狡诈成年人的痕迹。离开证人席的征二依旧习惯性地将右手插在口袋里，手上已经没了绷带。那天晚上绷带松开了一些，恐怕是因为将第二发子弹打进谷泽心脏时，强行弯曲了手指。恭子离开家又回来的这半小时里，他们俩决定了这一切。我明明知道恭子和征二进入过现场，又为什么没立刻察觉他们俩就是想让我当替罪羊呢？不，或许我早已察觉到了，但这是我最不想承认的事实，所以我在欺骗自己。望着征二走回旁听席，我很想对他说句话。律师制止了我，就算他不制止，我多半也不会真说出口。我已经不知道该说些什么了。

第一次开枪被认定为正当防卫，但射出第二发子弹时，尽管我处于精神错乱状态，但是怀有明确的杀意，最终被判处七年徒刑。

转入监狱的第六天，恭子来探望我了。我早就预料到恭子会来再见我一面的，预想成真让我有点高兴。我用仿佛多年未见的眷恋眼神望着恭子。恭子穿着黄衬衣，戴着珍珠耳环，头发齐齐地剪短到与珍珠齐平的位置。我说这发型不适合她。两人隔着玻璃几乎没说几句话。

但我还是问了。"你和征二是几时好上的？"

恭子抬起头来，落寞的眼神仿佛在说：这件事根本就不重要。

"当时你说要和我一起逃走，对吧？刚做完背叛我的事，为什么又要说那种话？"

"我也不知道……但那是我的真心话。"

结果，恭子到最后只留下这一句话。探监时间才过半，她就走了。在站起身前，她忽地伸出右手，将手掌按在玻璃上，就那样保持了好几秒。可以看到一根黑色的线条沿着她掌心的纹路流淌而下，看似血痕，又或许只是什么脏东西。手指尖上的银色指甲油闪着光，耳朵上挂的珍珠也熠熠生辉。尽管没有哭泣，但她看我的眼神显得比哭还悲伤。惨白的面孔让浓重的妆容都失去了颜色。她的样子很镇静，但在镇静的背后有什么东西崩塌了，她仿佛在用按在玻璃上的右手拼命支撑一切。

我从没见过这么漂亮的女人。我的身体微微朝恭子挪动了些，此时，我真想亲手将面前的她杀了，而抱紧她的冲动与杀意同等强烈。恭子走出去之后，看守站了起来，但我说想在这里静坐到探监时间结束为止。

十天后，组里来探监的小弟告诉我，当天晚上，恭子和征二就不知逃到哪里去了。我一点都不惊讶，也什么都没说。

从恭子来访后的第二天起，我成了个一声不响的囚犯。寡言少语的我时不时会想起一些事来，手指做出扣动扳机的动作。

出狱之后我并没有很快摸清他们俩的行踪。我入狱那年年底，帮派终于还是落入了新英会的手中，老爷子在次年因为癌症死了。过去常混在一起的几个人把征二当成死人来谈论，他们印象中的征二总是弓着背，手插在口袋里，躲在人群中最不惹眼的地方，但炯炯的目光从来不曾跟丢猎物，就像一只饥渴的野狗。没人还记得征二是个像狂犬一样横冲直撞、粗野又敏感的滥好人。经历了漫长的岁月之后，人的记忆中只会留下他所相信的真相。一个月后，我从名叫久美的女人那里打听到了这个城市的名字。

久美曾经和恭子在一家店工作，她一开始说什么都不知道，但我觉得很可疑，就以暴力威胁来质问，最后她给我看了一张明信片。这个连我也挺熟悉的北方港口城市，在明信片风格的蓝天之下看着像个虚构的城市。恭子在这张三年前的明信片上写着"现在很缺钱，能否接济五万日元左右"。她的笔迹跟她的脚步一样有点歪歪扭扭，和从前一个样。汇款地址为当地火车站里的邮局。久美说她并不知道恭子的具体住址，最终也没汇钱过去。她不缺五万现金，只是不想掺和到麻烦事里去。我打了久美。久美右手捂着脸说："你难道还爱着恭子吗？她已经不是以前的恭子了。都过了六年了，你也不是以前的老样子了，不是吗？"我当然明白她的话，于是我默默离开了久美的房间。虽然不知恭子是否还住在那个城市，但我第二天就离开东京，渡海北上。

夜晚的海峡只有黑漆漆的浪在翻滚，星星很低矮，仿佛要被海浪吞噬。我站在甲板上，花了很长时间看着夜里的海。

海风穿透我的身体，吹向远方。

六年前，恭子也曾眺望过这无尽的黑暗世界吗？我开始思索六年前的恭子是怀着怎样的心情渡过这片海的，但想不出个结论来。她也许和征二在一起其乐融融地笑着,又也许是孤身一人,为了忘记一切而眺望着夜幕下的海面。

我唯一知道的就是:直到六年前的那天我都很幸福,而一个女人背叛了这份幸福。

2

夜色已深,港口的灯光显得一片朦胧,我知道又下起迷雾般的细雨了。到了九点,我再一次摸了摸胸兜里的手枪,穿上上衣,走出旅馆。

我沿着运河在雨中走了片刻,打了一辆路过的车。司机认识"彩虹"那家店,据说才刚开张,里面美女云集,评价挺好的。

"知道一个叫理惠的女人吗?"

"这就不清楚了,我也只是送客人过去,没进里面瞧过……"司机朝后视镜瞥了一眼。

"客人您也是道上人?"

"道上人?是说黑帮吗?"

"是啊,统领这一带的是松尾组,'彩虹'也是他们的地盘。我们公司离他们组的办公室很近,经常被叫去开车,送他们去'彩虹'玩。"

司机看来挺熟悉黑帮的情况,于是我问他有没有听过古川征二这个名字。我相信征二在这个城市也会继续做暴力团员,因为他只懂得黑道人的生存方式。

"古川啊,是不是那个三十二三岁,瘦子,眼睛没神的那个?去年刚成了个头目吧?是他的话,我倒是载过五六次,虽然没去过'彩虹',但会深夜从酒店约车。每次都带着不同的女人,简直就是在炫耀嘛。就坐在您那座位上……"

见我默不作声，司机以为自己说了不该说的，不好意思地低下头，接着把方向盘打向右边。道路变成一条平缓的斜坡，石板坡道两侧是商店街式的建筑，店铺里的灯和卷帘门都已关闭，四下鸦雀无声。雾雨沿着与车灯相反的方向，顺着石板路流淌下来，沾染了霓虹灯的颜色。司机将车驶入那片霓虹灯中，很快就堵车了。纷繁的色彩与各式各样的店名灯饰挤在一起，令人目不暇接。雾雨像是要平息这色彩的喧嚣，无声无息地飘落着，车灯在雨中接二连三地扫过一家家酒吧。我下了车，抬头看到英文"RAINBOW"的红色灯牌。红色仿如渗透进了雨水中，即使挪开眼睛，一时半会儿也不会消失。我推开了那扇犹如青铜般沉重的门。

店内毫无店名的风格，很暗。尽管没想的那么宽敞，但里面有扇大窗户，看起来也并不特别局促。如果没了那扇窗，这店里一定比地窖还憋闷。包厢里坐满了客人。层层缭绕的烟气仿佛是室外的雾气飘了进来，时不时又被阵阵笑声所冲破。在一片昏暗之中，顾客和女人的脸都看得不真切。入口处有一段石阶通往楼上，说是楼上，也不过是用木架子就着一楼搭了片露台似的场地。我在楼下柜台一角坐下，刚向酒保要了杯酒，就有一条黑色绢丝手帕飘落在我身上。我抬头一看，木扶手之后的阴影处有一双紫色高跟鞋闪着微光。我心想那说不定是恭子，可凑过脸来让我帮忙捡一下手帕的却是另一个女人。她只是把我错认成某个常客了。

为了躲开响彻店堂的吵闹歌曲，我趴在桌上，只是时不时想起什么似的，把酒杯送到嘴边，待了很长时间。有顾客进出时就会传来一阵夸张的女人的笑声，在恼人的音乐中，我很难捕捉每个人的嗓音特点。不一会儿,我发现酒杯空了,正要呼唤酒保时……

有个人像瘫倒一样忽地从背后贴到了我的身上。是个女人。她把脸埋在我的右肩,头发仿如海浪流淌到我的右臂上。女人喝醉了,靠着我的背,一动不动。她来得突然,我却并不吃惊。我根本不想理会她是谁,只是盯着空酒杯出神。香水的气味混着酒味飘来,和六年前不同,是刺鼻艳俗的味道。女人的头发和好似睡熟了一般的呼吸扫过我的后颈。女人把头埋在我肩头,我也任自己的头靠过去。我想起二十三岁进组后第一次打架,当我浑身是伤倒在地上时,从泥土味中感到的那种安宁,我从恭子头发的气味中再次体会到了。我们静止不动好一会儿,就好似筋疲力尽之后,只渴望坠入沉沉的梦乡。

过了一会儿,恭子像从背后抱住我那样手伸到我的胸口。指甲是红的,六年前恭子说过最讨厌红色。恭子隔着上衣摸到了我胸前口袋里的手枪。她一定明白那是手枪,手停在那儿不动了。低沉的话语随着她的呼吸,触碰到我的背脊。

"杀了征二……"她的嗓音像在呢喃。

与六年前让我逃走时的嗓音是一样的。

我不说话,恭子松开手臂,说:"到里面来。"

我跟在恭子背后,来到最里面的一桌。恭子穿着黑色睡衣似的长裙,带着点醉意,背影有点晃悠,右脚拖行的动作仍与往日无异。恭子在遇到我之前,曾一度自杀未遂。她跳到车子前面,右脚留下了伤。我们俩在窗旁的座位面对面坐下。

恭子像是要躲开我的视线一样,望着窗外,头发遮住半张脸。

"你都知道了吗?"

恭子没回答,继续呆呆地看着外面。过了好一会儿,她仿佛终于听见了我的说话声,拢起发丝转过头来,问:"知道什么?"

又仿佛这才意识到我坐在她面前一样,神情有点诧异。

"我会到这城市来,你都知道了吗……"

"……嗯,久美写信给我了,说你找上门来了……但就算不知道,刚才也一眼就认出来了。因为从身后看,你的右肩有点耷拉着……"

"久美知道你的住处吗?"

"知道……她还说只告诉你在哪座城市了,让我赶快逃走……"

"那为什么没逃……"

"逃到哪里去……"

我无言以对。

"要我逃到哪里去呢?"

"逃得远一点,肯定有我追不到的地方。再远一点就行……如果在这里找不到你们,我就打算死心了。"

"说得没错。征二的话,肯定愿意和我再逃一次吧,他跟你不一样,只要我说想逃离的话……可是……"恭子露出草率的笑容,"可是心里的纠葛我永远都摆脱不了……你在这六年里一直都追着我,哪怕你身在监狱里……"

我告诉恭子她比六年前瘦了一些。变瘦了,染了棕发,还用浓妆来掩饰黑眼圈。

恭子的眼神投向酒保身后挂着的一幅画,上面画着外国的海港城市。夕阳染红了港口和大海,海面上拖着桅杆长长的影子,远处画着一艘船。

"店里的姑娘常常打赌,赌客人会回答说那艘船是出港还是归港……"

在我看来，二者都不对。那艘船看上去既没有可归的港湾，也没有可去的城镇。它只是停在原地，随着黄昏的浪涛而摇摆。恭子流露出与我相似的眼神，盯着船看了一会儿。

"你还是该逃走的……不管去哪儿。"我再次说道。

恭子摇头说："我一直在等你，从来没想过要逃。"

恭子站起来，从酒保那里取来自己的包，从包中掏出一支银色盖子的口红，忽然手又停了下来。

"六年前，离开东京之前那晚，我们欠下了仁义债。"

我回答说这不是什么仁义不仁义的事，况且我早不是那条道上的人了。恭子想把口红盖子取下来，可转念又把它放回包里，取出另一支口红和手镜，开始补妆。

"我到这座城里来，不是为了你想的那件事。"

我从胸口掏出手枪，摆在桌上。

"我明白……所以我才让你杀了征二。"

"背叛我的不只是征二。"

恭子停下涂口红的手，用近乎冷彻的沉静眼神看着镜子。片刻后，她将口红放入包中，抬起头。尽管喝醉了，但眼眸深处还是闪着洞察一切的光芒。恭子像是回想起了什么，点点头。

"六年前，听说你承认了我们作的伪证时，我就知道你会亲手来杀了我们……所以才说一直在等你。"

"你打算就这么束手就擒吗？"

"那天晚上，我说一起逃吧，我真的是想和你一起逃跑的……逃到天涯海角，最后死在一起。"

"但你实际上选了征二……"

"是啊。让征二背叛你，提出一起远走高飞的人，是我……"

恭子像是累坏了，头抵在窗户上，望着外面。港口的夜景被雨打湿，向大海淌去。海湾将夜色衬托得越发深邃，尽头的灯光分为两种色彩——城市里五光十色的灯光和海上船只的点点白灯——延伸至远方。这么美的夜晚不适合我们。辜负信赖的女人和被辜负的男人，我们的立场截然相反，本质却无比相似。我们都因为六年前的案子，失去了所有。我没法开口说至今仍需要恭子的陪伴，即便这是我的真心话。从面对面的沉默中，我读懂了自己。紧握手枪想把恭子杀死的冲动如同一个玩笑，但我同样很清楚，我会践行这个玩笑。不知从店里的哪个角落传来一阵笑声，恭子有样学样地侧着脸大笑起来，那是嘲讽自己的笑声。她嘲笑自己的同时，恐怕也在嘲笑我，嘲笑征二，嘲笑一切。恭子一直在等着我大概是真的。我面前的女人已经完全舍弃了自己，也只有这点是与我不同的。我还有一件事没完成，那就是对她和征二扣下手枪的扳机。

恭子又笑了一次。烛火就快燃尽了，火焰在恭子的脖子上留下一道摇曳着的浅黑色残影，这黑影仿佛要把我们六年来的最后一页也焚烧殆尽。我说想在今晚彻底了断。

"今晚不行。征二现在和另一个女人住在一起……你明天五点到第三栈桥来。明天我去组里接征二，肯定会把他带去的。征二还不知道你到城里来了……"

"你被征二甩了吗？"

恭子无所谓地侧过脸去。

"应该……是吧。"她仿佛事不关己，"就是被他抛弃了。去年他升上了头目，就立刻有了别的女人。现在那个已经是第三个了……但我们也会偶尔见面，做对不起你的事……征二和我都是人渣……我们丧尽天良。"恭子又笑了。

"所以你想让我把征二杀了吗？你为什么要挑那种男人？六

年前是你自己选了那小子吧。"

"是啊……"恭子点点头,"对我来说,在征二身边堕落下去,比拼命往上爬,爬到你所在的世界要轻松多了。谷泽不是说你聪明过头了吗?他说得一点都没错。"

我站了起来,说:"我可没那么了不起,人渣不是征二,而是我。我只是饶不了背叛自己的人,想把仇人都杀了,仅此而已。"正当我想把手枪收回胸前口袋时,恭子忽然握住了我的手。

"枪里面装了几发子弹?"

"两发。我想杀的只有两个人。"

"那就再装一发进去……三发……"

我说不必担心失手,两发足够了。恭子摇摇头,遮住眼睛的刘海也跟着摇晃。但她的眼神没有晃动,依然仰视着我。今晚我第一次见到她露出倾诉般的眼神。

"给谁用的?"

"给谷泽用的。"

"谷泽?"

恭子默默点点头。我不明白她想表达什么,六年前,谷泽已经死在了征二手上,而我蒙冤在监狱里待了六年。为了把亲手制裁真凶的权利抢到手,我缄默地虚度了六年的岁月。我想继续追问,恭子却摇头。

"什么都别问,答应我,准备好三发子弹……你肯答应我,我一定守约……明天五点,第三栈桥……"

恭子如梦呓一般将"第三栈桥"这个词重复了两遍。我点头走出店去,虽然有车停在门口,但我还是选择步行下坡。和恭子的重逢全是浪费时间,我们说的净是些无关紧要的事情。我明白她为什么要发出嘲讽一切的笑声,我纯粹只是为了杀死恭子而来到这座城市的，跟即将死于我手的女人互诉衷肠没有任何意义。

雨小了些，和雾几乎没区别。我心想，真不该和恭子见面，应该默默在今晚做个了断的。变成现在这样，都要怪这迷雾般的细雨。

3

次日，快到下午五点时，我退了旅馆的房间。我把丢在房间里的金色项链交给旅馆老板，说，如果前天我带来的那女人找上门，就把项链还给她。

老板已经不记得那女人了，我也忘记她长什么样，只说是个红头发的女人。我打听了一下第三栈桥在哪儿，原来就是从我房间窗户能望见的最远处的那座栈桥。栈桥被堆成山的煤炭挡着，只能看见桥墩。老板白发之下的脸忽然转阴，说道："那一带是黑帮经常打打杀杀的地方，一定要小心。"

我向他道谢，用身上最后一点钱付了房费。昨天那个黑人船员刚巧吹着口哨从楼上走下来，我没打招呼，径直出了旅馆。

我穿过两条运河，沿着长长的仓库行走。穿过煤炭山之后，便来到开阔的港湾。从这个位置看海港，刚巧与旅馆窗户望出去的角度相反。这里望去的码头和港湾都显得更宽广。

昨晚雨停了一小会儿，后来又下了起来，安静的雨声将港城冲刷了一整日。浅薄的雨云中透出几道黄昏的微光，像是追随着飞往陆地的风一样，朝水平线徐徐照去。

恭子就站在栈桥上，只有她一个人，没有其他人影。她套着白色雨衣，头上裹着近似发色的围巾，背对我眺望大海。直到我开口，她才注意到我已走近。她回过头，撩起被雨打湿的刘海，没抹口红的嘴唇上蒙着一层灰色。

"征二很快就来……今晚他要接待从东京来的客人，说会在那之前来的……就去那边的仓库里等他。"

"你对征二怎么说的？"

"我骗他说你把往事一笔勾销了，只是想再见我们一面，所以特地找来了。"

"那小子会信这种鬼话吗？"

"当然了……征二高兴得很。我一说你已经不再怨恨过去发生的事了，他就……你也知道的，征二是个什么谎话都会信以为真的傻小子……六年前在谷泽的房间里也一样，我一说自己真正喜欢的是他，他随随便便就信了……"

因为脚伤而穿着低跟鞋的恭子只到我肩膀，她抬头望着我，雨滴闪着光拍打在她的脸上。我背过身去，走向仓库。

仓库门稍稍开了一条缝，我心想恭子也许又骗了我，说不定征二在里面埋伏着呢，但还是毫不犹豫地打开了门。如果恭子真的背叛我到那种地步，就算被杀我也无话可说了。

里面一个人都没有，只有货物散乱地堆放着，发出阴湿的气味。安静得能听见雨声。灰色日光从门口透进来，拉长成一条丝带，铺在水泥地面上。我来到暗处，靠在货物旁抽烟。随着一阵熟悉的脚步声，恭子来到我身边，和我并排倚着货物，脑袋靠在我肩膀上。

"先把征二杀了……征二应该会带手枪，所以他靠过来你就立刻动手……"她说完这句话，就像熟睡一样闭上了眼睛。

我单手环抱恭子的身体。几分钟之后，我就要用这只手来杀死她，就连我自己也不敢相信。恭子显得疲惫不堪，似乎不愿去想即将发生的事，只想借我的肩膀享受最后的片刻安宁。

十分钟过去了,我们俩在这段时间里都没说话,只是互相聆听对方微弱的鼻息。

"好慢啊……"我终于低声说道。

"但他肯定会来的。"

"会一个人来吗……"

"嗯……我再三叮嘱他,一定要单独来。"

恭子的这句话还没说完,就听到外面有汽车驶来的声音。我握紧了口袋里的手枪。车就停在离仓库很近的地方,我听见了开门声,随着踩在水洼里的脚步声越走越近,一个人影出现了。

男人的身影出现在门口处,他拂去肩上的雨水,接着大声呼唤恭子的名字,走进仓库。是征二的声音。征二投在地板上白光中的影子越拖越长,他不断往里走,没注意到藏身在阴影处的我们,继续多次呼唤恭子的名字。

我终于现身于光亮处。征二看到突然现身的我,吃了一惊,停下脚步。我和征二隔了几步远,他头部的影子恰好触到我的脚尖。

征二披了一件大衣,大衣下是一身白色西装,盛装打扮,看来确实准备去某个豪华场合,半路绕道至此。他胸前插着一枝康乃馨,不知是真花还是人造的。他胖了点儿,气派了不少,看上去年纪也与我差不多了,只有头发的长度与过去一样。

我也变了。征二一时之间仿佛没认出我是谁,还用费解的眼神盯着我看了一会儿。

"大哥……"

他用熟悉的声音呼喊着,双臂展开向我走来。我掏出手枪,将枪口对准他。

征二大惊失色,保持着向前迈步的动作,冻结住了。就在这时，恭子跑到我身边，像刚才那样头靠在我的肩上。恭子的嘴角浮现出一抹微笑，眼睛紧盯着征二。她那眼神像是在看一个陌生人，或是早已忘却的男人。

"开枪……"

恭子在我耳畔低语。

虽然很小声，但一定也清晰地传到了征二的耳中。

征二的脸扭曲了，他试图挤出笑容，那是发现把事搞砸时想要掩饰的微笑。我头一次发现征二右眼下面有颗痣。

征二嘴巴半张着，似乎不知该呼唤我还是恭子。短短一瞬间里，他交替看了看我和恭子的脸。尽管立即明白恭子背叛了自己，但他仍然拒绝相信。征二像是要辩解些什么，向我伸出一只手，并靠过来。他的笑容仿佛在说："这是开玩笑的吧？"说到底，征二这个人还是没什么改变，这笑容和当年是一样的。他还是那个被我当成亲弟弟来疼爱的孩子。我多想笑着喊一声"征二"啊。我扣动了扳机。

征二倒退几步，仰面倒在地上。我缓缓来到征二身边。倒在地上的征二，身子看上去和当年一样瘦小。征二抬起头，看了我最后一眼。即便表情因痛苦而扭曲，他还是尽力在笑，真是个愚蠢到家、无可救药的家伙啊。他想要喊出我的名字，却发不出声，最终脑袋垂到了地上。只剩下了雨声。

子弹命中了征二的心脏，血仿佛是从佩戴在胸口的鲜红花朵中流出的。只有这红色，才是为黑道而生的男人应有的勋章。

来到我身边冷漠地俯视尸体的恭子忽然想起了什么，从我手中取过手枪，向征二的身体迈近一步，扣动扳机。子弹在衣服的下摆穿了个洞，但只是掠过腹部而已。

恭子垂下了头，将脸藏在头发后面。

从发丝的缝隙间传出了她的声音。

"……我刚才射的是谷泽的身体……"

"谷泽?"

"六年前,征二干了同一件事……朝着死去的谷泽身上开了一枪,子弹擦过了右腹……征二做的事仅此而已。"

我想动起来,恭子却回过头来将枪口对准了我。她的表情很镇静。

"冷静一点听我说……枪里还剩一发子弹呢,用它打死我就行了。但是在这之前,我要代替征二把真相说出来……"

恭子冷静至极的表情有点像在发怒。

恭子继续说:"六年前杀死谷泽的就是你。谷泽被你射出的第一发子弹打中,就死了。"

4

六年前的那个晚上,赶到谷泽所在公寓的恭子,发现征二正在大门口百无聊赖地等待。恭子把事情始末讲给征二听,并跟在征二身后上楼,进入了谷泽的房间。门微微开着,两人不出声地进入了房间。谷泽仰面躺在客厅里,心脏部位开了个洞,已经死了。扭打时我扣下扳机击发的那颗子弹要了谷泽的命。征二捡起掉落在一旁的手枪,在手枪和谷泽的脸之间来回看了很长时间,接着很少见地露出了愤怒的神情。

恭子说"回去吧",并拉住征二的手,却被他粗暴地甩开了。"不能这个样子就走。"他说着,用握在手里的枪射向谷泽的尸体,还故意射偏,子弹仅仅擦过了尸体的腹部。射击时的后座力让征二差点儿倒在恭子身上。征二似乎自己都不知自己做了什么，一脸惊惧的表情。

"为什么……征二为什么要做那种事？"

"他想替你顶罪啊。他想造成是自己杀死了谷泽的假象，然后去自首……"

"我问的是，他为什么又射了一发？想要顶罪自首的话，把我留在枪上的指纹擦了，然后换上自己的指纹不就行了吗？"

恭子看我的眼神像在怜悯我。

"他这么做，你会接受吗？你会一句话不说就把征二送出去当替罪羊吗？你可不是那么卑鄙的男人。你绝对会阻止征二，亲自去偿还自己的过失的。征二比谁都清楚你就是这种人……征二实在是个傻子。但他还是用不够灵光的脑袋拼命思考过了。要怎么办才能在你和警察都意识不到的状态下，把杀死谷泽的罪行转移到自己身上来呢？他射出第二发子弹就是为了这个目的啊……"

如果尸体身上只有一颗射穿心脏的子弹，毫无疑问肯定是我射出的。而征二意在通过补上一枪，来将第二颗子弹发射者的身份替换过来。于是乎就变成我射出的子弹只掠过了谷泽的腹部，他们俩进入谷泽房间时谷泽还活着，接着征二杀死了谷泽——他是想向警方传递这个信息。不光为了传达给警方，更是为了我。为了让我，让我本人，意识不到自己犯下了怎样的罪过……

而且那天征二右手缠着绷带，他本打算拆下绷带，在枪上留下自己的指纹，可是被恭子制止了。恭子说："我不想让你做这种事。"然后恭子又说，"背叛他，我们俩逃跑吧。"这是因为两人从半年前起就背着我发生了关系。

"征二拒绝了，他说不想背叛大哥到那么过分的地步。征二这个人，光是因为瞒着你和我偷偷睡过，就觉得是做了伤天害理一样的事……虽然征二爱上了我，但对你的敬爱一点都不亚于我。他总是翻来覆去地说'大哥太了不起了，总有一天能在这条道上成为大人物的'。"

而让征二最终下定决心的，是恭子的一句"我喜欢的是你"。征二咬着嘴唇，点了头，带着几乎要哭的表情。他仰视恭子，仿佛在向她求救。

说服征二作伪证的也是恭子。征二为了救我而射出的第二颗子弹，反而成了逼我入绝境的铁证。因为现场有两颗子弹，所以无法证明我杀死谷泽的行为是正当防卫。征二最初的意图在某种意义上也算是实现了，正如他所预料的，我这六年里一直坚信是征二开枪射穿了谷泽的心脏。

"为什么昨天不告诉我这些……"

"就算我说了你也不会相信的，除非你向征二开枪……为了让你相信，就只能让你向征二开枪了。"

"就为了这个，你让我开枪打死了征二？"

恭子摇摇头。

"去年，征二背叛了我。但在更早以前，从流落到这座城市的那天起，我们就已经走到了尽头。自打在这座城市住下，我就在等着你来的那一天。"

"反正你们已经背叛了我。"我说。

说不定这也是恭子想说的话——反正我们已经背叛了你。恭子点头赞同，即便如此枪口还是对着我。恭子落寞地——十分落寞地望着我，她的眼神比枪口更加空洞。

恭子终究还是没向我开枪，恭子比我更明白，剩下的那颗子弹是为她自己准备的。恭子没能扣下扳机，但是在她用枪指着我、用落寞的眼神望着我的几秒钟里，子弹千真万确地射中了我。恭子向我生命中最珍贵的部分狠狠地扣下了扳机，用的是她落寞至极的眼神……

恭子的唇齿间吐出一口气，这是一切都已终结的信号。

恭子取下围巾擦了擦枪，又用自己的手握紧。接着用围巾包着，把枪塞到我的手里。这是为了帮我洗脱嫌疑，让警方认定是恭子杀死了征二，之后又自杀了。

恭子双臂环抱住我，像是要挂在我脖子上一样。我隔着围巾握住枪，抵住了恭子的胸口。恭子的身体向我靠得更近了。

"开枪吧……"她在我的耳畔，用和刚才同样的口吻呢喃道。

恭子的脸埋在我的肩膀上，我的脸埋在她的发丝中。恭子的头发甘甜又柔软，和昨晚一样，散发着我在往日闻过的泥土气息。我扣下了扳机，枪声响彻昏暗的仓库——但我什么都没听见。

就在那瞬间，恭子的脸挺了起来，我明白自己真的已经扣下了扳机。我条件反射般地抱住了恭子瘫软下去的身体。她的身子一点点向下滑，而我用尽全身的力气将她抬起、抱紧。我把脸埋在恭子的头发中，大声呼喊了她的名字两次。我终于——时隔六年，终于又抱紧了恭子。

雨声渐渐在我耳旁重现，恭子仿佛被我吸光了生命的最后一点温度，身体变得冰冷。

我将恭子的遗体摆放到征二的身旁。可就算这么做也毫无意义，恭子的眼神即便在死后仍然拒绝着征二，拒绝着我，拒绝着一切，而是望向一片黑暗。结果，恭子的两个梦都以失败告终。和我的梦，和征二的梦——六年前，我和征二分别射出的两发子弹，不仅贯穿了谷泽的身体，也将恭子的梦想击得粉碎。

我合上了恭子的眼睛，就在这时，我发现从恭子的口袋里掉出了什么东西。从门缝中透进的光很暗淡，那东西在一片晦暗中闪着银光。是恭子昨晚曾取出过一次的口红。

我摘下口红盖子，里面是被药味浓重的纱布包着的一根手指。

我想起恭子昨天晚上曾凝视着这支口红，提到了"仁义"这个词。我同时又想起她离开东京前的最后一个下午，将右手按在客厅玻璃上时所见的那根黑线。

那果然是血。是征二的血。恭子在逃离之前让征二切下了手指，想用鲜血向我作唯一的谢罪①。

恭子没涂口红的嘴唇显得无比苍白，我不禁思索起恭子在和我相遇的前一年为什么要寻死。恭子曾说"我曾跳到汽车前面"，可我一次都没问过为什么。但如今我思考下去也没了意义，答案已经永久地锁在恭子的双唇中。我所知晓的仅有，恭子在认识我和征二之前，就已经在追寻某个梦的路上惨败过了。她无法原谅的并不是我或征二，恐怕是她自己。

我将口红收进自己的口袋，又将征二一只手上的手套摘下。果不其然，没有小指了。他的脸在昏暗中已呈象牙色，依然张着嘴，像在呼唤着我的名字。真是个极度单纯、愚蠢到无可救药、为黑道而生的男人。不过，征二、恭子、我——三人之中最愚蠢的大概是我。六年前，在谷泽的房间里响起过两次枪声，其中一声是在他死后才发出的，毫无意义地擦过了尸体的腹部。我觉得自己就像那第二发枪响。我从手枪上擦去恭子的指纹，又紧握手枪，将自己的指纹沾了上去。

接着我走到门外。码头已经暗了下来，夜幕降临。雨还在继续下，今晚也一样，说是雨，其实更像雾。

我走到栈桥的尽头，在恭子刚才等待我的位置站定。放眼望

---

① 日本黑帮中有切下小指来表示谢罪的传统。

去什么都看不见,海面像一片无垠的空白,不断延展开去。大海的颜色,很像黄昏到来、尚未亮灯时的牢房墙壁。

灰色的墙壁又在等着我回去。封锁在墙壁之中的我,这一回恐怕真的会成为一个彻底无言的囚犯。

我将口红抛入海中,等待着巡逻船经过。我伸出好不容易获得了自由的双手,抽了支烟。

敞开幽闭之门

1

水木麻沙接到电话的时候刚收拾好东西，正准备走出空无一人的办公室。

"麻麻，快来救我——"

几乎要将听筒震裂的高亢嗓音来自上个月因为品行不良而被强制退学的宫部典子。麻沙对学生的嗓音非常敏感。学校叫私立圣英高中，名字听上去挺高贵的，本质却与校名正相反，是东京都内垫底的高中，麻沙在这里当音乐老师。

"麻麻"是学生们给她起的绰号。这绰号也是毫不搭调，麻沙去年刚从大学毕业并就职，外加是小个子童颜，如果女学生们都穿上便服，她甚至会被误认为是最年少的妹妹。怎么看也不像个"妈妈"嘛。

"典子？你刚才的叫声比我都高出一个八度了，现在努力还不晚，要不要好好用功考个音乐大学？比当暴走族里的卡门可出息多了。"

"别跟我开玩笑了。麻麻……真的出大事了。"

典子的语气十万火急的样子，还是第一次听到她这么认真地说话。麻沙刚当上教师不久，典子就玩过一出自杀未遂，去探望的时候，她玩世不恭地说："我怎么就活下来了呢？"

"你在哪儿？"

"在叔叔的别墅里。奥多摩的那栋。你现在就坐电车过来。八点，我在×站的检票口等你。"

"发生什么了……你现在一个人?"

"和平时那批人在一起。求你了,快来吧。别告诉其他人,一个人来……"

"怎么慌成这样了?该不会闹出人命了吧?"

电话那边的沉默就像连珠炮突然没了炮弹一样。该不会……可那群孩子总是会闹出让人瞠目结舌的事情来……

"明白了,我马上就去。你要冷静一点等着我啊,唱唱课上教的《我们也有明天》好了……"

挂掉电话,麻沙就冲到了校门口,站在校门旁的两个男人停止了窃窃私语。是刑警,一定是在调查前天的案件。麻沙若无其事地点头致意,拦下一辆路过的出租车,进入车厢时,还能望见在操场上全力奔跑的足球社成员。

同样是追求极速,用自己的脚来跑,跟骑着750CC的摩托车,追逐的梦想又有什么区别呢——麻沙胡乱想道。

"去池袋站!"

麻沙冲出租车司机喊出这句话,如同宣告战斗开始的号角声一样勇猛。实际上,战斗已经开始了。典子说和那群孩子出了大事,哪怕不至于天翻地覆,也得做好出了一两件杀人案的心理准备。

不过从池袋站坐电车过去得花一个小时,随着离目的地越来越近,将车窗彻底填满的晚秋暮色也一点点渗入麻沙的心中,让她开始忧心忡忡。

究竟出了什么事呢?

确定要退学的时候,典子满不在乎地说:"没什么关系的。""没事的,麻麻,有时间担心我不如担心一下自己呢。听说在教职员会议和PTA①会议上,只有你一个人反对我们退学,还为我们抗议啊。小心变成校长的眼中钉哦。"反倒是麻沙得到了安慰。退学这件事对她到底有多大的打击呢?

他们是吊车尾中的吊车尾,三个男孩两个女孩,总共五人,都是让人无计可施的小鬼,但本质上都不坏。麻沙当上教师时,五个人已经组成了一个叫"黑隼"的暴走族团体。他们不逃学,却在教室里吸胶②、玩花牌,还用小刀恐吓其他学生,对初来乍到的麻沙也是处处作对。某天上课时,他们的头领,绰号"木亚"的孩子掏出刀来威胁麻沙,麻沙忍无可忍,豁出去大骂道:"你们以为老娘是什么人?别看我现在这样,在你们这么大时也是在道上混过的,人称'剃刀麻沙',到哪里都要给我点面子。有胆子就一起冲我来啊!"事后却只能对校长低声下气地解释:"那都是我胡说八道。"但这一骂,起到了意想不到的效果,之后那群孩子见到麻沙时甚至会露出尊敬的神色。他们开始有事没事就喊"麻麻、麻麻"地寻求庇护。麻沙感冒请假没去学校的时候,他们成群结队地开着摩托车来到宿舍窗下,麻沙把头探出窗,孩子们还扔了个苹果上来。青苹果又酸又涩,麻沙不禁想:唉,这群孩子只是还没有成熟。而正当她抖擞精神,决定把他们培养成红苹果时,就闹起了那场退学风波。

原因是孩子们在操场上和其他学生大打出手。听完事情原委之后,麻沙觉得这帮孩子也有值得同情的一面,在教职员会议上,麻沙面对全体教师,像圣女贞德一样作了一番激昂的演讲,但结果还是白费劲。

---

① PTA 全称 Parent-Teacher Association,是日本各学校所创建,由学生监护人与教职员工组成的社会教育关系协会。
② 这里指的是昭和时代日本青少年中曾流行过的"稀释剂游戏",通过吸食挥发性溶剂来产生幻觉及快感,后被认作毒品而取缔。

麻沙觉得症结就出在退学上。头领木亚接连两年高考落榜，不还是留在学校不肯挪窝吗？典子也一样，本性善良，脆弱又容易受伤。麻沙曾把她叫到宿舍，两人并排躺下，听女孩说了真心话。其实典子成为不良少女，起初是因为小学时朋友的钱包被偷，而嫌疑落到她头上了。她知道小偷是谁，却因为那孩子家境贫寒，不愿说出口。在老师的反复逼问下，她产生了逆反心理，干脆承认是自己偷的。

他们都是群好孩子。只要试着这么想，就会发现他们都有着儿童般纯粹的眼睛。因为太过纯粹而害怕直面现实，所以才将视线歪向一边。

话说回来，究竟发生了什么事呢？

杀人……

这么可怕的词语会重重地压在麻沙的心头，或许是因为前天发生的案件还历历在目吧。

前天，星期天，比麻沙早三年入职的前辈、体育教师赤泽刚被杀害了。根据家属的证言，傍晚五点半，赤泽说"学生打电话找我有事"，便开车出门。四小时后，车停在离家将近一小时车程的公园间道上，有人发现他已经被刺死在驾驶席上。匕首插入心脏，一刀致命。

警方认为打电话将他叫出门的学生很可能是凶手，开始在校内进行秘密侦查。学校虽然还在正常上课，但乍看风平浪静的气氛下，涌动着杀人案的暗流。

来自典子的电话像一声尖叫，一下子打破了这种沉重的气氛。

既然他们都退学了，应该和赤泽老师被杀的案件没什么关系。道理是这样没错，但麻沙心里还是很忐忑，只因为去年年底，曾有一次偶然看到赤泽和木亚肩并肩走过闹市区。平日里对所有教师都表现出抵触态度的木亚，对赤泽说话时却显得亲近又顺从。

麻沙会把典子所说的"大事"与赤泽在前天被杀一事联系在一起，就是因为想起了木亚当时的微笑。在周围五彩斑斓的霓虹灯灯光的笼罩下，木亚的笑容显得特别艳丽。是因为不好意思吗？还是说陪赤泽去喝了酒？

麻沙胡思乱想着，将视线从黑漆漆的电车车窗外转回车厢内。就在此时，一名女乘客的腿跃然出现在眼前。纤细的腿被红黑粗条纹的网格袜包裹，真是不祥的配色。

红与黑——赤泽与"黑隼"。

为了逃离不祥的预感，麻沙抬头向上看，这一回却被周刊杂志在车厢吊环上投放的广告震到了，上面写着大大的"凶杀"二字。

冈山县村长被杀案（昭和二十三年）真凶自首——狱中申诉三十年的高桥含冤死后，真相水落石出

很不巧，麻沙的不祥预感总是会成真。

从×站下车，刚走出检票口，就看到典子开着她那辆火红色的摩托车冲了过来。有麻沙一点五倍身高的身躯上套着粉红色连体服，平时都用蝴蝶结束起的长发，今晚披在肩膀上晃动着。

典子一脸不悦地说："上车。木亚被杀了。"

"什么时候？在哪里？被谁？为什么？怎么杀的？"麻沙像机关枪扫射一样吐出一连串问题，同时不顾自己穿着短裙，露着大腿直接跨上了后座。

"先别问了。到了别墅再说……到别墅之后，你就什么都知

道了。"

典子的长发一甩，扫过麻沙的脸颊。她调整姿势，把油门踩到底。其实，麻沙本没必要听一个小自己七岁的女孩发号施令。

夜间的道路在脚下如浊流般急速奔腾而去，狂风扑面而来，双腿仿佛要连同松脱的鞋子一起被卷进高速旋转的车轮中，还有震耳欲聋的轰鸣。

麻沙在老家有一辆雪铁龙，还自诩为飙车狂人，但也仅限于身处车厢保护之中的时候。完全开放式的摩托车让麻沙感到无比惊恐，她甚至忘了正在前往凶案现场。此刻别无选择，只能遵从典子的命令，一声不吭地坐在车后。

2

典子所言不假。

低矮的星星挂在冷杉树枝头，像圣诞树一样，深山中坐落着一栋白色的别墅。到达别墅五分钟后，麻沙已经了解了大致情况。

"黑隼"五人组退学后依然会每周聚上两次，享受摩托车狂飙的乐趣。昨晚七点，他们照旧在新宿集合，整晚都在中甲州街道上驱车狂飙，今天早晨六点半，来到了这栋别墅。典子的叔叔是制药公司的社长，夏天时会来这里纳凉，于是五人组从秋天起就把这儿当成了秘密基地。

事件详情如下：

早晨七点左右，木亚上了一次二楼，很快又下楼来取录音机，接着和典子一起上了二楼。剩下的加查、阿洋和小夜这三人在楼下吸胶。这三人爽了一阵之后，直接沉沉睡去，这时大约是上午八点。到了下午四点,先是加查醒了,他意识模糊地爬上楼梯,进入木亚的房间,马上就发现了尸体。

他立即叫醒另外三人,四个人凑在一起,在困惑、悲伤之后商量对策,决定先不报警,而是把麻沙叫来。

"还真是荣幸啊,不信警察反而信我……"

"条子哪能信啊。我们明明好好的没超速,他们就抢着警棍来揍我呢。"加查那倒三角形的下巴翘得更高了,唾弃般地说道。

五人之中,他的体形最瘦小,经常什么都不想就跟着其他人有样学样,是个出言不逊的臭小鬼。他为了像个黑帮,还把眉毛给剃了,但眼睛反而显得更圆、更幼稚了。

"别大言不惭了,你连'警察'两个字都写不像样呢。再说了,整天摆架子说'老子是暴走族'的是哪一位?'暴走'不就是要超速吗?总之,先带我去木亚遇害的房间吧。"

阿洋努了努下巴,指向登山小屋常有的那种带白桦木扶手的楼梯。看谁都不肯动身,他只得领头往上走。阿洋的全名叫铃田一洋,体格恐怕有加查的两倍大,比起身上的黑色皮制连体服,他或许更适合穿棒球服。据说他到初中一直都在踢足球,也不知后来他的足球梦是怎么破碎的。而且他是某著名餐厅店主的独生子,面相看是个小少爷,只有眼眸如同雕像一样灰暗、冷漠、干巴巴。看着阿洋扬起沙尘骑车疾驰的模样,麻沙曾感动不已,赞叹就连暴走族也有美学和哲学。我也还是个年轻姑娘呢——看着阿洋的腰在前面有气无力地摇摆着,麻沙有点心跳加速。随他上楼后,只见二楼走廊左右两边各有三个房间。

右边最靠里的房间开着门,灯光从里面溢出,照亮昏暗的走廊。跟随阿洋进入房间的麻沙首先目睹的就是尸体。房间有半个教室大,角落里放着一张床,木亚像是从床上滚下来一样仰面躺在地板上。坦白说，麻沙感觉到的恐惧大于悲伤，但她是个能在关键时刻镇静下来的人。尽管被摩托车颠得双腿有些麻木，她还是勇敢地踏向前，凑近尸体。

木亚本就是个肤色白得离谱的男孩，现在更是白得像凝固了的蜡像，又带了几分青黑。像他常挥舞的小刀那样锐利的细长眼睛，变成连黑暗都看不出的玻璃珠。他穿着平时常穿的牛仔裤加短袖T恤，褐色皮夹克脱在床上。白色上衣有一半染了血，心脏处插着一把匕首，血已经风干变黑。

T恤上印着的美国总统，半张脸都染成了血色，还在笑着。

木亚死了——麻沙怎么都不觉得这是真实的，心情不知为何有些麻木。

她在心中合掌默哀，回头向挤在门口的四人发问："有可能是自杀吗？"

"有打斗的痕迹，而且他没打算自杀啊。"

确实，椅子和落地灯都翻倒了，还有一只鞋子飞到了窗边，鞋子旁边还掉落了一根银链子，像是被扯断的——绝不会有人以这副模样自杀。

"打斗的对手应该是个男的吧？"

"倒也不一定呢。"加查说，"木亚比我们大两岁，所以我们姑且认他做老大，但其实他是五人之中力气最小的。有一次他和小夜开玩笑干起架来，很快就败下阵来了呢。就是因为知道自己很弱，木亚才动不动就掏刀子。"

小夜从典子肩膀旁边露出小脸，说："而且木亚今天早晨来这儿的路上摔了一跤，脚扭伤了。我最后一次见他是他八点左右上楼的时候，当时他还拖着那条腿走路呢。"

"被杀的时间你们有眉目吗？看上去已经死了挺久的了。"

众人摇头，而小夜像是想起了什么，说："对了，木亚上二楼之后不是很快又下楼拿了台录音机嘛。他说要录十一点播的摇滚乐节目，然后再睡。当时他是和典子一起上二楼的，对吧？听一下有没有录音，是不是就能掌握大致时间了？"

床头枕畔确实有一台卡式录音机。

加查望了一眼。"可是录音带不见了。木亚带着上楼的时候确实装在里面的——谁知道去哪儿了吗？"

大家都说不知道，这回轮到阿洋开口了。"这么说来，木亚在楼下装磁带的时候还说上周来时把日记本忘在这儿了，结果找不到了，还问有谁知道。"

"也就是说，录音带和日记，有两件东西不见了。"事件比想象的复杂，"你们虽然不信警察，但现在我只能说抱歉，只有报警这一条路。总不能让木亚的尸体就这么晾着……"

"可是，麻麻！"

孩子们表示不服，只有典子说："也对，只能这么办了。"

她唉声叹气，沮丧极了，其他三人都不解地望向她，接着是一阵安静。

麻沙走到楼下，伸手准备拿起沙发旁的电话机时——

"等等，麻麻！"突然间，小夜一脸惊惶地抓住了麻沙的手，"要是警察来了，典子肯定会被抓的。"

"这是为什么？"

麻沙收回了准备去抓听筒的手，回头望向坐在沙发上的典子。

"因为我好像是凶手。"典子躲开麻沙的视线，怄气似的说。

"好像？是什么意思？"

"我绝对没有杀人啊。可是从状况来判断，只有我可能是凶手。因为我有动机。麻麻，你也知道我和木亚的关系吧？但昨天，我们结束了。昨天晚上，大家进公路边的餐厅的时候，木亚突然对我说他很久以前就另有喜欢的人了，我们差不多该分手了。我和他大吵了一架……虽然只是无聊的争风吃醋，但我还是大喊着'我要杀了你'，把咖啡泼在了他身上……店里的人一定都记着。"

当时在阿洋等人的劝解下，两人言归于好。但今天早晨八点，典子和木亚一起上二楼后，两人在木亚的房间里再度起了口角。木亚发起火来，打了典子。典子说自己哭着回房躺下，很快就睡着了。

"四点钟，加查把我叫醒之前，我一直在睡觉……也就是说我没有不在场证明啊。还不光这样，插在木亚胸口的匕首是我的，今天早晨脱下衣服睡觉前匕首还装在口袋里呢……还有，也不知麻麻你有没有注意到，木亚握成拳头的右手里抓着粉红色的碎片，那是我今天早晨系在头发上的蝴蝶结。还有掉在鞋子旁边的手链，这两样东西都是在睡前摘下来的……麻麻，这话听着很像狡辩吧？警察肯定不会相信的。我自己都觉得是在骗人，怀疑是不是真的动了手。"

"典子，你今天早晨睡觉时房间上锁了吗？"

典子摇摇头，头发也跟着摇晃起来。

"既然这样，也可以设想是有人趁你睡觉时进了房间，取走匕首和蝴蝶结，然后嫁祸给你。假如你说的是真话，那么杀死木亚、把嫌疑强加到典子身上的人，就是另外三人中的一个了。不太会是有人从外部偷偷进来，碰巧杀了个人。而且为了嫁祸典子，凶手仔细地动了很多手脚。如果典子不是凶手，那么凶手毫无疑问就在你们三个人之中。"

"很不巧，我们都有不在场证明呢。"加查往沙发上一靠，说道,"八点时我们在这里玩胶,晕得东倒西歪的。之后一起倒头睡了。彼此都看到对方吸稀释剂了。"

"你们三人吸了同一袋吗?"

"是分袋吸的。"小夜回答。

"那么如果其中一人的袋子里装的不是稀释剂,而是水的话,装出在吸胶的样子不就行了吗?"

"可这儿没有水,一滴水都没有。"典子眉头紧皱着说,"九月初我们第一次来这儿,第二天早晨供水就出故障了。"

"就算没有水,总有透明的罐装饮料吧?"

麻沙扫视桌上和地板上乱糟糟放着的几十个空罐,光看这数量,就知道孩子们来这里有多么频繁。

"况且,你们吸胶上了头,莫名其妙地杀了人也能解释得通。现在讨论什么不在场证明,根本毫无意义,我又不是法医,甚至不知道木亚死亡的准确时间。"

"可是除了我之外,没人有杀死木亚的动机啊。"典子示弱地嘀咕道。

跨在摩托车上时,高个子的她是那么可靠,而现在,她却像枯萎了似的缩成一团。

"现在这个时代,没有动机也能杀人。你们不是自诩为冲在时代第一线,还觉得很酷吗?"

麻沙假装生气地戳了一下典子的脑袋,想给沮丧的她打打气。而就在这时,麻沙嗅到了一股异臭。起初她以为是残余的稀释剂的气味,但并不是。那是从典子的领口冒出的气味。混杂着皮革味的酸腐腥臭并不属于一个孩子,而是女人的气味。麻沙心想,这孩子已经长大了,尽管她才十七岁,但早已是个比我更懂男性的女人了。

麻沙从那股气味中闻到了一种来自典子的挑衅，她站起来，冷冷地俯视典子。

这孩子也许只是在装可怜。她也有可能真的杀了木亚，却假装自己背上了莫须有的嫌疑……

"不过，典子，我并不是完全信任你。你想啊，如果信了你，就必须怀疑另外三个人了。就算退学了，我仍然是你们的老师，平等对待是我身为教师的基本准则。我决定不相信任何人——因为我谁都不想怀疑。"

麻沙双手抱胸，向四人投去平等的视线。

"让我想一个小时吧，如果还是得不出结论，就打电话报警。"

墙上的鸽子时钟像在等待麻沙的宣言一样，报告此刻为九点。

3

但是半小时过去了，没有任何重大收获。

高木亚纪夫，绰号"木亚"，是某汽车公司高管的儿子，家中三兄弟中的老幺。

麻沙曾经从他父亲口中得知，木亚开始走向不良团体，是因为初中和父母一起去爬冬山。因为是带着孩子爬，就没选特别高的山，可中途还是遭遇了暴风雪，三人差点遇难，此次事件甚至登上了报纸。当时他的父母将木亚一人留在半山上的小屋中，先行下了山。从父母的角度来看，与其三人一起冻死，不如两个大人拼死下山，赶快联系救援队，把留在小屋中的木亚营救出来，倒也是出自一番苦心。事实上，多亏父母拼死一搏，木亚才获救了，可木亚却认为父母抛弃了自己。再加上不久后父母离婚，父亲带着木亚一人住到了位于东京市中心的公寓顶楼，那时木亚已沾染了不少不良习气。

没多久，木亚搬出了有十二个房间的豪华公寓，在学校旁边的居民楼租了一间房。父亲很忙碌，只能给他对高中生来说过多的金钱来表达亲情。于是乎，踏上歪路的要因集齐了。高考接连落榜，退学时他已经十九岁了。

"不过他真是个好小子啊，虽然没什么气力，总仗着年龄大来耀武扬威，但有一次我说想要辆汽车，他就说等我到了能拿驾照的年龄，就把自己的车送给我。他老爸为了让他别当暴走族，在考驾照之前就给他买了辆公司最高级的车，可他偏偏就是不去考汽车驾照……因为恨老爸，老爸公司的汽车他也恨极了。那辆车就丢在他爸住的公寓的停车场里。木亚亲口说他要做一辈子的暴走族……"加查感慨颇深地说。

晚秋的夜里凉意渐深。大吊灯和楼梯平台上的灯光映照出沙发上众人的身影，暗影则集中投射到杂乱的桌子上。抱胸沉默的阿洋的影子显得格外长。

听大家描述了一遍后，麻沙才发现木亚和自己心目中的形象截然相反，是个神经质、怕孤单、内向又幼稚的男孩。在教室或有其他人在场时他喜欢装酷耍帅，可五人独处的时候就沉默寡言，不爱提自己的事情。就连典子都说："连我也不太懂木亚这个人。"也许正是他身上未知的部分吸引了典子吧。

"啊，对了。所以说我是无辜的哦，他死了，我就得不到豪车了。"

"才不是你想的那么简单！"

小夜狠狠瞪了一眼坐在一旁的加查。加查像要安抚小夜一样，伸出手臂搂住她的肩膀，抚摸着小夜后颈的动作显得轻车熟路。

哎呀！麻沙吃了一惊。原来他们俩凑到一块儿了。典子和木亚、加查和小夜，那么只有阿洋是一个人了……看来阿洋在团队中总显得格格不入，并不是因为他长得太高。女生是不是会对过于帅气逼人的男孩敬而远之呢？

阿洋正在抽烟，隔着烟雾，他的眼神似乎比平日里更沉静、冷漠。

"别抽烟了，又是抽烟又是吸胶，你们就不能呼吸点正常的东西吗？"怒喝之后，麻沙又问道，"对了，从昨天晚上七点见面到今天早晨，你们发现木亚有什么古怪的举动吗？和典子吵架这件事就先不提了。"

"这么说来……"小夜探出身子，"大家还记得吗？木亚说他掌握了那个案子的重要线索，必须通知警方……"

"那个案子？"

"不是在学校炸开锅了嘛！红胡子被杀的案子。"

"红胡子，是说赤泽老师吗？"

红与黑，果然和前天的案子有关。

"大家都知道赤泽老师被杀的事了吗？"

阿洋把散落在地板上的几张报纸捡起来，丢给麻沙。

"这是木亚昨晚和今天早晨去车站买来的报纸，他好像对这起案子格外感兴趣，读着读着脸都快埋进报纸了。然后嘴里还自言自语念叨着刚才小夜说的那句话，我就问他：'你知道什么了？'"

"木亚怎么回答的？"

"'暂时还不能说'……"

"他只是在装腔作势吧？"加查说，"那家伙就是这么神叨叨的……"

不，他一定知道些什么。红与黑有着明确的联系。

麻沙看了看报纸。昨天的早报上登出了赤泽的照片，脸的轮廓浮现于黑白背景上，蓄着两撇小胡子，比起体育教师，更像时髦的贵族青年。另外昨天的晚报和今晨的早报上刊登了后续调查进展。

警方通过验尸确定，死亡时间为六点到七点。关于案情的大致猜测为：死者很可能在六点半之前被杀害；五点半离开家时，赤泽手中拿着看似笔记本的东西；赤泽的手指中留有两根毛发，疑似为凶手的；汽车副驾驶座下有一个 Zippo 打火机，但赤泽不抽烟，所以很可能是凶手的所有物。

阿洋还在抽烟，麻沙看了一眼他的左手，手中握着的是火柴。不过她总觉得见谁用过 Zippo 来着，会不会是阿洋呢？不过这五个人都抽烟，没法确切回忆起具体是谁。

报上还写着，从去年夏天起，赤泽偶尔会深夜很晚才回家，家人都不知道赤泽的夜间活动。尽管赤泽是个热情友好的人，在教职人员之中却没有要好的朋友。

"木亚对大多数老师都挺抵触的，是不是只对赤泽老师态度好一点？"

"不，他也很讨厌红胡子。"阿洋嗓音干涩，随着烟气一同吐出这句话。

"但是去年年底，我看到木亚和赤泽老师很融洽地聊天呢。那是我第一次见木亚笑，所以记得很清楚。"

"骗人！"

典子吃惊地转过头，发梢同比麻沙更丰满的胸部一起晃动。另外三人也是一副难以置信的神情。

"我们缔结过协定，只能把麻麻当自己人。"加查说。

"典子，那你呢？你听木亚提过赤泽老师吗？"

典子条件反射地摇头。不知是否是错觉，麻沙觉得她的表情有点僵硬。麻沙环顾众人，问道："你们和赤泽老师都没什么关系，没错吧？"

众人一齐面无表情地点头。可是……麻沙心想，会不会其中有人用面无表情来掩饰内心的惊慌呢？

"那暂且先听你们说一下前天六点到七点的不在场证明吧。虽然报上写了凶手可能是男性，但还是全都说一遍。"

"为什么啊？我们有什么道理杀赤泽……"

"加查，少废话，快回答！"

加查咂了咂嘴，闹了一会儿别扭才开口。"那天我和阿洋约好七点在池袋见面，所以六点四十分左右就从家出发了。然后一直在车站等到七点十五分，结果阿洋没出现……"

"我独自一人在街上溜达，六点半时开始下雨，就放了加查的鸽子，进了电影院。我想雨这么大，加查肯定不会出来了。"

"那你们俩都没有不在场证明。"

"我只是……"加查很不服气，麻沙不予理会。

两个女生说六点整在新宿碰头，然后在街上闲逛，六点半开始下雨后很快就道别了。

"那么，你们四个人从六点到七点都没有完美的不在场证明。"

"可是……"小夜不满地说，"报上说红胡子被杀的时间是六点到六点半啊，那我们就有不在场证明了。"

"推测死亡时间是六点到七点，只是六点半之前的可能性更高。"麻沙解释道。

九点半，有人发现了赤泽停在路边的车，那时尸体已经淋得相当湿了。这是因为驾驶席和副驾驶席的窗户都开着,雨水就灌了进去。

这场雨是在六点半突然下起来的。外面下雨,一般人肯定会赶紧关车窗,所以警方认为在开始降雨的六点半之前,赤泽已经遇害。

但这仅仅是一种推测。

"麻麻。"典子担忧地问,"为什么你要把红胡子被杀和木亚被杀这两件事联系起来呢?"

麻沙抬起头,望着指向九点四十五分的鸽子时钟,说:"因为,假如典子不是凶手,那么木亚被害的原因很可能就是'我掌握了案件的重要线索,必须通知警方'这句话。他昨晚这么自言自语之后,今天就被杀死了。"

说完,麻沙又细细端详四个人。"换言之,就是……杀死赤泽老师的凶手,认为木亚掌握了案件的某些信息,为了封口而杀死了木亚。"

4

阿洋显得很不服气,正要开口说话,麻沙却抢在他之前猛地站了起来。

"我有个不方便在大家面前问的问题,想请一位到外面和我聊聊……嗯,就选阿洋好了。"

"也不必到外面去啊,在浴室里说话,外头听不见。"

阿洋说着立刻站起来,往里屋走去。众人所在的开放式客厅连着走廊,走廊转角处有一间浴室。阿洋打开灰色的浴室门走了进去,麻沙尾随而去,又朝剩下的三人投去一瞥。

加查和小夜正在说悄悄话，典子则忧心忡忡地朝麻沙张望。总觉得赤泽这个名字被提起之后，典子的模样有些古怪，好像萌生了新的烦心事，脸上布满阴云。

以别墅的整体面积来看，这间浴室还挺狭窄的。更衣处勉勉强强能挤进两个人。

阿洋魁梧的身躯几乎要将麻沙吞噬，一股男用发蜡的气味扑面而来。虽说是学生，但和男人共处封闭的浴室，还是头一回。麻沙的心跳有点乱，但阿洋是一副无所谓的表情。

我能抛开作为女人的意识吗？麻沙想。

还是说……

"阿洋，在女孩子面前我不太好开口……赤泽老师和木亚，是不是有某种特殊的关系啊？"

"特殊的关系？"

"就是那种……不太常见的，比如说男女之间发生的事情，在男人之间也发生了。有没有可能呢？"

"这种事我怎么会知道？"

阿洋马上就给出了回答，似乎有点太快了。

"是嘛……那你和赤泽老师呢？"麻沙模仿阿洋的语气，带着一点冷漠。

一瞬间，阿洋那一直注视着角落的目光突然聚焦到麻沙的脸上。麻沙心想着"要挨揍了！"，肩膀都耸起来了。可阿洋只是操着变声期刚结束的男生所特有的低沉嗓音说："为什么要问这个？"

"我也不知道……我只是想，你外表这么帅，受吸引的也许不光女生，说不定连男人也对你感兴趣呢……我听说赤泽老师好像有那方面的癖好哦。"

麻沙从没跟赤泽交谈过，这句话当然是胡说的。她本想来一次心理诱导，可阿洋却不为所动。

"就为问这个的话，还不如早点报警。警察可不会问这么蠢的问题。"

"是嘛？警察应该也不会放过这条线的。从赤泽老师毫无抵抗地被杀死，就能推测凶手很有可能是男性了。车停在通往公园后门的小路，那里可是情侣停车取乐的知名地呢。"

阿洋沉默了一会儿。他胸口的拉链敞开着，年轻的肌肤泛着光泽，银色项链上的十字架挂坠随着影子微微摇晃。

"还是报警吧……"

"报警的话，典子马上就会被逮捕。我刚才就想问了，你到底信不信典子？"

"当然信了，可是……"

"说谎。怎么可能会信呢？你们对谁都不信任。表面上凑成一伙，实际上就是一盘散沙，不是吗？"

阿洋平静的目光中燃起愤怒的火焰，十字架随着心跳起伏。

"还是第一次见你的眼神这么生龙活虎啊，那就让它再活泼一点吧……阿洋，你的Zippo是什么时候、在哪里丢的？"

其实这也是个圈套。

"不记得了。"

这回他轻易地上钩了。

阿洋的嘴唇愤怒地颤抖着。

"麻麻，我快受够你了。"

"是啊，从刚才开始我也快受够我自己了，还不如像其他老师那样，早早地抛弃你们，全交给警察算了。"

"你想做什么就做呗。"

"你这口气,好像在催我赶快去报警啊。"

阿洋转过身准备开门,动作却忽然停住了。咦?麻沙有些诧异,无心脱口而出的这句话仿佛粘住了阿洋的黑皮衣。

但那也只是一瞬间。阿洋很快就走出浴室,若无其事地回到客厅,长腿粗暴地一甩,坐在沙发上。

"典子呢?"麻沙发现典子不在了,问道。

小夜回答说:"不清楚呢,刚才上二楼去了。"

麻沙嘟囔了一声"是嘛",也爬上楼梯。

典子的房间就在木亚的隔壁,门微微开着。从门缝看去,典子在落地灯的光芒中趴在桌上,正翻看一本小册子。逐字逐句阅读的样子显得很认真。

麻沙没敲门,直接走进去。典子小声惊叫,飞快地将正在读的册子藏到身后。

"你在看什么呢?让我也看看。"

典子猛烈地摇头。论气力,面对身材如女子摔跤手一样结实的典子,麻沙深知自己是比不过的,但她还是扑向典子,用全身的力量按住了典子的手臂。典子抗拒着将麻沙推开,可就是这么一推,那小册子哗啦掉在地上。麻沙领先一步捡起了它。

"是木亚的日记啦。"典子大概是死心了,叹了口气靠在墙壁上。

麻沙翻开黑皮封面,第一页上写着十二月六日,大概是去年年底吧。第一页就出现了 A 这个字母。麻沙一页页翻去,越往后,A 越来越多。

"我爱上了 A""想到 A,就感觉有一把刀在胸口滑动""我现在只有 A 了"。

从今年七月开始,不光有 A,还有字母 H 也频繁出现。

"H完全没察觉到我和A的情况""其实A喜欢的是H，虽然嘴上不说，但从他看着H的眼神就能明白，跟以前看我是同一种眼神"。

最后一页上是两周前的日期，内容只有一行。

"终究还是被H知道了"。

麻沙"啪嗒"一声合上了日记本。

"典子，你刚才听到赤泽的名字时，恐怕在想，这个A也许就是赤泽①吧？所以你才心神不宁地上来确认。"

典子转过脸去。

"木亚居然……跟红胡子那种人……"

"把木亚前阵子忘在这儿的日记本偷走的……就是你吧？"

"不是的。今晚七点多的时候，我想着该去车站接你了，就回了一趟房间，结果发现日记本塞在枕头下面。不是我啦。"

"那你刚才为什么不说？"

"我说了也没人会相信，只会让我的嫌疑越来越深……在这本日记里，我只是个碍事鬼，上面都写了——'我真正爱着的只有A'。"

"录音带呢？你知道录音带去哪儿了吗？"

典子摇摇头。

"我在现场……在木亚的房间里，一样东西都没碰过。"

"真的吗？"

典子点头，却突然停了下来。"窗户倒是碰了一下……因为有风吹进来，我心疼木亚死了还要受冻，就把窗子关上了。"

"等一下。也就是说，下午四点发现尸体的时候，房间的窗

---

① 日语中"赤泽"音读为Akazawa，首字母为A。

307

子是开着的,对吧?那早晨八点吵架的时候呢?"

"开着啊。我说很冷,要把窗子关了,木亚就勃然大怒,把我赶出去了。为什么要问这个?"

"我还有一个问题。你说水龙头不出水了,是第一次来这儿时就没水吗?会不会是你叔叔因为冬天不用这别墅,所以把总闸关了才回东京去了?"

"第一晚出水了啊,可第二天早晨突然……"

"那可能是某个人半夜偷偷把总闸给关上了。如果是水管坏了,总不至于几个月了都没人来管。"

"谁会做那种事啊?为什么——"

"安静一点!"麻沙不由自主地冒出了讲台上的语调,"我终于明白了。"

说完,麻沙就双手抱胸在房间中踱步。脚步踩在一片寂静之中,咚咚声穿透地板,一直到楼下更深的寂静中去。

"别这样,麻麻。"典子发出胆怯的呼喊。

脚步声穿过墙壁,甚至响彻隔壁房间,典子似乎生怕这声音把木亚的尸体惊醒。

但是麻沙就像什么都没听见一样,半闭着眼睛,陷入沉思。

"但怎么可能因为这种理由杀人呢……"自言自语说出这句话后,她终于回过神来,停下脚步,"我们下楼吧,大家都等着呢。"

带着典子走下楼梯时,鸽子时钟刚好报时,十点了。麻沙伴着鸽子的叫声缓步向下,走近默不作声又神情紧张的三人。

"十点钟了,报警吧。"

麻沙提起话筒，又立即放回去，回头望向众人。

"不，在这之前还有该做的事情，只需要十分钟……"

"什么事？"小夜代表四人发问。

"木亚的葬礼……在警察来之前，我想让自己人先吊唁一下他。毕竟警察一来，木亚就会变成一具普通的尸体了。"

"说得对。那帮条子简直……"加查话说到一半，发现众人表情严肃，就把下半句吞下去了。

"那该怎么做呢？"

麻沙以微笑回应阿洋的提问。"关掉灯，在黑暗中两人一组地跳舞，要是撞到人就换舞伴。"

"为什么要搞这些——"

"因为这才是对木亚最好的吊唁呀。我看大家都不会念经，也不会什么赞美诗，这样吧，唱《萤之光》① 吧，也是最适合木亚的歌了……不光是木亚的葬礼，也当成是你们的毕业典礼，不，退学典礼吧。还有'黑隼'的解散仪式，明白了吗？电灯再次亮起的时候，你们就不再是暴走族了，大家都只是普通的朋友而已。"

"两人一组的话，不是会多一个人吗？"

"不是还有木亚在吗？如果落单了，就是在和木亚一起跳舞呢——典子，关灯吧。"

站在墙边的典子照麻沙所说按下开关，客厅被黑暗笼罩，每个人都成了朦胧的影子。

"好吓人……"似乎是小夜在说话。

麻沙像是给众人鼓劲似的高声唱了起来。

"萤之光，窗前雪……"

---

① 《萤之光》是以苏格兰民谣《友谊地久天长》曲调配以日语填词的合唱曲，日本学校毕业典礼的必唱歌曲之一。

刚开始还犹犹豫豫的孩子们，很快就接二连三地跟着麻沙唱了起来。麻沙摸索着迈开步子，抱住触碰到的孩子，开始舞蹈。说是舞蹈，其实不过是互相拥抱着挪动脚步而已。

起初很笨拙，但不一会儿，黑暗中仿佛掀起了波浪，大家接连交换伴侣，舞动下去。

"噜噜——噜噜，噜噜——噜噜，噜——噜噜噜噜噜——"

孩子们都记不清歌词了，唱到一半变成了即兴哼唱。这合唱声在黑暗中渐渐蔓延开来，脚步声则在地板上胡乱交错，不知是典子还是小夜，给女声部混入了几声啜泣。只有麻沙继续用歌词引领着歌声。如此浑然一体的合唱，在学校的音乐教室中都不曾听到过，仅从声音就能感受到所有人的认真投入。

又过了一会儿，落单后与木亚灵魂共舞着的麻沙撞上了一个身影，凭嗓音和感触她立即辨认出了那是谁。麻沙用力把那身影拉扯到自己身边，那身影略显忸怩地搂住了麻沙的腰。就是这双手，杀死木亚的就是这双手……

"年月匆匆，敞开大门，今朝惜别离……"

歌词回到了第一节，麻沙特地把这一句唱得十分响亮。"敞开大门，今朝惜别离"——她想让死去的木亚听到这句词，没有比它更适合用来送别木亚了。有人的声音变得断断续续，终于抽泣起来，麻沙热泪盈眶，舞伴的身影和歌声也渐渐混乱、颤抖。

"逃走就行了……"麻沙将嘴唇凑到那身影的耳旁，悄声说。

一瞬间，那身影停止了舞动，想从麻沙身上收回手。

"别说话，继续跳舞。"麻沙抓住那身影的手，带领着对方僵硬的身体。

"……逃吧。你们本就是群胡作非为的小鬼，我现在就任你胡作非为……想去哪儿就逃去哪儿吧。能逃多远就逃多远……骑着摩托车去你想去的地方吧。趁现在,趁谁都不知道的时候。"

"……为什么……"

"哪怕一天也好,我想给你自由的一天啊。在被警察抓住之前——老师是认真的。"

嘴上虽然这么说,但麻沙紧紧地抱住了那身影。那身影环抱住麻沙的手也更用力了。那双手揪住麻沙,在向麻沙求助。果然还是个孩子……甚至连杀人意味着什么都尚未理解……

"我是认真的……"

身影将脸埋在麻沙的肩头,猛烈地摇头。麻沙庇护似的抱住对方的头,默默舞蹈。

"噜噜——噜噜,噜噜——噜噜……"

撞到了一个人,麻沙更换了舞伴。

在又一次更换舞伴的时候,麻沙拍了拍手。

"到此为止。"

麻沙摸索着打开了墙上的开关。

大吊灯下,四个人凌乱地站着。没有人逃走,全都哭得双眼红肿。

阿洋就站在电话机旁边。麻沙看向电话机,阿洋便提起话筒,递给麻沙。

"阿洋,你来打电话。就说……我们是一群暴走族,把一栋别墅当成基地来用,结果闹出了命案,凶手可能是同伴中的宫部典子。"

典子"哇"地惊叫起来,趴在沙发上哭了。小夜连忙上前抱住她的双肩。

"麻麻!"加查紧张地走过来,麻沙没理会他的喊声,只是死死盯着阿洋。阿洋手里握着话筒,眯起眼睛,仿佛正望着远方。他缓缓地移动视线，与麻沙的目光相遇。

"你想要的不就是这样的结果吗？阿洋，从发现尸体那时起你就一直想报警，不是吗？"

"你说得没错……但是我希望由你来打电话给警察局。"接着阿洋一字一顿地说道，"你可以这么说……铃田一洋杀了木亚。"

5

麻沙等的就是这句话。

麻沙静静地把阿洋递来的话筒挂回到电话机上，回头看看瞠目结舌的另外三人。

也许是刚才和麻沙共舞时下定了决心，阿洋面对着不归路表情没有丝毫慌乱，一如平常。这么帅气的孩子，为什么会犯下那样愚蠢的罪行呢？

阿洋在沙发上坐定，点上一支烟。麻沙并没责备他，毕竟都这时候了，就容许他抽支烟吧……

"麻麻看来已经全都明白了，不过……我要把红胡子和我的事亲口说给大家听。"

"你什么都不必说。大家只需知道，因为某件事情，你和木亚都产生了杀害赤泽老师的冲动。"

三角关系。恐怕是 G 爱着 A，A 又爱上了 H 吧[①]。但那并不是普通的爱与欲望所组成的情感纠葛。赤泽对他们俩抛出名为"体贴"的诱饵，而对爱如饥似渴的两人咬了钩。但是木亚在这一段关系中失控了，嫉妒，更准确地说是独占欲，令木亚对赤泽

[①] G：木亚（Gia），A：赤泽（Akazawa），H：阿洋（Hiro）。

和阿洋都产生了憎恨。阿洋在得知赤泽和木亚也有关系时，就打算和赤泽分手。于是前天，他打电话把赤泽叫了出来。

"阿洋，你是几点从赤泽老师的车上下来的？"

"六点半，刚好开始下雨。"

"换言之……"麻沙说，"刺杀赤泽老师的刀具、掉落的头发和打火机，全都是阿洋的东西？车里大概还留有阿洋的指纹。"

"原来是阿洋杀了红胡子啊。"典子泪眼迷离地小声说。

"为什么？典子，为什么偏偏是你这么说？哪怕现场到处留有阿洋的痕迹，站在你的立场也不应该认为凶手是阿洋啊。我这么说有问题吗？因为遗留在木亚被害现场的痕迹全都是你的，但你不是没杀人吗？"

"也就是说，阿洋没杀红胡子？"小夜发问。

"没错。凶手一直跟在两人所乘的汽车的后面，阿洋一下车，他就立刻坐进去，并杀死了赤泽老师。我推测赤泽老师被杀的时间应该是在雨下起来之后，也就是六点半之后——但这样一来又产生了一个疑点，明明外面下着雨，为什么要开窗呢？于是我有了一个想法：凶手会不会患有幽闭恐惧症呢？"

"就是害怕密闭空间的那种病？"

"是的。我之所以会这么想，是因为你们之中有个人明显有患病的迹象。这么冷的天，他还要打开房间的窗户……"

"木亚……"典子轻声说。

"说对了，典子。木亚隐瞒了这件事，不光是你，恐怕谁都没注意到他有幽闭恐惧症……你今天早晨被他从房间里赶出来，并不是因为吵架，而是因为你想把窗户关上。除此之外还有其他迹象表明他有此症状。父亲带他搬去高层公寓之后，木亚很快就离开了家，想必是因为住在顶楼，每天都必须在电梯里升降几次。来这栋别墅的第一个晚上，把自来水总闸关了的也是木亚，目的是让浴室和厕所用不了。因为如果不是开着门，他就进不了那样的地方，但他不想让任何人知道。还有一点……那就是木亚成为暴走族的原因。"

"这又怎么讲？"

"加查说木亚因为厌恶父亲，恨屋及乌，连父亲公司的汽车都很讨厌。其实正相反，他是因为憎恨汽车，才随之憎恨父亲的。他主动提出把那辆顶配的汽车送给加查，也是因为受不了汽车这样的密室啊。他会深受这一症状的折磨，大概是因为初中时独自待在被暴风雪封锁的山间小屋吧。他生性不爱将自己的弱点暴露给别人，所以对家人和你们都没有袒露心声，独自一人痛苦忍耐着。想到木亚说要做一辈子暴走族，我真的感觉很伤心。他父亲觉得摩托车太危险，给他买了汽车，而实际上，只有在没有隔阂、条框与界限的摩托车上，木亚才能得到安宁。为了逃离这种症状，他只能靠摩托车暴走……"

麻沙深深地叹了口气。"年月匆匆，敞开大门，今朝惜别离"——木亚这一回有没有把人生这一狭小房间的大门彻底敞开，踏上属于他的旅途呢？

"当我想到凶手可能有幽闭恐惧症时，就知道肯定不是阿洋杀的了。因为我说有话要和他聊的时候，阿洋主动选择了那间狭窄的浴室。总而言之，幽闭恐惧在各种意义上让木亚钻了牛角尖，甚至产生谋杀赤泽老师的想法。但最关键的问题在于，杀人之后，他还将罪行嫁祸给了阿洋。他用了阿洋的刀，让赤泽老师握着阿洋的头发，又把从阿洋那里偷来的打火机故意留在现场——这导致这一次他自己被阿洋所杀。"

"阿洋没法原谅木亚背叛了自己吧？"加查说。

"报复？也对，或许也带了点这种情绪。但阿洋杀死木亚是另有目的的。"

麻沙回头看向阿洋。阿洋身旁没有别人，那双灰色眼睛追踪着喷出的香烟的轨迹。

"刚才我曾说过，木亚可能是因为知道了杀死赤泽老师的凶手想隐藏的秘密而被灭口的。当时我想表达的是，杀了赤泽老师的凶手又杀了木亚，但事实正相反。阿洋是因为没杀赤泽老师，而不得不杀了木亚。"

6

"阿洋的目的是……"麻沙对脸上写着大惑不解的三人探出身子，继续说，"与其说是想杀了木亚，不如说是想让典子背上杀人嫌疑。"

"为什么？"小夜甩着马尾辫问道，"阿洋很恨典子吗？"

"不，其实不必非是典子，他也可以杀了小夜嫁祸给加查，或者杀了典子让小夜当凶手——无论是谁都好，阿洋只是想制造出一个杀人案的嫌疑人。为了制造嫌疑人，他必须引发一场杀人案，这就是阿洋杀害木亚的动机。只不过，阿洋最终选择了木亚和典子，有两个理由。首先，昨晚这两人吵了一架，这样更容易把典子推到嫌疑人的位置上；另一个理由就是加查刚才所说的，报复木亚……"

麻沙的视线转向典子。

"但是典子，你不能恨阿洋，阿洋不是那种卑鄙的人。他只打算让你当一小会儿嫌疑人，你被警察逮捕之后，他会立刻去自首说自己才是真凶。我想，从现场消失不见的录音带上，应该把阿洋杀害木亚前后的状况都录进去了。当然，是阿洋录音的，磁带就是他准备用来提交给警察、以证明自己是真凶的证物。"

"为什么要做那种蠢事？"加查嘀咕道。

"为了证明自己没有杀害赤泽老师。没错，真是愚蠢透顶。阿洋为了证明自己没有杀害赤泽老师，才杀了木亚。居然为了证明自己的清白而去杀人……"

阿洋沉默了。但他的沉默便是对麻沙推理结论的明确肯定。

"听着，最初让我感到古怪的，就是两起案件凶手所留下的物品很相似。凶器都是刀具，然后打火机与手链、头发与蝴蝶结。于是我就有了接下来的想法：在赤泽老师遇害案中遭到警察追查的嫌疑人，会不会也和典子一样，是被人嫁祸了呢？得知自己被当成杀害赤泽老师的凶手而调查的时候，阿洋是怎样的一种心情呢？典子，你一定能理解这种感受吧？他有杀害赤泽老师的动机，状况和证据无一不指向他就是凶手；同时他没有不在场证明，况且还是个暴走族。就算拼命辩驳，警方也不可能相信吧。"

"我明白。"典子看着阿洋说。

"有没有可以证明自己是清白的方法呢？烦恼了许久之后，阿洋决定铤而走险。法庭上是讲究判例的，相似的案件很可能获得相同的判决——阿洋所追求的就类似于判例。他与赤泽老师之间的关系是保密的，所以在自己的名字出现在警方的搜查名单上之前，多少还有一段喘息的时间。在这之前，就来制造一个警方逮捕嫌疑人出错的先例吧。他明知这么做荒唐可笑，却又发现了绝好的机会。典子和木亚突然争吵，闹到了'我要杀了你'的地步，这场争吵恰巧给阿洋计划的引擎点上了火，之后他只有狂奔到底这一条路了。典子被逮捕之后，阿洋会等待赤泽案查到自己头上，然后对警方说出真相。'典子是清白的，所以我也是清白的'——就是这么回事,阿洋只是为了能在刑警面前说出这句话,就杀了一个人……"

"阿洋,你……为什么?"加查的表情都扭曲了,"跟条子死磕到底,坚持无罪的话,警方说不定也会相信你的啊!为什么不这么想呢?至少不必做出这种蠢事来……"

"说什么傻话呢,加查?'条子哪能信啊。我们明明好好的没超速,他们就抡着警棍来揍人呢。'不就是你亲口说的吗?没错,你们早该意识到了,这桩案子最关键的起因就在于阿洋并不信任警方。这也是没办法的事,毕竟最近刚发生在监狱里喊冤三十年的人,直到死后才得以证明是无辜的,那起案子在全日本都闹得沸沸扬扬的。不过……"麻沙换上身为教师的神情,"你们最不信任的,不是警察,也不是大人,而是你们自己。如果信任自己的话,就不会有这种事了……"

比起教师来她似乎更像一个母亲,此刻几个年轻人既不是暴走族也不是学生,而是露出孩子受训时的表情。

片刻后,典子泛着泪光抬起头,说:"我还有一点不明白,阿洋为什么要把木亚的日记藏到我的房间来?那也是阿洋做的吧?"

"我……"阿洋回答,"下车时,红胡子说要让我看看他的日记,硬把笔记本塞到我手里来。那个笔记本现在还藏在我家呢。而我发现木亚的日记时,觉得越来越被逼入绝境……所以才对典子做了同样的事情。"

阿洋吐出一口烟,继续说道:"典子,原谅我吧,我只是想让你忍耐几天就好。"

典子点点头,阿洋抬头望向天花板——他恰好在木亚房间的正下方。他平静的眼神仿佛正在向沉眠着的尸体说:"原谅我吧。"

"麻麻。"阿洋站起身,"打电话报警吧。警察来之后,我会毫不隐瞒地交代一切的。"

"嗯,一定没事的,阿洋。退学那件事,我在教职员会议上算是输了,但这一回,哪怕与全日本为敌,我也会战斗到底的。让你犯下这种愚蠢罪行的责任究竟应当由谁来承担,一定要查得明明白白……"

阿洋道谢似的低下头,转过身朝玄关方向走去。

"你要去哪里?"

阿洋回过头,露出逗人发笑的表情,做了个扯开裤子拉链的动作。

"屋里的厕所用不了,大家都是在外面方便的。"说完他就从玄关走出去了。

麻沙刚要放下话筒时,突然间传来引擎的轰鸣声。

"阿洋想逃走——"

加查的话说到一半就被打断了。

"不,阿洋不是那种卑鄙的人……他是想去寻死。"麻沙低声说完,把话筒猛地一摔,"你们还在磨蹭些什么!赶快去把阿洋追回来。大家一定要救回阿洋,把他带到这里来!"

麻沙不顾一切地大吼,这是二十四年的人生中,她所发出的最大音量。

首次出版信息

《两张面孔》　　　《周刊小说》　一九八一年七月三日号

《来自往昔的声音》　《周刊小说》　一九八一年十月九日号

《化石钥匙》　　　《周刊小说》　一九八二年一月二十九日号

《奇妙的委托》　　《周刊小说》　一九八二年六月四日号

《鼠之夜》　　　　《周刊小说》　一九八二年十月二十二日号

《二重生活》　　　《周刊小说》　一九八三年二月二十五日号

《替身》　　　　　《小说推理》　一九八一年六月号

《魂断湾岸城》　　《小说现代》　一九八一年十一月号

《敞开幽闭之门》　《Lupin》　　一九八一年秋季号

　　本精选集是对以新潮文库版《鼠之夜》（一九八六年出版）与讲谈社文库版《隐秘的丧服》为基础，于一九九八年由春树文库出版发行的《鼠之夜·连城三纪彦杰作精选集》进行编辑而成的。

YORUYO NEZUMITACHI NO TAMENI by Mikihiko Renjo
Copyright © by Renjo Mikihiko 2014
Originally Japanese edition published by Takarajimasha, Inc.
Simplified Chinese translation rights arranged with Takarajimasha, Inc.
through East West Culture & Media Co., Ltd., Tokyo
Simplified Chinese edition copyright © 2022 by New Star Press, Beijing China.
All rights reserved.
著作版权合同登记号：01-2020-2515

图书在版编目（CIP）数据

鼠之夜 ／（日）连城三纪彦著；吴曦译 . —— 北京：新星出版社，2020.6（2024.11重印）
ISBN 978-7-5133-4026-7

Ⅰ . ①鼠… Ⅱ . ①连… ②吴… Ⅲ . ①推理小说-小说集-日本-现代 Ⅳ . ① I313.45

中国版本图书馆 CIP 数据核字（2020）第 067642 号

鼠之夜

[日] 连城三纪彦 著；吴曦 译

责任编辑：王　欢
特约编辑：赵笑笑
责任校对：刘　义
责任印制：李珊珊
装帧设计：broussaille私制

出版发行：新星出版社
出 版 人：马汝军
社　　址：北京市西城区车公庄大街丙3号楼　　100044
网　　址：www.newstarpress.com
电　　话：010-88310888
传　　真：010-65270449
法律顾问：北京市岳成律师事务所

读者服务：010-88310811　　service@newstarpress.com
邮购地址：北京市西城区车公庄大街丙 3 号楼　　100044

印　　刷：北京天恒嘉业印刷有限公司
开　　本：910mm×1230mm　　1/32
印　　张：10.25
字　　数：148千字
版　　次：2020年6月第一版　　2024年11月第四次印刷
书　　号：ISBN 978-7-5133-4026-7
定　　价：52.00元

版权专有，侵权必究；如有质量问题，请与印刷厂联系调换。